신의 시간

Time of god

1

칸의 노래

박제현
장편소설

청어

신의 시간

1. 칸의 노래

박제현 장편소설

발 행 처 · 도서출판 청어
발 행 인 · 이영철
영   업 · 이동호
기   획 · 남기환
편   집 · 방세화
디 자 인 · 이수빈 ┃ 김영은
제작이사 · 공병한
인   쇄 · 두리터

등   록 · 1999년 5월 3일
(제321-3210000251001999000063호)

1판 1쇄 발행 · 2022년 11월 20일

주   소 · 서울특별시 서초구 남부순환로 364길 8-15 동일빌딩 2층
대표전화 · 02-586-0477
팩시밀리 · 0303-0942-0478

홈페이지 · www.chungeobook.com
E-mail · ppi20@hanmail.net
I S B N · 979-11-6855-075-9(04810)
          979-11-6855-074-2(세트)

신의 시간

Time of god

1
칸의 노래

박제현
장편소설

작가의 말

동트기 전, 해운대 미포에서 송정까지 걷는다. 청사포 포구가 보일쯤 하늘과 바다가 맞닿은 곳에서 핏빛 산통이 일고 있다. 지난 밤새 어둠 속에서 사랑을 나누던 하늘과 바다가 붉은 아해를 낳는다. …샐녘, 덩달아 섬도 하나 낳았다. 수평선 위로 검은 섬이 보인다.

대마도다.

상상은 거기서 시작되었다.

대마도 너머에는 일본이 있을 것이다. 대마도는 일본 땅이 아닐 수도 있었다. 그 남쪽 오키나와의 류큐왕국은 일본에 합병당했고, 북쪽의 쿠릴 일본 영토는 러시아에 빼앗겼다.

어느 것 하나 영원한 건 없다.

2028년이 되면 세상은 그대로일 수도 있고, 뒤집힐 수도 있다. 상상해보자. 상상하는 자에게는 2028년에 무슨 일이 일어날 것이고, 그렇지 않은 자에게는 아무 일도 일어나지 않을 것이다.

'신의 시간'을 쓰면서 나는 '거시적 관찰자 시점'으로 세상을 보고 싶었다. 미시적 행복만 좇다 보면 거시적 불행이 다가오는 것을 보지 못하기도 한다. '신의 시간'은 곧 다가올 우리의 이야기다.

　지난 몇 년 동안 인간의 시간과 신의 시간을 넘나드는 여행을 했다. 이제 여행을 마무리하고 그 상상의 기록을 세 권의 책으로 남긴다.

파도 소리 그윽한 해운대 바닷가 서재에서
박제현

차례

1

별똥별

2028년 10월 16일 월요일. 경복궁 근정전 앞. 드라마 촬영 세트가 만들어지고 있었다. 며칠 전부터 미술팀 목수와 무대장치 전문가들이 뚱땅거렸다. 무대가 만들어지자 장식 전문가들이 화려하게 치장하기 시작했다. 작업은 늦은 밤까지 이어졌다. 관리사무소에서는 근정문부터 출입을 통제했다. 문 앞에 안내문이 붙었다.

'신작 드라마 〈할바마마 영조대왕〉 촬영으로 2028년 10월 13일부터 17일까지 근정전에 출입하실 수 없습니다. 불편하시더라도 양해 바랍니다. -제작진 일동-'

야간 관람객들은 안내문 앞을 기웃거렸다. 드라마 세트가 궁금했다. 높다란 담장과 육중한 근정문에 가려진 곳. 관음증을 일으키기에 충분했다. 안을 들여다보려 문 틈새로 파고드는 관람객의 눈과 틈을 허용하지 않는 보안 요원 사이의 긴장감이 흐른다.

"드라마 방영하면 보세요. 여기서 이러시면 안 됩니다."

검정 슈트 차림의 보안 요원이 기웃거리는 관광객들을 돌려세웠다.

"아저씨! 드라마 주인공이 누군데요? 어느 방송, 첫 방이 언제지요? 우리처럼 한복을 곱게 차려입은 미모의 여인네들은 보조출연자로 안 써줍니까?"

한복차림 관람객 아가씨 여럿이서 웃으며 치근거렸다.

"그건 저도 모릅니다. 궁금하시면 모바일 조회해 보세요."

보안 요원은 반복되는 질문이 귀찮다는 듯 얼버무렸다.

"야는 갱상도 대사도 잘하거든 예. 갱상도 무수리 하면 딱 아입니꺼? '마마 물이 마이 차갑지 예? 물 데파 드릴까예?' 이라믄 드라마가 맛이 팍팍 사는 긴데."

"가시나야! 그래도 무수리가 뭐꼬! 이왕이면 황후마마를 해야지."

"화… 황후? 조선의 왕은 눈도 없다 카드나? 아이고~"

"그건 그렇고. '별 볼 일 있는 밤' 행사 한다꼬 왔는데 별 볼 일 없다 아이가 그자? 이래 한복 곱게 차리 입고 왔는데, 머시라 카더라 금의환향도 아니고 말이다."

"가시나 그래도 공부 쪼매 했다고 꼭 절반은 잘 마차요. 금의환향이 아니고 금의야행이다. 밤중에 비지도 않는 컴컴한 길바닥에 명품입고 싸돌아다닌다는 거 아이가? 알것

10

나?"

경복궁 근정전에는 폐장 후에도 소품과 장비들이 밤늦게
까지 들락거렸다. 드론은 여전히 반딧불이처럼 불빛을 깜
빡이며 밤하늘을 비행한다. 그 드론 뒤로 별똥별 하나가
제 몸을 태우며 어둠을 가로지른다.

*

남자는 기지개를 켰다. 목덜미 근육이 뻑뻑했다. 몸살이
올 때와 비슷한 증상이 느껴졌다. 서랍에 남겨 뒀던 아스
피린을 찾았다. 어렵사리 아스피린을 찾고 나니 물컵이 없
었다. 비서가 없으면 어느 것 하나 쉬운 게 없었다. 한참을
뒤적이다 물컵 대신 막사발 찻잔을 찾아내어 물과 함께 한
알을 꿀꺽 삼켰다.

창가로 다가가서 창을 열었다. 별똥별 하나가 캔버스에
빠르게 붓질하듯 밤하늘을 '획' 가로질렀다.

"잠이 오지 않으십니까?"

고달후 비서실장이었다.

"고 실장님 어서 오세요. 마침 계시길레 오시라 했습니
다. 잠이 안 오는 것도 사실이긴 하고, 마침 별똥별이 떨어
져서… 아니 가로질러서 그 궤적을 보는 중입니다."

몸이 부자연스러워 보였다.

"어디가 편치 않으신 겁니까?"

"아뇨, 그건 아니고… 내일이 그믐이라서 그런지 유난히도 별똥별이 선명하네요. 우리는 왜 별똥별이 떨어진다고 생각했을까요? 내가 보기에는 하늘을 가로질러 또 다른 우주 공간으로 가고 있는 것으로 보이는데 말입니다."

남자는 머뭇거리다 대뜸 별똥별 이야기로 얼버무렸다.

"별똥별이 마음에 쓰이신 거라면, 하늘로 불꽃 로켓이라도 한 방 쏴드릴까요?"

고 실장이 웃으며 말했다.

"실장님도, 그러려면 매일 밤 수십 발씩 로켓을 쏴야 합니다. 야당에선 국가 재산을 허공에 날려버린다고, 로켓 대신 나를 대기권 밖으로 날려 보내려 달려들 겁니다."

남자는 허브차를 직접 탄다. 고달후는 머쓱했다. 자리에서 일어나려 하자 그만 있으라 한다. 남자는 집무실에 오는 이에게 직접 차를 타곤 했다. '휘~익' 포트에서 휘파람 소리가 났다. 물이 끓기 시작했다. 남자의 차 한 잔은 따듯함 반, 부담 반으로 채워졌다.

"마셔보세요. 늘 성공하는 것이 아니라서… 그때그때 다릅니다. 맛이 있을지는 모르겠습니다."

고달후는 한 모금 마시고는 표정이 이내 좋아졌다.

"실장님 미처 말씀드리지 못한 것이 있습니다. 그리고 조정할 것도 있고요."

"말씀하지요."

"제가 자리를 비우는 동안 대통령실을 잘 지켜주세요."

새삼스러웠다. 고달후는 남자의 표정을 봤다. 여전히 불편해 보인다.

"그건 걱정하지 마십시오. 따로 하실 말씀이?"

불편해 보이는 남자의 모습이 자꾸 눈에 밟힌다.

"용산을 떠나려니 뭔가 느낌이 편치 않아요. 알 수 없는 묵직한 흥분이 느껴집니다. 기분 탓이겠지만 아주 긴 미지의 여행을 마주한 어린아이 같은 기분입니다. 잔뜩 흥분되면서도 무언가 깨질 것 같은 분위기 말입니다. 소풍 전날 밤하늘을 살폈던 것처럼 자꾸 밤하늘을 보게 되네요."

"혹시 마음에 걸리는 일이라도 있으신 겁니까?"

"아뇨. 어차피 순방에서 돌아오면 제가 정리해야 할 일입니다. 아무쪼록 자리를 비우는 동안 좀 더 꼼꼼하게 신경을 써주세요. 국정원장께도 일러놨으니 두 분이 소통을 잘하여야 할 겁니다. 차 식겠습니다."

비서실장은 수첩을 꺼내 적는다. 앞서 적은 글들이 빼곡했다. 순방일 10월 17일~24일. 스페인, 이탈리아, 프랑스, 영국(세계미래지도자상 수상)… 정리할 일, 사안 논의=국정원장… 고달후는 '정리'와 '국정원장' 메모 글 위에 동그라미를 거푸 쳤다.

"조정하실 거라는 건 어떻게?…"

"성남 서울공항에서 출발하는 시간을 조정해야 할 것 같습니다. 어머니와 가족에게 시간을 조금 더 할애해야 할 것 같아서요. 1시간 반 정도면 좋을 것 같네요. 서로 불편하지 않게 스페인 대사관에도 통보해주시지요."

메모는 이어졌다. 가족과 시간, 출발시각 조정…

"그럼 좋은 밤 되십시오. 내일 다시 뵙겠습니다."

나가려던 고달후에게 지시를 하나 덧붙였다.

"아! 실장님. 제가 돌아올 때까지 집무실은 청소하지 말고 폐쇄해 두시면 됩니다."

"예! 그렇게 하도록 하겠습니다."

고달후가 나가자, 남자는 리모컨으로 집무실 조명을 껐다.

'틱'

눈결 어둠이 켜졌다.

도시의 불빛이 서서히 밀려든다. 집무실은 어둠 반 불빛 반으로 채워졌다. 창가에 섰다. 그믐을 하루 앞둔 어두운 밤하늘의 별빛이 선명하다. 어둠이 짙어지면 별은 빛난다. 멀리 L빌딩이 크리스마스트리처럼 우뚝하다.

*

같은 시간 서울 L빌딩 101층 객실.

침실은 어둡다. 욕실에서는 서로를 탐닉하는 남녀의 관능 실루엣이 보인다.

남자는 욕실을 나와 창가로 걸어갔다. 창가에 놓인 일인용 소파에 촉촉해진 몸을 비스듬히 눕혔다. 어느새 여자가 남자 뒤에 와있다. 여자의 매초롬한 손이 남자의 목덜미를 주무른다. 이어서 어깨에 잠깐 머물었다가 미끄러지듯 가슴을 훑는다. 남자는 나른한 듯 눈을 감은 채 몸을 늘어뜨린다. 여자의 손은 고사리같이 곱살스럽고 부드럽다, 손톱으로 젖꼭지를 긁자 남자는 '허~억' 길게 숨을 들이쉰다. 여자는 소리를 막듯 입술을 포갠다. 입술은 연체동물 흡반처럼 스멀스멀 기어 내려간다. 남자는 커튼 리모컨을 누른다. 커튼이 중력을 거스르듯 아래에서 위로 열린다. '후~우' 남자는 길게 숨을 내뱉는다.

올라가는 커튼 아래로 101층 아래의 세계가 열리기 시작한다. 서울의 밤이 서서히 드러난다. 하트를 닮은 여자의 엉덩이골 뒤로 거미줄처럼 이어진 도로의 불빛이 드러난다. 차량은 컨베이어 벨트를 탄 것처럼 도로 위를 묵묵히 흐른다. 강남과 강북을 가로지르는 한강은 비무장지대처럼 어둡고 음습하다. 여자의 흡반이 한참을 다리 사이에 머문다. 남자는 지그시 실눈을 뜨며 멀리 어둑한 용산을 본다. 남자는 눈을 감는다. 남자는 여자의 머리칼을 만지던 손을 멈춘다. 여자의 몸이 중력을 거스르듯 남자의 몸을 다시 타고 오른다. 남자의 입안에 여자의 부드러운 혀가 점령한다. 남자의 단단한 몸이 여자의 부드러운 몸을 비집고 들어간다. 벗어날 수 없는 완전한 사랑을 위해 몸이 에로틱하게 결합한다. 여자는 아주 천천히 미동을 시작한다. 남자는 여전히 아주 천천히 숨을 쉰다. 이번엔 남자

가 천천히 움직이기 시작한다. 여자도 아주 천천히 숨을
쉰다. 미동과 숨이 교차 된다… 몸에서 진동이 일기 시작
한다. 여자의 몸이 휘고, 남자의 몸이 여자를 느낀다. 남
자는 호흡만으로 여자의 흥분을 증폭시킨다. 여자의 몸이
기괴하게 휘며 발작할 때까지 남자의 호흡은 계속되었다.
일순, 호흡과 움직임을 멈추었다. 여자의 풀렸던 동공이
다시 돌아왔다. 남자는 다시 호흡을 시작한다.

"아직 호흡이 모자라."

"마스터 이러다가 죽을 것 같아요."

여자는 여전히 색색거렸다. 이마에 붙은 젖은 머리칼이
생사를 오간 훈장처럼 섹시하다.

"죽어도 좋다고 했잖아. 죽음은 또 다른 시작일 뿐이지."

"죽음도 황홀할까요?"

"세상에 완전한 건 죽음뿐이야."

여자는 오르가슴 뒤의 나른함 대신 반짝이는 눈빛으로
남자를 바라봤다. 지독히 길들여진 눈빛이다. 초롱초롱하
면서도 지극히 간절했다.

남자는 여자의 숨이 돌아올 때까지 멀리 어둑한 경복궁
본다.

*

다음날은 경복궁 휴궁일이었다. 경복궁의 모든 문은 굳

게 닫혔다. 근정전 마당에서는 마지막 세트 점검이 한창이었다.

오전 9시가 되자 광화문 앞 도로는 순식간에 경찰차로 촘촘한 벽을 친다. 도로는 경찰 통제에 들어가고 호각소리로 소란스러워졌다. 고급 승용차들이 연이어 도착했다. 광화문 동쪽 주차장으로 초청장을 가진 사람들만 근정전 마당으로 들어가기 시작한다.

"이게 뭐교?"

통역 블루투스를 받아든 노인이 갸웃거렸다.

"통역 겸용 이어폰입니다. 이걸 쓰셔야 말을 들을 수도 있고요. 외국인들하고 얘기도 할 수 있습니다."

"그럼 한국말로 해도 외국 사람이 알아듣나?"

"예! 물론입니다. 자동으로 통역되어 들리기 때문에 외국말 못 해도 한국말로 하시면 다 통합니다."

"거참! 신통하다 아이가. 인자 외국말 공부 안 해도 되겠네. 그래노이 한국 사람이고 외국 사람이고 전신에 귓구녕에 이런 거 꽂고 다니드라."

축하객으로 온 경상도 말씨의 노인이 신기한 듯 블루투스를 귀에 꽂았다.

그 시각 근정전 앞에서는 무대 점검을 끝냈다. 경호 요원들은 경호 대형으로 자리를 잡는다. 근정문으로는 의전팀과 경호팀에 둘러싸인 요인들이 속속 입장하기 시작한다. 세트장은 왕가의 결혼식장 모양을 하고 있었다. 그런가 하면 경복궁에 눈에 띄지 않게 스나이퍼가 자리를 잡고 있다. 하늘에는 비밀 주파수로 맞춘 드론이 떠다녔다. 그리고 고고도 정찰기와 정지위성은 근정전을 실시간으로 살피고 있었다.

세트장은 보안을 위해 비밀스레 만든 결혼식장이었다. 기밀 유지를 위해 드라마 세트라 둘러댄 것이었다.

경복궁 근정전 앞은 결혼식을 앞두고 있었다. 근정전 중앙으로는 레드카펫이 길게 깔렸다. 그 양쪽으로는 하객이 앉을 좌석이 마련되어 있다. 레드카펫은 근정전의 계단을 타고 올라 월대[1] 상단까지 이어졌다. 그 끝에 꽃단장한 캐노피 천막이 쳐져 있었다.

외교사절과 정치·경제계 인사들이 속속 도착한다.

그 시각 인왕산을 오르는 등산객 틈에 30대로 보이는 남녀가 있었다. 남녀는 등산복에 고글 차림으로 인왕산을 오르다 탐방로를 벗어나 숲으로 사라졌다. 그들은 숲이 우거진 외진 곳에서 무언가를 찾기 시작했다. 바위 아래에 비닐로 싸여있는 물건을 꺼냈다. 그들이 꺼내 든 것은 저격용 총과 스코프였다. 남자는 저격 총을 능숙한 손동작으로 순식간에 결합했다. 총신의 길이와 구경으로 볼 때 초장거리 저격용 총이다. 경복궁으로 시야가 확보된 곳에 삼각대

---

1) 월대: 궁궐의 정전과 같은 중요한 건물 앞에 설치하는 넓은 기단 형식의 대(臺).

거치가 끝나자 여자는 뒤쪽 바위에 오른다.

남자는 망원렌즈의 초점을 맞춘다. 초점을 맞추자 렌즈에 근정전이 들어온다. 줌으로 최대한 피사체를 당긴다. 근정전 주변으로 몸을 숨긴 스나이퍼가 광화문 쪽 고층 빌딩을 겨냥하고 있는 모습이 보인다. 한 사람 한 사람 확인하기 시작한다. 정혁 국무총리가 보이고 장관들도 보인다. 외교사절로는 머피 미국 부통령, 일본 나아토 가네히라 관방장관, 러시아 로마노프 총리, 중국 쑨샤오쿤 총리…

남자는 다시 월대 위에 마련된 주례석의 위치를 찾는다. 그리고 신랑 신부가 설 자리를 찾아 초점을 맞춘다. 여자 스포터(감적수)가 보내온 자료로 조준을 조정한다.

"거리 1431m, 풍속 전방 10시에서 4시 방향 초속 1.4에서 2.3m, 습도 35%…"

남자는 불러주는 관측 자료대로 타점을 조정한다. 기상은 시간이 지날수록 기압변화와 함께 바람이 빨라진다는 예보가 있었다. 남자는 심호흡을 한다.

김철 경호처장은 행사장 앞줄 좌석에 앉았다. 행사 경호 지휘는 오종문 경호차장에 맡겼다. 오 차장은 모니터를 통해 스나이퍼와 경호 요원들의 위치를 꼼꼼히 점검한다. 드론이 윙윙거리며 머리 위를 돌자 하객들이 쳐다보며 손을 흔든다. 경호상의 이유로 방송용 드론은 허용하지 않았다. 외부로부터 드론이 침투할 가능성에 대한 대비한 것이다. 방송 카메라는 원거리에서 촬영할 수 있도록 위치를 지정했다.

"김철 처장님 고생이 많으십니다. 오늘 스페인에도 가야 하고 바쁘시겠습니다."

정혁 국무총리였다. 데꾼한 눈에 핏발이 살짝 섰다.

"예! 총리님 오셨습니까? 총리님 피곤해 보이십니다."

"국혼위원장을 맡아서인지 잠이 오질 않아 좀 설쳤습니다. 허허허"

정혁 총리는 대통령을 대신해 해외 요인을 일일이 맞이한다.

"그나저나 신부는 도대체 누굽니까? 절 모르고 시주한다고 신부가 누군지도 모르고 온 결혼식은 처음입니다."

야당인 미래한국당 노장언 대표였다. 농담인지 불만인지 묘한 말투다.

"죄송합니다. 대표님! 경호문제도 있고 해서 밝히지 못하고 진행하는 점 이해해주십시오. 이제 곧 아시게 될 텐데요. 그냥 이벤트라 생각하시고 지켜봐 주시지요."

"무슨 경호 첩보라도 있는 게요? 그렇지 않고서야 이렇게 철통 보안을… 우리도 우리지만 외교사절에는 예의가 아닐 것 같은데 말이오?"

10시를 정확하게 맞춰 사회자가 결혼식을 진행한다. 사회자는 화면과 자막을 통해 입장 시 나눠준 통역 겸용 이어폰 착용을 안내한다.

"여러분 반갑습니다. 오늘 결혼식 사회를 보게 된 목소리가 고운 아나운서 고운성입니다."

"안녕하세요. 저는 함께 진행할 오늘 날씨처럼 맑은 아나운서 김맑음입니다."

허리 깊숙이 인사를 하자 웃음과 함께 박수가 터져 나온다.

"오늘 결혼식은 여러분이 아시다시피 대한민국 역사상 처음 있는 행사입니다. 오늘의 신랑은 누군지 다 아실 겁니다. 그런데 신부가 누구실지… 저는 조금 전에 명단을 받았는데요. 궁금하시지요?"

"예! 궁금합니다."

축하객들은 일제히 재미있다는 듯 대답한다.

"궁금하면 채널 고정! 아… 죄, 죄송합니다. 직업병이 나와서요."

사회의 너스레에 모두 한바탕 웃는다.

"네, 즐거운 날입니다. 궁금하시더라도 조금만 기다려 주시고요. 기대해 주셔도 좋습니다. 그럼 먼저 오늘의 주례님을 소개하겠습니다. 현 대법원장이신 이신념 원장님이십니다."

"다음은 대한민국 건국 이래 처음이라는 타이틀을 갖게 될 신랑 입장이 있겠습니다."

신랑은 금색 봉황 문양이 들어간 하얀 예복을 입었다. 우레와 같은 박수를 받으며 기다란 레드카펫 위를 당당하게 걸어 들어온다.

"이어서 신부 입장이 있겠습니다. 힘찬 박수 부탁드립니다."

신부는 차분하게 한 걸음 한 걸음 신랑 쪽으로 다가갔다. 숙인 고개에 얼굴은 베일에 반쯤 가렸다. 신부가 궁금했지만, 화장과 베일에 가려 눈치채지 못한다.

신랑 신부는 나란히 선다. 신랑 신부가 돌아서 하객인사를 했지만, 거리 탓으로 여전히 신부를 확인할 수 없다. 궁금증은 더해진다.

그때다.

오종문 차장은 모니터에서 아주 짧은 섬광을 발견한다.

인왕산 쪽이다.

'인왕산 7부 능선 섬광 확인 바란다.'

인왕산 스나이퍼의 망원렌즈에 신랑의 모습이 들어온다. 줌으로 피사체를 당긴다. 신랑의 모습은 가림막이 바람에 일렁일 때마다 언뜻언뜻 엿보인다. 아지랑이로 일렁이는 공기의 흐름 너머 턱시도로 잔뜩 멋을 낸 모습이다. 스나이퍼는 신랑과 신부가 움직임을 멈출 때를 기다린다.

"다음은 이신념 대법원장의 주례사가 있겠습니다."

주례사가 시작되자 신랑 신부는 나란히 자리에 선다.

"축하객 여러분 안녕하십니까? 저는 대법원장으로서 오

늘 신랑 박한 대통령의···"

결혼식은 차분하게 진행되었다. 주례사가 길어지자 축하객들의 집중력이 서서히 떨어지기 시작했다.

스나이퍼는 클릭을 확인한다. 스코프 십자선 상단에 타점을 다시 맞춘다. 가림막이 일렁이며 시야에서 나타났다 사라지기를 반복한다. 스코프에 신부가 보이고 대통령은 신부에 살짝 가려진 모습이다. 남자는 초점을 주례 위쪽을 향해 맞춘다. 거리와 풍속을 고려한 오조준이다.

축포 발사 순간을 기다린다.

바람은 여전히 불었다가 멈추기를 반복한다.

바람이 불면 타점 편차가 커지고, 멈추면 가림막이 가려지며 타점이 시야에서 사라진다.

"축포는 경복궁이 문화재인 점을 고려해서 흥례문 앞에서 발사하도록 하겠습니다."

"축포 발사!"

흥례문 앞에 늘어서 있던 의전용 포에서 축포가 발사된다.

떠엉, 떠엉, 떠엉···

스나이퍼는 축포 발사 간격을 잰다. 3초다. 총소리가 결혼식장에 도착할 시간은 4.2초다.

축포가 발사될 때마다 메아리가 산만한 짐승이 울듯 웅

웅거린다.

축하객들은 본능적으로 소리를 쫓아 흥례문 쪽으로 시선을 돌린다.

시선이 돌아가자 대통령과 신부는 축하객 시야에서 사라진다. 일순 축하객의 뒤통수를 보고 머쓱 서 있다. 짧은 순간 외로운 섬처럼 시선 밖으로 버려졌다.

순간.

신부의 드레스와 신랑의 예복에서

'퍽!'

바람이 인다.

피가 튄다.

신부와 신랑이 튕기듯 힘없이 풀썩 쓰러진다.

그리고 들리는 아득한 축포와 총성의 울림…

"아~악!"

날카로운 비명이 공기를 찢는다.

비명은 어항에 떨어뜨린 붉은 물감처럼 눈결 결혼식장을 온통 공포로 물들인다.

공포는 비명을, 비명은 공포를 순식간에 증폭시킨다.

김철 경호처장은 본능적으로 몸을 일으킨다.

2

연꽃과 나비의 꿈

2년 전 도쿄 황궁 어소.

일본 세이히토(精仁) 천황이 러시아 예닌 대통령의 알현을 받았다. 예닌 대통령은 동북아시아 순방계획에 따라 일본을 국빈 방문차 들렀다. 첫날은 미야기 총리와 정상회담을 했다. 순방은 동북아시아를 중국이 통합하려는 의도에 대한 견제 성격이 강했다.

세이히토 천황이 정치적인 덕담을 건넸다.

"대통령께서 대국을 운영하시는 능력에 감탄했습니다."

예닌은 살짝 웃었다.

"과찬이십니다. 폐하!"

"어제 미야기 총리하고는 좋은 이야기 많이 나누셨고요?"

"서로 협력해서 좋은 관계를 유지 발전시키기로 했습니다."

덕담을 몇 마디 주고받자 천황은 넌지시 관심사를 꺼냈다.

"과인도 러시아와 좋은 관계를 유지했으면 합니다. 그런 까닭으로 결례가 되겠지만 묻고 싶습니다."

"말씀하시지요."

"지시마 열도(쿠릴열도) 처리 건을 어찌하실 생각이신지요?"

예닌은 예상했다는 듯이 가볍게 피해 나갔다.

"실무진에서 서로 연구하고 있는 거로 알고 있습니다."

천황은 여전히 걱정스러웠다. 예닌의 생각이 모호했기 때문이었다.

"요즘 한참 건설 붐이 일고 있다고 들었습니다."

천황의 걱정과는 달리 예닌은 여전히 아무 일 없다는 듯 대답했다.

"낙후 지역 개발이 공약사업이기도 하고 해서 열심히 개발하고 있습니다. 일본 기업에서도 참가했었으면 더 좋았을 텐데, 조금 아쉽긴 합니다."

천황은 화제를 돌렸다. 쿠릴열도에 관한 이야기가 깊어지면 자칫 분쟁을 키울 수도 있다고 판단했기 때문이다.

"고맙습니다. 먼 곳 일본까지 오셨는데 성과가 있길 바라겠습니다."

"폐하, 일본은 러시아와 가까운 나라입니다. 국토로 보면 중국보다 더 가깝기도 하고요."

"그렇지요. 옳으신 말씀입니다."

예닌은 최근 일본의 중국 유착 행보에 떨떠름했었다. 일본 황실은 북방영토 즉 쿠릴 반환에 대하여 자존심과 고토 회복이라는 희망을 품고 있었다. 러시아는 생각이 달랐다. 실제로 일본에 넘겼을 때 실익은 없고, 오히려 군사적인 위협을 받을 가능성이 컸다. 예닌은 명확하지 않은 자세로 일본을 방문했기 때문에 미야기 총리도 소득 없는 정상회담이 될까 걱정스러웠다. 정상회담 2일 차 회담을 계속할지 사실상 취소할지를 두고 줄다리기 중이었다. 그동안 러시아는 극동지역 개발에 일본이 적극적으로 참여하길 바랐다. 하지만 일본은 주춤거렸다. 투자에 대한 실익이 적다는 판단에 기업인들이 소극적이었기 때문이었다.

"공동기자회견에서 양국의 관계 개선에 발전적인 결과가 나오길 바라겠습니다."

예닌의 의도를 읽었다는 듯 천황은 정치적인 수사를 썼다. 애초부터 천황 알현은 정치적 요식행위였다. 예닌은 일본 세이히토 천황을 알현함으로써 예의를 표했다.

"폐하 러시아는 일본과 좋은 관계 유지를 원합니다. 참! 지금 황후 폐하를 알현하고 있는 저의 딸 크세니아도 일본 도쿄대학교에서 공부했었습니다. 일본에 대한 이해가 높은 편이지요."

"그래요? 그렇다니 친근감이 듭니다. 허허허."

"일본 문화학을 전공했습니다. 부족하겠지만 어지간한

일본인보다는 문화와 역사를 꿰뚫고 있다고 자부합니다."

세이히토는 흐뭇한 표정을 지었다.

"언젠가 한 번 대화를 해보고 싶군요."

"폐하 다음 일본 방문 때는 그렇게 하도록 하겠습니다."

그 시간 황후 접견실에서 하쓰코 황후와 슈코 공주는 크세니아를 만나고 있었다. 전통 예복을 차려입은 두 모녀 앞에 정장 원피스 차림의 크세니아가 함께 마주했다. 하쓰코는 기품있는 황후의 모습을 가지고 있었다. 그런가 하면 슈코는 황실의 법도에 잘 적응된 순수한 공주 모습이다. 약간 통통한 느낌에 웃을 때 덧니가 귀엽게 느껴졌다.

크세니아가 제법 유창한 일본어로 인사를 건넸다.

"황후 폐하, 공주 전하 반갑습니다. 두 분을 뵙게 되어 영광입니다."

의외의 일본어 실력에 깜짝 놀란 하쓰코가 얼굴이 환해졌다. 그리고는 통역을 물리라는 신호를 보냈다.

"일본어를 참 잘하십니다. 방석에도 잘 앉으시고요?"

"예, 제가 일본에서 대학을 다녔습니다. 그때 일본어도 방석에 앉는 법을 배웠습니다."

하쓰코는 의외라는 표정이었다.

"어떻게 유럽이나 미국도 아니고… 일본에 유학을 오셨지요?"

"멋진 일본 남자를 만나 결혼을 할까 했었는데 잘 안되었습니다. "

"내가 남자라면 가만두지 않았을 텐데, 너무 미인이라 접근하지 못한 모양입니다. "

"과찬이십니다. "

"원래 물이 너무 맑으면 고기가 놀지 않고, 꽃이 너무 아름다우면 바라만 본답니다. "

"그것은 황후 폐하의 옛 모습이 아닐까 생각됩니다. "

"아닙니다. 인기가 있긴 했었지만요. "

그녀는 말이 끝날 때마다 습관처럼 밝게 웃었다.

"너무 자신을 낮추십니다. 지금도 미모는 여전하시고요. 공주 전하의 모습을 보면 그때 폐하의 모습이 능히 상상됩니다. "

권력자의 딸과 명예 권력자의 딸이 서로 마주하고 있었다. 명예 권력자의 딸은 실제 권력과 자유로움에 대한 바람이 있었고, 권력자의 딸은 명예와 품위가 부러웠다.

"슈코 공주 전하는 참 고우십니다. 제가 일본에서 공부할 때도 사진으로 본 적이 있습니다만, 직접 뵈니 신비스러운 기운이 느껴집니다. "

"과찬이십니다. 나는 궁 안에서 생활을 오래 한 터라 크세니아 영애만큼 그렇게 세련되지도 멋지지도 않습니다. 같은 여자로서 부럽습니다. "

"황후 폐하께서 허락하신다면 슈코 공주 전하와 좋은 관계를 유지하고 싶습니다만?"

슈코와 친구가 되고 싶다는 크세니아의 말에 하쓰코는 동의했다.

"영애께서는 공주에게 물어볼 일이지 나한테 불어볼 일은 아니듯 싶습니다만, 나는 두 사람이 좋은 친구가 되었으면 합니다."

두 사람의 눈이 마주쳤다. 기대감이 가득한 눈빛이다.

"공주 전하께서 저희 러시아를 방문해 주시면 성의껏 모시겠습니다."

"저야 좋지요. 국외로 나가는 건 고민은 해봐야겠지만… 블라디보스토크 정도는 괜찮을 것 같기도 하네요."

"꼭 한번 모시고 싶습니다."

하쓰코와 슈코는 서로 얼굴을 마주쳤다. 그리고는 크세니아를 바라봤다. 무슨 생각이 들었는지 하쓰코가 결혼식 얘기를 불쑥 꺼냈다.

"언젠가 크세니아 양이 결혼한다면, 결혼식에 참석하고 싶다는 생각이 들었어요. 얼마나 아름다울지 상상이 되질 않습니다."

"일본인과 결혼하지 않더라도 폐하를 모셔도 되겠습니까?"

"당연하지요."

크세니아도 답례하듯 말을 이었다.

"저도 슈코 공주 전하 결혼식에 초대해주세요. 꼭 참석해서 축하해 드리고 싶습니다."

크세니아와 슈코의 눈빛이 서로 마주치자 동시에 하쓰코에게 시선이 모인다. 하쓰코는 얼굴에 엷은 미소를 띠며 보일 듯 말 듯 고개를 끄덕였다.

슈코는 크세니아와 함께 정원을 걸었다. 황궁 정원에 크세니아는 관심을 가졌다. 두 사람은 의외로 공통 관심사가 많았다. 교감도 충분했다.

"공주 전하 우리 이런 이벤트 어때요?"

슈코가 눈을 동그랗게 뜨고는 크세니아를 바라본다.

"무례가 아니라면, 우리 둘 중 한 사람이 결혼할 때 서로 들러리 서주는 건 어떨까요? …너무 무리한 생각인가요?"

슈코는 잠깐 생각했다. 공주 신분이라면 정치적인 문제가 생길 수도 있겠지만, 결혼한 후에 평민이 되면 문제 될 게 없었다. 파격적이면서도 재미있는 광경이 상상되었다.

슈코는 고개를 끄덕였다.

*

서울 여의도 국회 의원회관에 해군 대령이 나타났다. 대령은 619호실 앞에 섰다. 잠깐 회상에 잠긴 듯 미소를 머금더니 노크를 한다. 가무잡잡한 얼굴에 건장한 체격을 가진 해군 대령이 들어서자 사무실 시선이 그에게 쏠렸다.

"박한 국회의원님! 오랜만입니다."

목소리는 큼직했고, 갯바람에 단련된 듯 단단하게 느껴졌다.

"필~ 승!"

박한 의원은 대령을 보자 반사적으로 경례를 붙였다. 제대로 각 잡힌 자세였다.

대령은 멋쩍어하며 손사래 쳤다.

"허허 이젠 그만하지. 일개 해군 대령 보고 국회의원께서 경례를 붙이면 흉본다니까."

"그래도 제 직속 상관이셨지 않습니까. 철이 형!"

박한이 군 시절 대령의 별명을 꺼내자 유쾌하게 받아들였다.

"철이 형? 그래, 그 별명이 오히려 좋구먼."

"그래도 한번 직속 상관은 영원한 직속 상관입니다."

박한이 한 번 더 강조하자, 대령은 손가락으로 쉿! 하며 입술에 갔다 댔다.

"웬걸 세상이 변했잖아. 별이라도 달려면 내가 잘 보여야지, 정육점에서 소고기라도 몇 근 끊어오는 건데 빈손으로 왔네… 이래서 내가 출세를 못 하나 봐."

서로를 쳐다보며 껄껄거리고 웃는다. 김철 대령과 박한의 인연은 군에서부터 이어져 왔다. 이등병과 소령이라는 계급 차이에도 묘한 끌림이 있었다.

"차를 한잔 드릴까요?"

사무실 여비서가 물었다. 키가 크고 가냘픈 느낌의 여직원이었다. 바깥일은 안 해본 듯 작고 뽀얀 얼굴이 눈에 띄었다.

"직원들 퇴근할 시간이네요. 오랜만인데 나가서 맥주 한 잔하시지요?"

김철은 여비서를 쳐다보느라 건성으로 대답했다.

"그… 그래. 그거 좋겠군."

둘은 건국대 근처로 자리를 옮겼다. 이른바 지역구 관리를 하러 멀리 광진구까지 왔다. 지역구에 자주 얼굴을 들이밀어야 친근감도 생기고 표도 굳는다며 가게 주인들에게 연신 인사했다. 거칠 게 없는 국회의원이었지만 유독 지역구 주민에게는 절대 을이었다.

"결혼은 아직이야?"

김철은 대뜸 결혼 얘기를 꺼냈다.

"곧 할 생각입니다. 어머니가 워낙 극성이셔서요."

"그래 잘 생각했어. 사람이 태어났으면 기본은 하고 가야지."

박한은 맥줏집에서 안주를 연상케 하는 '기본'이란 말을 듣자 묘한 표정으로 반응했다.

"기본요?"

"태어났으면 떠날 때 인류에게 티오(TO)는 채워 주고 가야지, 그래야 인류학적으로 사명을 다한 것 아닌가?"

김철은 사람들이 지구를 보존한다, 동물을 사랑한다, 보존된 자연을 후세에 물려준다고 하면서도 정작 인류 보존을 위해서 자식 낳는 것은 회피한다고 꼬집었다. 가장 현명한 바보가 인간이라는 것이다.

기본 맥주 3병에 기본안주를 시켜놓고 인간의 기본을 얘기하는 맛도 나쁘지 않았다. 둘은 술도 이야기도 주거니 받거니 이어나갔다.

"하기야 자식 하나 없이 살다 가는 것도 그렇긴 합니다."

"아니! 하나가 아니고 둘이야. 두 사람이 만났으면 둘은 낳아야지, 안 그런가?"

요즘 젊은 페미니스트가 들으면 기겁할지도 모르는 숫자 2명이었지만, 묘하게 설득되었다.

"아까 여비서 말이야. 아주 친해 보이던데… 썸씽 같은 것 없나?"

"그 친구요. 민서린 비서, 죽마고우라고 해야 하나, 아무튼 초등학교 동창입니다."

"그래? 그럼 더 잘 통하겠군."

박한은 김철의 눈빛을 읽었다. 어떻게든 엮어 보려는 의도가 읽혔다.

"그냥 친굽니다. 괜한 상상은 하지 마시길 바랍니다."

김철은 은근하고도 집요하게 민서린 얘기를 들먹였다.

몇 잔 들이켜자 박한의 얼굴이 붉어지기 시작했다. 박한은 주변을 쓱 훑어보고는 화제를 돌렸다.

"철이 형. 어떻게 생각하십니까?"

"뭘?"

뜬금없는 물음이었다. 박한은 쭈뼛거렸다. 말을 꺼내기가 어색한 모양이었다.

"부탁입니다. 정확하게 생각을 말씀해 주셔야 합니다."

김철은 괜스레 긴장되었다. 반사적으로 농담이 튀어나왔다.

"별 좀 달아달라고 부탁하러 왔더니 날을 잘못 잡았나. 잘못하면 혹 붙이는 것 아닌지 모르겠군. 껄껄껄. 그래 들어나 보지 부탁이 뭔지."

박한은 잠깐 김철을 쳐다봤다. 그리고는 폭탄선언이라도 할 듯 앙다물었던 입을 열었다.

"이번에 개헌했다는 건 알고 계시지요."

뜻밖에 개헌을 꺼냈다.

"알고는 있지."

김철은 침을 꿀꺽 삼킨다. 눈빛에서 의도를 읽는다.

"대통령 임기 4년으로 일 회 연임 가능, 피선거권은 35세로 낮췄고…"

*

박한은 대통령 후보로 나섰다. 38세로 역대 최연소 대통령 후보가 되었다.

흙수저 출신 대통령 후보 박한은 젊고 생각이 선명했다.

박한 후보의 별명은 '스텔스 후보'였다. 학사 출신, 특출할 게 없는 가문. 부동산 무소유, 무자녀, 무 배우자… 공격 거리가 마땅치 않아 생긴 별명이다.

개헌으로 30대 후보가 출마하자 상대 진영은 당황했다. 결국, 꺼내 든 것은 정치적 경험 부족과 미혼 네거티브였다. 남자로서 성 정체성에 문제가 있다. 과거 복잡한 여자 문제가 있다. 사실상 혼인 관계에 있는 여자가 있다. 아이도 있다. 대통령선거를 밀어주고 있는 거대한 세력의 딸과 결혼하기로 되어있다. 다만 여성 표를 겨냥해서 선거 후로 결혼을 미루고 있다. …

박한은 친화적 언어 구사와 명확한 공약으로 지지율을 조금씩 끌어올렸다. 그는 우선 기존 정치가 국민과 교감하지 못한 부분을 공략했다. 국민을 상대할 때에는 법률가적 해석을 피했다. '법률적 해석으로 문제없으면 그만이다.'라는 화법은 국민에게 괴리감만 키웠기 때문이었다. 정치는 법률과 소통하는 것이 아니라 국민과 소통해야 한다는 생각에서였다. 공약은 명료했다. 그 가운데 가장 폭발성 있는 공약은 미래 비전으로 '탈한반도 선언'이었다. 생존을 위해 대국의 눈치를 보던 역사의 굴레를 임기 내에 벗어 던지겠다. 한국의 위상을 높이려는 첫 번째 공약으로 JDZ[2]를 수호하겠다

---

2) JDZ(한일공동개발구역): 제주도 동남쪽과 일본의 규슈 서쪽 사이 해역에 위치한 한·일 대륙붕공동개발구역으로, 일명 '7광구'라 부른다. 2028년 6월 22일 JDZ 50년간 공동개발 협약은 종료된다.

고 천명했다. 그동안 일본열도라는 그물에 갇힌 형국의 한국이었다면, 이제는 그물을 찢고 태평양에 진출하겠다는 호연지기였다. 동시에 박한에 대한 정치 공세가 커지면 커질수록 지지율도 쑥쑥 치솟았다. 패고 때리면 커진다는 속설 그대로였다.

2027년 3월 9일, 국민의 환호와 주변국의 우려 속에서 박한은 대한민국 21대 대통령에 당선되었다. 여당인 밝은미래당 노장언 대표를 1.5% 차로 누르고 만 38세 대한민국 최연소 대통령이 등장한 것이다.

2027년 5월 10일, 여의도 국회의사당 광장에서 대한민국 제21대 대통령 취임식이 열렸다. 식전행사는 국악, 클래식 공연에 이어 젊은 감각에 맞춘 뮤지션들이 등장했다. 세계적인 한일 남성 그룹 'KJK'와 다국적 여성 그룹 '컬러풀레이디'의 축하 공연이 이어졌다. KJK 공연에 관심을 보이는 것은 역시 젊은이들이었다. 외교사절도 박한에 맞춰 훨씬 젊어졌다. 그중에서도 KJK 팬으로 알려진 일본의 슈코 공주와 러시아 대통령의 딸이자 중앙두마 의원인 크세니아의 반응이 화면에 잡혀 화제가 되었다. KJK 공연 중에 양손으로 입을 가린 채 감격한 소녀팬처럼 오도카니 선 슈코 공주가 보였다. 크세니아는 환한 웃음과 함께 살짝살짝 리듬을 타는 몸동작이 잡혔다.

박한 대통령이 연단에 우뚝 섰다.

"사랑하는 국민 여러분, 존경하는 국회의장, 대법원장님, 그리고 이 자리를 축하해 주기 위해 멀리서 오신 외국 사절 여러분… 저는 대한민국 대통령으로서 젊고 활기찬 시대를 열고자 합니다. …저는 국가의 장래를 위해 더 큰 세계로 나가려 합니다. 만약 우리 영토에 대한 도전이 있다면 강력하게 대처하겠습니다. 당장 내년에 있을 JDZ 즉, 제주도 남쪽 제7광구 바다에 대한 권리 지킴이가 되겠습니다…"

대통령 공약이자 취임사는 곧바로 주변국의 반발을 일으켰다. 공공의 적이 된 셈이다. 미국은 LA 올림픽과 대선을 염려했다. 일본은 즉각 반발했다. 중국도 불편한 심기를 여과 없이 드러냈다. 일본과 중국은 박한의 언급이 의도적이라고 판단했다. 분쟁을 숨기기보다는 증폭시키는 것이 한국에 유리할 수도 있었다. 일본은 취임사에서 나온 발언을 증폭시키기보다는 외교적인 해결 여지를 남기려 자제하는 분위기였다. 시끄러워 봐야 도움이 안 된다는 판단이었다. 일본과 중국은 모의라도 한 듯이 각각 한국 대사를 외무성과 외교부로 초치, 엄중하게 경고했다. 최소한의 요식행위는 하고 지나가겠다는 뜻으로 보였다.

*

　취임 첫날 용산 대통령실 집무실에는 3장의 지도가 걸렸다. 조선 고지도와 동북아시아지도, 세계지도였다.

"대통령님, 이 정도면 되겠습니까?"

　지도 걸을 위치를 놓고 박한은 꼼꼼하게 챙겼다.

"조금만 올리면 좋겠습니다."

　박한이 관심을 집중한 지도는 조선 고지도였다. 지도가 걸리자 박한의 얼굴에는 환한 웃음과 함께 결의에 찬 모습을 보였다.

"대통령님, 지도가 그렇게 좋으십니까?"

　대통령 경호처장 서리 파견으로 일을 시작한 김철 대령이 나란히 서서 지도를 쳐다봤다.

"흐뭇하지 않습니까? 저렇게 땅을 회복하게 된다면 더 좋고요."

"저는 해군이라서 그런지 남쪽의 동중국해 저 바다가 더 탐이 납니다."

　박한이 흐뭇하게 바라보던 지도는 1779년에 프랑스 P산티니에서 제작한 지도였다. 그곳에는 중국 간도 지방이 조선으로 표기되어 있었다. 지도는 프랑스 루브르박물관 자료 보관실에 잠자고 있었다. 그 후 몇 차례 경매를 거쳐 용산 대통령 집무실에 걸리게 된 것이다. 대통령은 접견실에 걸어두고 싶어 했지만, 중국과의 외교 마찰을 우려하는 참모들의 만류로 집무실로 옮겼다.

"초심을 잃지 않으려고 걸어둔 겁니다. 국민과 약속한 것은 지켜야지요."

"그러셔야지요."

"동북아 지도를 보세요. 한반도가 슬프지 않습니까? 주변 강대국에 시달렸던 수난의 역사를 한 장의 그림으로 기록한 것이 지도라고 생각합니다. 입체적인 시공의 역사를 평면으로 압착한 것이 지도이지 않겠습니까. '지도는 말하지 않아도 외치고 있다.' 전 그렇게 생각합니다. 대륙은 중국에 막히고, 바다는 일본열도에 막혔습니다. 동북아 지도를 볼 때마다 마음이 답답하고 서글펐습니다…"

일본열도를 볼 때면 더욱 그랬다. 크고 작은 섬들이 한반도 바닷길을 막는 통제 말뚝처럼 촘촘히 박혀있다. 바둑판을 대각선으로 가로지르는 기세 좋은 대마(大馬) 같기도 했고, 달리 보면 우상향 공급곡선, 어찌 보면 가파르게 치고 올라가는 주식 활황 그래프 같기도 했다. 이것은 일본이 돈벌이를 위해 일으킨 전쟁과 수탈의 공급곡선이자 활황 그래프일 것이다. 지금의 일본은 어디쯤 있을까? 도호쿠 북쪽일까. 홋카이도쯤일까? 홋카이도라면 북방영토라고 하는 남쿠릴을 회복하지 못하는 한, 더는 번영 곡선을 그릴 공간이 없어질 것이다. 2차 세계대전 당시 일본이 차지했던 쿠릴열도, 사할린, 알류샨 열도까지 창창했던 그래프가 쪼그라들었다. 일본의 정점은 거기까지였을까? 대마

불패라고 했던가? 하지만 축 바둑 대마라면 돌 한 점에 무너질 수도 있을 터였다.

　그날 이후 박한은 관공서와 학교에 걸리는 지도는 바꿀 것을 검토했다. 한반도만 그려진 지도는 한국의 현실을 모르는 우물안 개구리로 만든다는 것이었다. 지도는 한반도와 중국 일부, 일본 특히 오키나와까지 그려진 지도를 대상으로 했다.

*

　러시아 남쿠릴 쿠나시리섬 최남단, 82년 동안 사람의 손때가 묻지 않은 푸른 초지가 펼쳐졌다. 그곳에 한 동양계 중년의 남자가 젊은 남자와 함께 은빛 물결이 반짝이는 해안가에 서 있다. 멀리 일본 홋카이도 동쪽 끝 네무로시가 가물가물 눈에 들어왔다. 남자는 회상에 잠긴 듯 바다를 물끄러미 바라봤다. 쿠릴에 처음 왔을 때를 떠올렸다. 10년 전이었다. 그때 모습은 일부 촌락을 제외하면 야생과 자연의 섬이었다. 남자는 5년 전부터 이곳에 조금씩 조금씩 토목공사와 건물을 건축했다. 그리고 2년 전부터 기간 시설을 지었다. 완공까지는 아직 1년이 남았다. 용기와 결단이 필요했던 시기였다. 이해할 수 없는 사업이라는 주변의 비난을 들어가며 꿋꿋하게 이끌어왔다. 남자가 사업에 몰입할 수 있었던 것은 러시아와의 인연 때문이었다. 남자의 사업이 글로벌화 된 것도 러시아에서 사업을 하면서부터였다.

남자가 회상에 빠져있을 때 멀리서 헬리콥터 소리가 들려왔다. 고개를 들었다. 헬리콥터가 다가오고 있었다.

"회장님 유즈노사할린으로 가실거죠?"

"가면서 유즈노쿠릴스크 상공을 지나가도록 하지."

헬리콥터는 북서 쪽을 향했다. 아직 자연의 상태가 잘 보존된 쿠나시리섬의 모습이 들어 온다. 그 옛날 아이누족, 니브히족, 위타족이 사냥과 수렵을 하던 땅이다. 곧 여름이 되면 습지 가득 연꽃이 피어나고, 그동안 방사했던 나비들이 나풀거리며 이곳 쿠릴을 가득 채울 것이다. 사랑부전나비, 연푸른부전나비, 꼬마표범나비, 북장처녀나비, 각시멧노랑나비… 나비의 꿈으로 가득 찰 상상에 가슴이 뭉클했다. 야생의 땅을 한참 비행하자 멀리서 자그마한 도시 유즈노쿠릴스크가 나타났다. 아직 도시라고 하기에는 작고 허술하지만, 드문드문 있는 신축 건물은 한창 공사 중이다. 남자는 인생의 역작을 흐뭇하게 내려다봤다.

"회장님, 추운 이곳을 개발하시는 이유가 있으십니까?"

남자는 껄껄껄 웃었다. 그리고는 대답했다.

"추우니까."

남자는 추우므로 이곳을 개발한다는 생뚱맞은 대답을 했다. 깊은 뜻이 있긴 하겠지만 언뜻 이해되지 않는 대답이었다. 남자는 겨울이면 바다가 얼어붙고 유빙이 떠다니는 쿠릴을 개발하겠다고 했다. 러시아도 버렸던 땅 쿠릴이었다. 막대한 개발 자본을 감당해가며 대개발을 한 것에는 그만한 이유가 있었을 것이다. 남자도 이제 막바지 힘을 쏟고 있다. 준공까지는 1년여 남은 기간을 무사히 넘겨야 했다. 남자는 추위를 이용할 생각이었다. 당장 데이터 산업만 하더라도 막대한 냉방용 전력을 써야 한다. 고부가 가치 첨단산업일수록 적정 온도를 유지해야 한다. 사람은 더위나 추위에 견디지만, 컴퓨터나 전자 기기는 그렇지가 않았다. 특히 양자 컴퓨터[3]는 상상 초월의 영하 기온을 유지해야 한다. 다만 항만은 사용이 제한적일 수밖에 없긴 했다. 남자는 그것마저도 문제 삼지 않았다. 지구온난화가 곧 그것을 해결해 줄 것으로 생각했다. 먼 미래의 일이라는 생각에 남자는 곧 생길 일이라고 대꾸했다.

"이번 여름에 시코탄 가실 때 하보마이도 가실 겁니까?"

"하보마이에 가려면 헬리콥터 급유가 가능할지 모르겠군."

"알아보겠습니다."

---

3) 양자컴퓨터: 양자 중첩의 지수적인 정보 표현, 양자 얽힘을 이용한 병렬 연산과 같은 양자역학적인 물리현상을 활용하여 계산을 수행하는 기계이다. 병렬 연산으로 슈퍼컴퓨터가 150년 동안 계산할 양을 단 4분에 계산해 낸다.

홋카이도 동쪽 끝인 네무로시 네무로반도 노샷푸곶, 중년의 남자가 바다 건너 러시아령 하보마이 군도인 유르리 섬·모유르리 섬을 바라보고 있었다. 불과 3㎞ 앞에 있는 섬이지만 갈 수 없는 섬이었다. 남자는 도복 같은 옷에 다듬지 않은 긴 머리와 텁수룩하게 수염을 길렀다. 범상치 않은 모습이다. 남자는 매월 그믐이 되면 아침 일찍 이곳을 찾아서는 의식을 치른다. 남자는 절을 하고 주절주절 주문을 외웠다.

남자가 가슴에서 접힌 천을 꺼내 든다. 접힌 천이 펴지자 문양이 나타난다. 연꽃 문양이다. 그리고 중얼거린다.

"따뜻한 북으로!···"

남자는 주문을 한참 동안 중얼거린다. 목소리는 바람 소리와 연꽃 문양의 천이 펄럭거리는 소리에 묻혀버렸다.

남자가 의식을 치르는 동안 그 모습을 줄곧 지켜보고 있는 남자들이 있었다. 그들은 먼발치에서 남자의 의식을 촬영하고 기록했다.

"오늘은 둘 밖에는 안 왔습니다."

"갈수록 교세가 줄어든다고 봐야겠지?"

홋카이도 네무로경찰서 소속 정보 형사들이었다. 의식 중인 남자와 순사부장(경사)은 인사한 적은 없지만, 서로 낯이 익었다. 한 달에 한 번씩 보여주는 자와 지켜보는 자가 되어 노샷푸에서 만나왔다.

"여름이 되면 특히 잘 지켜봐야 해."

선배격인 순사부장이 순사(순경)에게 업무를 인계하듯 하나하나 가르쳤다.

"여름엔 어떤 문제가 있습니까?"

순사부장은 몇 년 전까지 한여름이면 수영으로 하보마이 군도로 들어가는 사람들이 있었다고 했다. 네무로 해협의 해류를 생각지 못하고 뛰어든 사람들은 하보마이로 가지 못하고 대부분 표류하다 구조되거나 익사 당했다. 설사 하보마이나 쿠나시리로 가더라도 불법 입국으로 러시아에 체포되어 분쟁을 일으키기도 했다.

"왜 무모하게 뛰어들었을까요?"

"호기심 때문이기도 하고, 돌아가고 싶어서겠지."

"돌아가다니요? 저곳은 무인도 아닌가요?"

순사부장은 바다를 바라봤다. 바람이 일고 있었다.

"그들은 대부분 아이누족이었지."

"아이누요?"

순사부장은 의식을 거행 중인 남자를 가르쳤다.

"구로카이의 영향일 것 같긴 한데, 확증은 잡지 못했었지."

순사부장은 구로카이의 가르침 중에 북쪽으로 가야 한다는 말에 주목했다. 실제 그들은 언젠가는 북으로 가야 한다고 믿고 있었다. 북쪽에 무엇이 있다고 가야 한다는 것인가. 그것도 무인도인 하보마이에 간다고 무모하게 차가운 바다에 뛰어드는 것은 이해할 수 없었다.

"구로카이는 아이누이겠군요."

"아니, 아이누는 아닐세."

순사부장은 뜻밖에 구로카이의 조상들은 오키나와 쪽에서 살았다고 했다. 그리고 북으로 북으로 올라와서 홋카이도 네무로에 정착했다는 것이다. 일본 최남단에서 열도를 타고 가장 북쪽까지 올라온 사람들은 구로카이 말고도 더 있었다.

"이젠 돌아가지."

"이야기를 더 듣고 싶은데요."

"차차 듣기로 하고, 오늘 저녁 근무 준비해야지."

순사는 그제야 구로카이의 그믐날 밤 행사가 있다는 걸 떠올렸다.

"어두운 밤 축제는 어떤 것이지요?"

"궁금할 거 없어. 몇 시간 뒤면 알게 될 테니까."

*

남태평양 키리바시 서남해상 시추선으로 헬리콥터가 접근한다. 바람이 일면서 시추선에 게양해 놓은 연꽃 문양의 깃발이 세차게 흔들린다. 헬리콥터에서 남녀가 내렸다. 껑충한 키를 가진 중년의 유럽계 남자와 20대로 보이는 금발 여자였다.

"마르띤 회장님 오셨습니까?"

현장 관리자는 함께 온 젊은 여자를 보고는 주춤거렸다.

"아! 인사하지. 내 딸일세."

"릴리아나입니다."

관리자는 얼른 자리를 권했다. 회장은 드릴 작업 중인 현장을 내려다봤다.

"얼마나 내려갔지?"

"4700m 구간 통과 중입니다."

현장 관리자는 3100m에서 셰일가스층을 발견한 뒤로는 아직 아무런 발견도 하지 못했다고 설명했다. 곤란한 표정을 짓자 회장은 괜찮다고 웃었다. 아무것도 나오지 않는데도 10000m까지 시추하라는 것이 이해되지 않는다는 의사표시를 했지만, 여전히 계속하라고만 했다. 근처로 옮겨서 새로 시추하는 건 어떻겠냐는 제안도 거부했다.

회장은 딸에게 자신의 꿈을 찾는 시추현장을 보여주겠다고 순회하고 있었다. 릴리아나는 아빠의 꿈이 그렇게나 깊이 묻혀있을 줄은 몰랐다며 웃는다. 회장은 진짜 소중한 꿈은 아주 깊이 있는 거란다며 동화에서나 나올 법한 표현을 썼다. 아빠의 꿈은 도대체 무얼까?

부녀는 한 시간가량 머물렀다 그곳을 떠났다. 키리바시의 릴리아나 할머니 댁에 들를 생각이었다. 할머니는 노후를 보내겠다며 스페인 세비야에서 이곳 키리바시로 왔다.

어릴 때 살았던 섬으로 돌아온 것이다.

키리바시로 돌아오자 회장은 누군가가 자신을 쫓고 있다는 걸 알아챘다. 벌써 몇 달 전부터였다. 회장은 그들이 일본의 정보원이 아닌지를 의심했다. 지난해부터 일본 정부는 필리핀해에서 채취 중인 셰일가스 굴착작업 중단을 요구했다. 회장은 즉시 거부했다. 일본의 주장이 터무니없다는 생각이었다. 일본은 회장의 셰일가스 채굴 위치가 필리핀판 경계에 위치해 채굴 시 발생하는 충격이 자칫 판에 전달 수가 있다는 것이었다. 그 후로 일본 감시인이 따라붙었다.

"채굴 중단 조건은 어땠어요?"

"보상하겠다고 하는데, 셰일 매장량을 터무니없이 줄여서 협상을 해와서 거절했지."

회장은 경제가치를 평가절하한 일본에 불쾌한 감정을 품고 있었다. 다분히 정치적인 접근이라 생각했다. 우연인지 필리핀해 셰일가스 채굴 이후로 필리핀판이 접한 일본 남부 지역에 지진이 증가한 것은 사실이었다. 그렇다고 직접적인 원인으로 규명된 사실도 없었다. 어차피 환태평양 불의 고리가 갈수록 활성화되고 있는 터였다. 지진이 증가한 것은 일본뿐만은 아니었다.

*

한국에서는 SNS에 사진이 한 장 올라오면서 반향이 일
어났다. 사진은 초등학생들이 미술 시간에나 만들 법한 종
이컵 전화기였다. '소통에 왜곡 없는 완벽한 전화입니다.
무응답 기능도, 무시 기능도 없습니다.' 닉네임 조중동이
라는 정치 평론가가 올린 메시지였다. 다분히 일본의 태도
를 꼬집은 것이었다.

박한은 대통령에 취임하면서 한일정상회담을 제의했었
다. 일본은 확답이 없었다. 일본은 한일정상회담 개최에
원론적인 동의만을 한 채 미적거렸다. 외교부를 통한 접촉
에도, 대통령실을 통한 통보에도 꿈쩍하지 않았다. 박한
대통령과 미야기 총리 사이에는 종이컵 전화기보다도 못한
고품격 전화기가 있다고 비꼰 것이었다.

일본의 태도에 대해서 반일 감정이 솔솔 일기 시작했다.

"여전히 확답이 없다는 거군요."

박한이 이정혜 외교부장관에 물었다.

"그렇습니다. 피하고 싶을 겁니다."

이정혜 외교부장관은 정상회담의 걸림돌을 짚어냈다.
미야기 일본 총리가 피하는 것은 1년 앞으로 다가온 JDZ
협약 만료 건이었다. 일본으로서는 1년만 버티면 바다 대
부분을 독식할 수 있는데 굳이 한국과 협상 테이블에 앉을
이유는 없었다.

"JDZ 논의를 의제에서 빼지 않으면 응하지 않으리라 판단됩니다."

이정혜 외교부장관은 일본이 그 문제를 민감하게 받아들인다는 것을 다시 강조했다.

"의제에서 빼더라도 돌발적으로 거론할까 싶어 쉽게 응하지 않겠지요."

일본은 JDZ 공동탐사에 대해서는 일관되게 핑계를 댔다. '경제성이 없다. 경제성이 없어 일본에서는 아무도 조광권을 가지려 하지 않는다. 조광권자가 없으니 자원 탐사나 채취를 할 수 없다. 일방이 탐사나 채취할 수 없으므로 한국이 단독으로 활동하는 것은 협정 위반이다.' 일본은 한결같은 논리를 펴며 협정 만료일인 2028년 6월 22일이 오기만 기다리는 중이었다. 재주껏 시간만 벌면 JDZ 대부분을 독식할 수 있는 꽃놀이패를 쥐고 흔들겠다는 것이다.

"이렇게 되면 역대 대통령 중 한일회담 개최를 가장 늦게 하는 것이 되겠군요."

"그러게 말입니다."

박한은 일본 총리가 먼저 움직이게 만들 방법이 없을까 생각했다.

"일본 총리가 먼저 회담하자고 하게 만들 방법은 없을까요?"

푸념 섞인 어조로 희망 사항을 꺼내자 이정혜 외교부장관은 박한을 위안했다.

"세상만사 새옹지마. 그런 날이 올지 안 올지 어찌 알겠습니까? 지구는 둥글지 않습니까? 너무 열심히 도망가다 보면, 어느새가 쫓는 자와 쫓기는 자 앞뒤가 바뀔 수도 있겠지요."

"제논의 역설[4]이 깨져서 그렇게 되길 바라볼까요."

"신 제논의 역설이라고 이름 붙이는 건 어떨까요?"

*

"픽!"

난 화분이 바닥으로 떨어졌다. 지진이 없었는데도 소 책장 위의 난 화분이 떨어졌다. 열어놓은 창문으로 불던 바람 때문이었을까? 총리집무실에서 소리가 나자, 부속실에서 급하게 뛰어 들어왔다. 화분이 깨지면서 바닥은 나동그

---

4) 제논의 역설: 고대 그리스 엘레아의 제논이 '만물은 흐른다'는 이론을 반대하기 위해 만들어 낸 역설.

역설 중 가장 유명한 것은 '아킬레우스와 거북이의 역설'이 있다. 아킬레우스가 100m 가는 동안 거북이가 10m를 간다고 가정하고, 거북이가 아킬레우스보다 100m 앞에 있다고 가정해보자. 그 상태에서 아킬레우스가 거북이를 따라잡기 위해 100m 앞으로 갔다고 하면 동시에 거북이는 10m를 나아간다. 그러면 거북이와 아킬레우스는 10m만큼 떨어져 있는데, 이때 아킬레우스가 다시 10m를 더 나아가면 거북이는 1m를 이동하여 거북이가 다시 1m만큼을 앞서게 된다. 마찬가지로 아킬레우스가 다시 1m를 가면 거북이는 0.1m 더 나아간다. 따라서 아킬레우스는 아주 미세한 거리만큼을 항상 뒤처지게 되므로 아무리 가까워져도 거북이를 따라잡는 건 불가능하다.

라진 난과 흙이 흩어져 엉망이었다.

"총리님 괜찮으십니까?"

"좀 치워주게."

미야기 준코 총리 표정은 날씨만큼이나 잔뜩 찌푸려져 있었다. 가로 주름보다 세로 주름이 부쩍 늘었다. 세월의 흔적인 가로 주름은 중력을 거스를 수 없어 생긴 것이다지만, 세로나 대각선 주름은 찡그리거나 웃었던 감정의 흔적이었다. 총리를 바라보고 있는 타구치 켄 CIRO[5] 정보관은 머쓱했다.

미야기는 담배를 꺼내 물었다. 요즘 들어 끊었던 담배를 피우는 횟수가 부쩍 늘었다. 집무실도 점점 퀴퀴한 담배 냄새가 배어갔다. 탈취 방향제를 뿌렸지만, 방향과 퀴퀴한 담배 냄새가 섞여 오히려 역겨웠다.

"한국에서 'JDZ대응위원회'를 만들었다고 하던데 대책은 있으시오?"

"K플랜을 가동할까 합니다. 재가해 주신다면…"

미야기는 짜증스럽다는 듯 몇 모금을 뻑뻑 빨아댔다. 미간에 세로 주름 세 가닥이 내 천(川) 자로 잡혔다.

"그 휴민트 구축에 얼마나 든다 그랬소?"

"우선 25억 엔입니다."

---

5) CIRO(일본내각정보조사실): 일본의 대표 첩보기관, 내각부 관방장관 아래 있지만, 총리에 직접 보고한다. 최고 책임자는 장관급인 정보관이다.

"우선은 그렇고, 다음은?"

"총리님! 돈이 문제는 아니라고 봅니다. 지지율과 일본의 미래가 달렸습니다."

미야기의 표정이 일그러지자 타구치는 말을 끊었다. 요즘 들어 지지율 얘기만 나오면 짜증부터 냈다. 정치 고수인 그도 지지율의 덫에 빠지면 어쩔 수 없었다. 그도 그럴 것이 일본의 국운이 기울었다는 정치 평론이 공공연하게 돌았다. 메이지유신으로 시작된 일본은 기를 다했다. 새로운 개혁이 필요하다. 한국의 기세가 무섭다. 중국의 굴기는 엄청나다. 일본은 이대로 주저앉을 것인가…. 미야기는 '소프트 파워 일본'을 기치로 제도 개혁을 시작했었다. 한국의 추격을 따돌리려 애썼다. 추월당할 때의 상실감을 맛보고 싶지 않았기 때문이었다. 그런 노력에도 지지율은 물먹은 솜처럼 바닥에 무겁게 내려앉아 도통 꼼짝하지 않았다.

"정보관! 사람은 제대로 선택한 것이 맞소?"

한국에서 활동할 K플랜 파트너에 대한 의구심을 표했다.

"염려 마십시오."

타구치는 자신 있게 대답했다.

"크게 꿈을 펼칠 인물입니다. 놓치면 후회할 겁니다."

미야기는 눈을 지그시 눌러 뜨며 이를 앙다물었다. 얼굴 주름과 함께 턱 근육이 실룩거렸다. 고급 아바타를 자신하는 타구치를 믿기로 했다.

"그럼 그렇게 하시오. 그리고 미국 펠튼 대통령은 어찌 됐소?"

"아마 셀레나 정보장 방문 때 소식을 가져올 겁니다."

타구치는 미국 DNI[6] 셀레나 국가정보장과 미·일정상회담을 개최를 논의하고 있었다.

미야기는 펠튼의 힘이 필요했다. 한국과 충돌을 막을 수 있는 해결사는 펠튼 뿐이었다. 하지만 해결사 펠튼은 한일문제에 개입하지 않으려 했다. 미야기 총리 입장에서는 미·일정상회담으로 펠튼을 움직이고 싶었다. 그런데 한국과의 관계로 시간을 끌었다. 펠튼은 일본과 정상회담을 하기 전에 한일간의 정상회담을 먼저 하길 바랐다. 두 우방의 패를 먼저 까보고 판에 끼어들겠다는 것이다. 정상회담은 꼬리잡기처럼 미국, 한국, 일본을 뱅뱅 돌았다.

"여전히 일·한정상회담을 먼저 하라는 거군."

"그렇습니다. 언제까지 미룰 수도 없는 일이기도 하고요."

미야기는 또다시 볼이 패도록 담배를 뻑뻑 피워댔다. 미국의 간섭이 없다면 JDZ는 버티다가 시효가 만료되는 대로 해양법에 따라 일본 영유권을 주장하면 되었다. 한국과의 일전은 그때 가서 겨루든 협상하든 결정하면 될 일이었

---

6) DNI(Director of National Intelligence): 미국국가정보국, 미국의 CIA, FBI 등 16개 정보기관을 총괄하는 최고정보기관. 장관급 국가정보장이 총괄한다.

다. 그런데 미국은 LA 올림픽 전에 분쟁을 일으키는 것을 용납 못 하겠다고 엄포를 놓고 있다. JDZ 협약 만료일은 올림픽 개최 한 달 전이다. 미국의 어정쩡한 태도로 일이 꼬였다.

"도대체 어떻게 하라는 건가!"

"글쎄 말입니다."

"올림픽 전에 꼼짝도 하지 말라 해놓고는, JDZ 한·일문제 해결에는 뒷전이고 말이야."

미야기 총리는 분을 삭이려는 듯 한숨을 푹 쉬었다.

"펠튼이 개입한다면 JDZ를 반으로 나누라고 하겠지요. 그래야 한국이 조용해질 거니까."

충분히 예상 가능한 전개였다. 하지만 들어줄 수 없는 중재 안이기도 했다.

"그러니까 구워삶아야지. 미국산 농축산물 수입확대, 무기 구입, 관세조정 등등 말이야."

미야기는 펠튼이 좋아할 만한 선물을 나열하고는 하나하나 짚어 보기 시작했다.

*

펠튼은 미적거리듯 보여도 내부적으로는 미·일 정상회담과 미·한 정상회담을 대비하고 있었다. 일본과의 정상회담을 미루는 척 길들였지만, 올림픽 전에 한일간의 갈등을 마무리해야 했다. 양국이 서로 엉겨 붙어 분쟁이 일어나면 미국은 난감해진다. 몇 가지 회담 카드를 준비했지만, 결과를 예측하기는 어려웠다. 일본보다 한국이 변수였다. 어르고 달래도 박한 대통령에게 제대로 먹힐지 확신할 수 없었다. 확실한 카드가 필요했다. 박한이 거부할 수 없는 카드를 만들어야 했다. 펠튼은 박한이 JDZ 문제에 집중하고 있다는 사실에 주목했다. 해결되지 않으면 일본과 교전은 물론 전쟁도 불사하겠다는 것이었다.

"셀레나 정보장. 뭘 던져 줘야겠소?"

"박한 대통령에게 말입니까?"

셀레나 국가정보장은 펠튼을 힐끔 쳐다보고는 뉘앙스를 읽었다. 펠튼도 던질만한 패가 마땅찮다는 뜻이다. 그도 그럴 것이 한국으로는 JDZ가 가지는 의미가 심대했다. 상쇄할 만한 교환가치를 찾기란 쉽지 않은 일이었다.

"관세조정이나, 규제 완화, 첨단 무기 공동개발 정도밖에는 글쎄요?"

펠튼은 그 정도로는 박한을 설득하기가 어렵다고 생각했다. 주한미군 완전 철수라는 강수를 던져 볼 수는 있지만, 한국이 덥석 받아들여도 문제가 생긴다. 그러려면 한국의 핵 개발 명분을 줄 수도 있다. 자칫 일본도 문제 될 수 있었다. 동북아의 힘의 공백은 중국과 북한에서는 쌍수를 들어 환영할 일이다. 미국으로서는 자충수다. 결정적인 묘수가 떠오르지 않았다.

펠튼은 고개를 설레설레 흔들었다. 골치 아플 때면 나오는 루틴이었다.

"내년 올림픽과 대통령선거를 앞두고 문제가 되지 않도록 잘 관리해야 하오."

셀레나는 펠튼의 의중을 살폈다. 무엇이든 재선에 장애가 되는 것은 미련 없이 정리하겠다는 뜻에는 변함없어 보였다.

"대통령님! 한국의 박한 대통령을 어떻게 하실 생각입니까?"

"그게 무슨 소리요?"

펠튼은 마음을 들킨 사람처럼 화들짝 반응했다. 박한이 걸림돌인 것은 분명했다. 공들여온 LA 올림픽과 대통령선거. 그 여정에 생각지도 못한 정치 신인 박한이 불쑥 나타났다. 미국은 혼란스러웠다. 잘 짜놓은 한국 정책 모범답안이 한순간 휴짓조각이 되어버렸다.

"미국이 가장 바라지 않았던 시나리오가 박한의 당선이 질 않았습니까?"

펠튼은 공감했다.

"그래서?"

"이젠 선택을 해야 하지 않을까 합니다."

펠튼은 셀레나를 바라봤다. 제안해줘서 고맙기도 하고 얄밉기도 하다는 표정이다.

"어떻게든 올림픽을 방해하는 모든 것은 정리되어야 하

오."

셀레나는 올림픽 전 가장 큰 골칫거리로 동중국해의 JDZ 시효만료를 꼽았다.

"시효가 올림픽 직전이라고 했소?"

"한 달 전쯤입니다. 박한 대통령은 전쟁도 선택지에 들어있다는 것을 부인하지는 않고 있습니다."

전쟁 가능성은 무시할 수 없었다. 이미 한국도 일본도 지지율과 전쟁 중이었다. 박한은 취임 때 52%에서 서서히 하락 중이었다. 미야기는 35%를 오르내렸다. 지지율을 올리는 특효 처방은 국민을 결집하는 것이다. 가장 위험하면서도 간단한 방법은 명분 있는 전쟁이다. 한국도 일본도 지지율이 계속 하락하면 도박을 벌일 수도 있었다. 그것은 LA 올림픽 성공과 펠튼의 대통령선거에도 검은 암막을 두르게 할 것이다.

펠튼은 동북아시아 구도를 고심했다. 중국이 비집고 들어 올 틈을 주지 않아야 했다. 중국도 어부지리로 동중국해를 차지하기 위해 움직이고 있었다. 한국은 JDZ 협약 체결 의미를 살려 반반씩 나누거나 기간을 연장하는 것에 찬성하고 있다. 하지만 일본은 생각이 달랐다.

"일본의 탐욕과 한국의 절실함이 충돌할 겁니다."

셀레나의 말에 펠튼은 한숨을 내쉬었다. 일본 미야기 총리의 국정 장악력이 예전 같지 않다. 한국에 대한 미국의 장악력도 약해지기는 매 한 가지였다. 일본과 한국이라는 우방이 서로 싸우게 되면 중국은 쾌재를 부를 것이다.

"또 다른 말썽꾸러기는 어찌 되고 있소?"

펠튼은 Q를 지칭했다. Q는 지하자원 관련 사업을 하는 CPM사의 마르띤 회장이다. 조용히 움직이고 있지만, 세계 정치 지형을 바꿀지도 모를 인물이었다.

"일본에서도 쫓고 있습니다. 그래서 은밀한 진행이 어려워졌습니다."

미국과 일본이 추적하는 이유는 비슷하면서도 달랐다.

"스탠딩 오더[7]는 다시 검토하시는 것이…"

"아니요. 그대로 하세요. 그리고 그 친구는 국가정보장이 처리해 줘야겠어."

셀레나는 부담스럽다는 표정을 지었다.

"일본이 빠지면 처리하는 것이 안전하지 않겠습니까?"

Q의 경호원도 문제였지만, 딸과 함께 움직이는 경우가 많아 타이밍을 잡기가 쉽지 않았다. 그렇다고 딸까지 함께 처리할 수는 없는 노릇이었다. 거기다가 M16(영국 해외정보기관)도 어른거리고 있어 쉽지 않은 작전을 수행해야 했다.

펠튼은 눈을 지릅떴다. 셀레나는 움찔했다. 제거를 준비하라는 스탠딩 오더가 내려졌다. 실행 시점은 별도로 지시

---

7) 스탠딩 오더: 명령권자가 한 번 내린 명령에 대해 직접적으로 '명령 취소'를 하지 않으면 유효한 명령을 의미한다. 즉, 살해 스탠딩 오더가 떨어지면 살해할 때까지 작전을 수행함.

하기로 했다. 눈빛에는 번복하지 않겠다는 결의가 보였다. 재선 꿈을 위해서는 누군가의 꿈은 사라져야 했다. 셀레나는 더는 말하지 않았다. 불필요한 논쟁은 필요 없었다. 펠튼에게는 미국의 이익을 위해서라는 명분이 있었다. 과연 Q가 미국의 미래를 망칠 만큼의 능력을 지닌 것인지에 대해서는 이론이 있었다. 하지만 최근 유럽에서 들어 온 정보로는 그가 충분히 위험한 존재가 되었다는 것에는 이론이 없었다.

"셀레나 정보장. 우드버거가 중국 지원을 받았다는 첩보는 어찌 되었소?"

대선 후보인 우드버거는 오래전부터 친중 인사로 분류되었다. 이번 대선에서 마지막까지 맞붙을 후보 중 가장 강력한 후보였다.

"사실로 보입니다."

"자금 지원도 확인되었소?"

"자금 흐름은 워낙 복잡한 세탁을 해서 시간이 걸립니다. 다만 중국계 시민들이 내밀하게 활동하고 있다는 건 확인되었습니다."

"자료 분석이 어려우면 양자컴퓨터를 활용하면 되지 않겠소?"

"개인 프라이버시 문제가 있어서 보류 중입니다만, 승인하시겠습니까?"

펠튼는 끄덕이며 웃었다.

펠튼의 관심은 다시 중국으로 돌아왔다. 펠튼은 재선을 망칠 1순위로 대선 후보 우드버거를 꼽았다. 우드버거 뒤에는 중국이 있었다. 중국은 JDZ로 인한 한일갈등과 LA 올림픽, 우드버거라는 세 가지 패를 손에 쥐고 펠튼을 낙선시키려 하고 있었다.

한·일간의 싸움은 중국에서도 바라던 바였다. 한·일간 다툼이 격해질수록 중국은 하이톤으로 콧노래를 부르게 될 것이다. 동중국해에서 전운이 감돌면 미국의 관심이 한국과 일본에 쏠리게 된다. 중국으로서는 타이완을 도모할 수 있는 틈이 생길 수도 있다는 뜻이다. 동중국해에서 혼란이 생기면 LA 올림픽이 흔들리고, 곧 펠튼의 지지율 하락으로 이어질 것이다. 그것은 12월 대선에서 우드버거가 활개 칠 명석을 깔아주게 되는 것이다. 중국은 그 어느 때보다도 우드버거의 당선 가능성을 높게 보고 있었다. 이른바 미국병이라는 팽팽한 진영 편 가르기 상황이 계속될 것이다. 언제라도 초박빙 판이 뒤집힐 수 있는 것이 미국 현실이었다.

셀레나는 조심스럽게 우려를 표했다.

"우드버거 당선은 중국이 미국을 통째로 흔들어서 접수하겠다는 뜻입니다."

펠튼은 중국 리신 주석의 의도대로 되게끔 가만히 놔둘 생각은 없었다. 우드버거와 맞붙었을 때 날릴 카운터 펀치를 준비할 때가 되었다고 생각했다.

"우리도 중남해 근정전 휴민트를 활용할 때가 되었지 않소?"

펠튼은 가능한 고약한 선물을 준비하라 지시했다.

"C 프로젝트는 어느 것으로 선택하실 생각입니까?"

"T와 S로 합시다."

펠튼은 '눈에는 눈, 이에는 이'라는 대응책을 주문했다.

"그리고 한국의 휴민트 활동은 좀 어떻소?"

한국에 심어둔 휴민트의 쓰임새가 커질 것을 대비해 상황을 점검했다.

"자리를 잡아가고 있습니다."

"그래요. 다행이구려. 그리고 한국 핵 개발은?…"

셀레나는 고개를 끄떡였다. 첩보를 입수했다는 뜻이다. 펠튼에게 한국의 핵 개발은 계륵이었다. 묵인할 수도 묵인하지 않을 수도 없었다.

*

"여기가 마지막인가요?"

"그래 릴리, 여기가 마지막이자 골칫거리기도 하지."

필리핀 북쪽 해상, 마르띤 회장은 릴리아나와 함께 시추선으로 향해가고 있었다. 부녀간의 시추선 방문 릴레이의 마지막 방문지였다. 마르띤의 오일 및 가스 관련 시추

사업 현장은 총 9개 지역 36군데였다. 이 많은 곳을 무리해서 릴레이식 현장 방문을 끝내는 중이다. 아직 한창 일할 50대 후반이지만 요즘 들어 마르띤은 딸 릴리아나에게 시추 사업을 물려 주려 하고 있다. 부인인 이사벨라에게는 CPM사 회장을 맡겼다. 자신은 총괄 회장이라는 직책을 맡긴 했지만 사실상 경영에는 손을 놓고 있었다. 릴리아나는 아버지의 꿈을 어렴풋이 알고는 말렸지만, 이제는 더는 말하지 않았다. 릴리아나는 방문을 마치면 모로코를 들렀다가 스페인 세비야로 돌아갈 예정이었다.

총괄 회장 마르띤의 고심은 일본과 모로코였다. 일본은 이곳 셰일가스 채취를 핑계로 압박해왔다. 일본의 압박은 근거가 불확실해서 무시해버렸다. 모로코는 부녀간의 미묘한 갈등을 안고 있었다. 마르띤은 천연가스 채취 사업을 모로코 정부와 함께하고 있다. 모로코 사업은 부가 가치가 높았다. 그런데 지난해부터 새로운 요구 조건을 붙였다. 그것은 사업이라 할 수도 있고, 인간관계 문제라고 할 수도 있었다.

시추선에 도착하자 마르띤은 마지막이라는 걸 강조했다. 그동안 강행군에 릴리아나가 지친 기색이 역력했기 때문이었다.

"여기가 그 문제의 현장이기도 한 고부가 시추현장이다."

"말썽도 많고요."

마르띤은 부쩍 어른이 되어버린 것 같은 릴리아나를 웃음 가득한 표정으로 바라봤다. 이제 후련하다는 표정의 릴리아나도 환하게 마주 봤다.

"주변에 섬도 배도 보이지 않네요."

"섬도 배도 없는데 우리를 지켜보는 눈이 있다는 게 아이러니하지. 어쩌면 그것이 덜 외로울지도 모르고…"

망망대해의 시추선은 외로운 존재다. 외롭게 버틴다는 것은 그만큼의 가치가 있다는 것이다. 그 외로운 싸움의 종착지가 아른거린다. 그것은 신기루기도 하고 현실이기도 했다. 마르띤의 최종 목적지는 남태평양이었다. 그곳에서 삶의 마지막을 쏟아부을 생각이다. 그러기 위해 사업을 아내와 딸에게 넘기는 중이다.

딸은 아빠를 창의적인 화가라 생각했다. 그렇다고 남태평양 타히티에 미쳐버린 고갱 같은 화가는 아니다. 고갱이 캔버스 위의 창작자라면 아빠는 지구 위의 창작자인 셈이다. 고갱은 캔버스에 그림을 그렸지만, 아빠의 큰 그림은 지구 위에 그림을 그렸다. 지구 위에 그림을 그리기 위해서는 국제적인 권력이라는 힘이 필요했다. 그래서 모로코와의 거래에 고민이 깊었다. 모로코가 원하는 것을 주면 그림은 가질 수 있는 권력 퍼즐 하나를 얻게 되지만, 외동딸 릴리아나는 거부하고 있다. 그도 그럴 것이 뭐가 부족해서 그런 조건을 수용하느냐는 것이다.

릴리아나는 지금도 여전히 사업보다는 지진학을 연구하

는 지질학자로서 학문에 더 관심이 많았다. 그런 그녀에게 모로코 왕실은 혼인을 맺고 싶어 하고 있었다. 모로코 왕세자가 마르핀과 왕궁을 찾아온 릴리아나를 보고는 반했다. 왕세자는 서른다섯 살로 릴리아나보다는 세 살 위였다. 이미 한 명의 부인을 두고 있는 왕세자였다. 릴리아나는 결혼할 생각이 없었다. 그에 비해 왕세자는 적극적이었다. 아직 자식을 보지 못한 왕세자비와는 이혼하겠다고 했다. 이혼은 일부다처제 국가의 왕실에서는 이례적이었다. 그냥 첩을 들이면 될 일이었다. 왕세자가 나름 릴리아나에게 예를 갖춘 것이었다.

왕세자는 미국에서 유학한 유학파로 유럽과 미국의 문화에 상당한 이해를 지니고 있었다. 왕세자의 첫 결혼은 왕실의 안정을 위해 국왕이 서둘렀다. 상대는 모로코 유명 가문의 딸이었다. 양 가문의 결정으로 두 사람은 결혼하자마자 미국으로 유학을 떠났다. 왕세자 부부는 결혼한 지 8년이 지나도록 후사가 없자, 왕가에서는 조심스럽게 왕세자의 건강을 의심했다. 국왕도 심각하게 받아들였다. 두 사람은 건강상 아무런 문제가 없는 것으로 확인되었다. 미국, 영국, 프랑스에서 검사한 결과는 모두 같았다. 그런데도 아이는 생기지 않았다. 그러던 중 에너지장관을 맡게 된 왕세자는 천연가스 시추와 채굴을 위한 사업 파트너로 CPM사를 만난 것이다.

*

    릴리아나는 북아프리카 모로코 라바트의 왕궁에서 아흐마드 국왕을 알현했다. 국왕은 흐뭇하게 바라볼 뿐 감정을 드러내지 않았다. 이어서 파와즈 왕세자 겸 에너지장관과 회담했다. 표면적으로는 회담이었지만, 이미 모로코와 CPM사와의 협의는 끝난 뒤였다.

    왕세자는 활짝 웃으며 계약을 승인했다.

    "이번 새 가스전 개발에도 CPM사가 힘써 주세요."

    "감사합니다."

    릴리아나는 왕세자의 눈빛을 피했다. 사업은 사업으로 진행했으면 했지만, 왕세자의 눈빛은 적극적이었다. 그 모습을 먼발치에서 왕세자비가 자신의 운명을 결정할 여인 릴리아나를 지켜보고 있었다. 그 사실을 알면서도 왕세자는 개의치 않았다.

    릴리아나는 회의를 마치고 스페인 세비야로 돌아왔다. 모로코 가스전 사업은 사업가로서는 놓치면 안 될 대규모 사업이었다. 아버지인 마르띤 회장은 모로코 사업을 사업만으로 그치지 않고 권력 퍼즐을 만드는 과정으로 생각했다. 큰 계획이 머릿속에 있었다. 릴리아나가 결혼에 동의한다면 큰 이득과 권력을 얻게 된다. 딸이 모로코의 왕세자비로 훗날 왕비가 된다면 자신의 꿈이 가까워진다. 당장에 국왕과 사돈이 되는 것만으로도 대단한 성과를 예견할 수 있었다.

릴리아나는 어머니와 미사를 보러 과달키비르강을 따라
세비야 대성당을 향했다. 오렌지 가로수가 가득한 거리를
지나자 독특한 양식의 세비야 대성당이 나타났다.

미사를 마치고 사각형으로 건물에 둘러싸인 오렌지 마당
벤치에 앉았다. 나무마다 오렌지가 알알이 박혀있다. 릴리
아나는 어릴 때부터 오렌지를 선악과라고 불렀다. 탐스럽
고 너무 많아 하나쯤 따먹고 싶은 충동을 느끼곤 했다. 고
개를 들어 한참이나 노란 오렌지와 푸른 나뭇잎, 그리고
성당의 건물 사이로 드러난 우물 같은 파란 사각 하늘을 보
았다. 순간 사각의 틀 안에 갇힌 자신을 깨달았다. 하늘을
보다가 눈이 스르르 감겼다.

이사벨라가 딸의 생각을 물었다.

"릴리 공부를 계속할 생각이냐?"

"아빠가 저리도 시추사업을 맡으라고 하시는데… 고민
해볼게요."

"왕세자는 여전한 거니?"

릴리아나는 끄덕였다. 이사벨라도 결혼했으면 하는 눈
치였다. 릴리아나는 결혼을 하면 계비가 되어야 했다. 왕
세자가 또 다른 첩을 얼마나 들일지도 모른다. 명예와 부
를 얻을지는 몰라도 행복을 얻는다고는 확신할 수 없었다.
더군다나 이슬람으로 개종도 해야 한다. 이미 아버지 사업

으로 인한 부와 명예만 하더라도 충분했다. 더 이상의 행복은 사랑하는 사람을 만나서 사랑을 나누며 사는 것이다. 그러나 사랑도 변하고, 세상도 변한다. 미래는 여전히 알 수 없는 일이었다.

릴리아나는 세상이 아이러니의 연속이라 생각했다. 지금 앉아있는 세비야 대성당만 하더라도 성당을 지은 것은 스페인이 아니라 아프리카 마그레브[8]에서 지중해를 건너와 스페인을 점령한 베르베르인들이었다. 회교도인 그들이 스페인에 이슬람 모스크를 지은 것이다. 그리고 이슬람의 통치가 끝나자 모스크는 성당으로 탈바꿈했다. 그렇게 수백 년 동안 이슬람에 점령당했던 세비야에서 세계를 정복하려는 스페인 정복자들이 길을 떠났다. 콜럼버스, 피사로, 마젤란…

마르띤 회장은 태평양 키리바시에 머물렀다. 릴리아나가 파와즈 왕세자를 만나 어떻게 처신할지가 궁금했다. 파와즈의 능력과 남자다움은 매력적이지만, 이슬람 문화에 대한 적응에는 고개를 저었었다. 그렇다고 하나뿐인 딸을 본인 의사와 다르게 모로코로 시집 보낼 수는 없었다.

마르띤은 꿈을 위한 재원 마련에 골몰했다. 지금의 부로

---

8) 마그레브: 북아프리카 지역. 모로코, 알제리, 서사하라, 튀니지 등이 포함되어 있다.

도 가능은 하지만, 충분한 재원은 아니었다. 자원 채취도 원유 정제 업도 막대한 부를 가져왔다. 하지만 새로운 사업을 위해서는 고객을 설득해야 했다. 고객을 설득하기 위해서는 실적이 있어야 한다. 실적 쌓기와 막대한 이익을 얻을 수 있는 곳을 궁리했다. 막강한 국가적 지지가 없으면 불가능한 일이기도 했다. 마르띤이 생각한 곳은 지브롤터해협이었다.

마르띤의 꿈은 스페인과 모로코와의 관계로 갈피를 잡지 못했다. 지브롤터해협의 주인 명단에는 영국도 끼어있다. 조국인 스페인과 주요 고객인 모로코, 국제적인 영향력을 가진 영국, 어느 쪽도 무시할 수 없었다. 결국, 삼국 모두를 설득하기로 마음먹었다. 어차피 어느 한쪽으로만 사업을 진행하면 분쟁이 생길 가능성이 크기 때문이었다. 단, 스페인 영해만을 선택한다면 스페인과의 협상만으로 가능하지만, 자칫 영국령 지브롤터까지 영향을 미치면 정리가 복잡해질 수도 있다. 그리고 무엇보다 절실했던 것은 자신을 지지하는 나라의 역량과 숫자였다. 다다익선인 마르띤의 사업은 '헤라클래스 죽이기' 프로젝트라고 이름 지었다.

헤라클래스 죽이기는 스페인, 모로코, 영국을 대상으로 은밀하게 진행되었다. 가장 적극적인 나라는 스페인이었다. 스페인은 단독으로 프로젝트를 진행하고 싶었지만, 마르띤은 자신의 신변을 위해 모로코와 영국을 넣고 싶었다. 프로젝트가 완성되면 지중해를 드나드는 수많은 선박에 대해 통행세를 받게 될 것이다. 마르띤의 구상대로라면 3개 국과 마르띤을 포함하면 수입의 25%씩을 나누는 것이다. 굳이 신대륙을 찾아 떠나지 않아도 가만히 앉아 막대한 수익을 올리게 되는 사업을 하겠다는 것이었다.

마르띤은 안달루시아 타리파에서 태어났다. 타리파는 관세(關稅)를 뜻하는 지명이다. 그 옛날 지브롤터해협을 지나가는 선박들에 통과세를 받은 것이 유래이기도 했다. 그런 그가 타리파에서 21세기의 통행세 사업을 하려는 것은 아이러니한 일이기도 했다. 그래서 사업은 극비리에 진행될 것이고, 그 결과도 극비리에 부칠 예정이다.

*

2027년 5월 25일, 박한은 아침부터 활기찼다. 취임하고 처음으로 가족과 대통령 관저에서 만찬을 하기로 한날이었다.

박한은 바쁘게 일정을 소화했다. '방재의 날'을 맞아 기념식과 포상을 마치고, 월성원자력발전소를 방문했다. 월성원자력발전소에는 두 부류 주민이 대통령을 기다리고 있었다. 정문 밖에는 원자력 안전 대책과 원자로 폐기를 주장하는 환경단체와 주민이 격렬 시위 중이었다. 그런가 하면 발전소 안에서는 '월성 주민의 날' 행사가 열리고 있었다. 때마침 대통령의 도착에 맞춰 행사 하이라이트인 양식

어류 시식 행사가 열렸다. 발전소 온배수로 양식한 광어 등 고급어종을 회나 튀김, 찌개 등으로 시식하는 행사였다. 원자력발전소의 온배수로 양식한 어류인 만큼 원자력 안전성을 확인시키려는 의도였다. 박한은 자연재해를 대비해 안전한 원자력 자원 활용을 주문하고 격려했다.

최근 들어 박한의 핵 관련 행보가 부쩍 늘어났다. CIA는 의도를 분석했다. 핵 무장을 준비하는 것인지? 아니면 핵 무장 트릭으로 미국과 일본에 대해 협상하려는 것인지가 명확하지 않았다. 보란 듯이 핵 시설을 방문하는 것이 오히려 판단을 흐리게 만들었다. 핵 무장이 진심이라면 은밀히 움직이거나, 전혀 움직임을 보이지 않는 것이 당연했다. 트릭일까. 트릭에 트릭일까?

어렵사리 어머니와 형님 가족이 관저에 모였다. 새 잔디가 파릇파릇 올라온 정원 뜰에 만찬 장소를 마련했다.

"흠. 냄새가 좋구나."

김순애 여사는 차려진 음식에 만족해 보였다.

"그럼, 우리 박한 대통령님과 식사를 해볼까요?"

김 여사는 관저 만찬이 어색한 듯 주변 경호원들을 흘깃거렸다. 식사는 정숙한 분위기 속에서 계속되었다. 김 여사는 맞은편에 앉은 큰아들과 며느리를 빤히 지켜봤다. 알곰달곰 서로 식사하며 대화하는 모습이 보기 좋았다. 박한의 옆에 며느리가 함께했으면, 더없이 완벽한 그림일 텐데….

"할머니, 진지드세요."

유치원에 다니는 큰 손녀가 예절교육에서 배운 대로 말했다.

"그래, 우리 유빈이도 식사합시다."

김 여사는 식사 중에도 몇 발짝 떨어져 보좌하는 여직원들에 눈길이 갔다. 유독 늘씬한 키에 뽀얗고 작은 얼굴이 눈에 들어왔다.

"저 여자분은 어떤 일을 하누? 참 곱다."

"민서린 비서관이에요. 연설비서관인데 제 연설문을 책임지기도 하고, 자서전 집필을 도와주는 시인이자 소설가입니다."

김 여사는 민서린에 관심을 가졌다. 언제 어디서든 며느릿감이라고 생각하면 허투루 보지 않는 김 여사였다.

박한은 민서린 비서관을 가까이 불렀다.

김 여사는 박한과 민서린을 연거푸 훑어봤다. '흠…' 서로 잘 어울릴지를 짧은 순간 본능적으로 가늠했다.

"여사님 처음 뵙겠습니다. 민서린 연설비서관입니다."

"아, 네 반가워요. 참 곱네요."

김 여사의 얼굴에 웃음과 함께 은은한 미소가 번졌다.

순간 박한은 옛 기억을 떠올렸다. 그리고는 슬쩍 두 사람의 대화에 끼어들었다.

"어머니, 초면은 아닐 텐데요. 그리고 재미있는 것은 어머니 말씀이 그때나 지금이나 똑같으시네요."

김 여사는 전혀 감을 잡지 못하고 멀뚱거렸다.

민서린은 잠깐 생각하다 기억을 떠올리고는 당황스러워했다.

"민서린 비서관은 초등학교 다닐 때 두 달 동안 짝꿍을 한 적이 있었지요. 언젠가 어머니가 참관수업으로 학교에 오신 적이 있었는데, 그때도 '참 곱게 생겼네'라고 말씀하셨거든요."

갸웃거리던 김 여사가 어렴풋한 기억을 떠올리고는 반색했다.

"맞아! 기억나. 어찌나 귀티가 나고 곱게 생겼던지 탐이 나더라고, 인연이 깊은 아가씨이구먼, 같이 식사하면 좋을 텐데?"

김 여사는 화색이 돌았다.

"아닙니다. 어머님. 전 제 일이 따로 있어서요. 식사하세요."

김 여사는 박한에게 눈치를 보냈다. 민서린은 거절하려 했지만 김 여사의 등쌀을 이길 수 없었다. 결국, 식사 대신 식사 후에 차를 함께 하기로 했다.

김 여사는 가지런히 놓인 한식에 입맛이 돋았다. 요것조 것 종류별로 맛보는 모습에는 흥겨움이 있었다. 민서린을 보고 난 뒤의 김 여사의 표정은 사뭇 밝아졌다.

그동안 아들은 대한민국 최고의 자리에 올랐지만, 옆에

함께 있어야 할 며느리가 없다는 것에 마음이 허했었다. 김 여사는 어딜 가더라도 젊은 며느릿감에게 집중하는 습관이 생겼다. 벌써 10년째 그렇게 살고 있다. 박한이 서른다섯을 넘기면서 결혼 얘기는 그만두었다. 기대를 접는 것이 스스로에게나 아들에게 더 나은 선택일 수도 있다는 생각에서였다. 그러나 그때뿐 돌아서면 마음이 바뀌었다. 그것 또한 어쩔 수 없는 일이었다.

김 여사를 유심히 지켜보던 며느리가 말을 꺼냈다.

"도련님! …이렇게 불러도 되려나 모르겠네요?"

"형수님 당연한 말씀을요."

"이런 말씀 드려도 되는지 모르겠지만, 이젠 결혼을 하시는 것이…"

며느리의 말이 반가웠다. 김 여사는 날쌔게 대화를 낚아챘다.

"민영아, 너도 그렇게 생각하냐? 그래 이젠 결혼하는 게 맞겠지?"

"네, 어머님. 이젠 결혼하셔야죠. 도련님 자신을 위해서도 그러셔야 하고요. 국가를 위해서라도 결혼하셔야죠."

국가를 위한다는 형수의 말이 장렬하게 왼쪽 가슴에 쿵 꽂혔다.

"그래, 요 옆에 용산공원 잔디밭 좋겠더구나."

김 여사도 꺼내고는 싶었지만, 꾹꾹 눌러놨던 결혼 얘기였다. 눈치라도 챈 듯 며느리가 이야기를 꺼내 줘서 여간 고

마운 게 아니었다. 평소 안정 없이 톡톡 튀는 언행이 마음에
들지 않았었지만, 오늘만큼은 후한 평점을 주고 싶었다.

"형수님!"

박한은 잠깐 김 여사의 눈치를 살피더니 곧바로 수긍했
다.

"아무튼, 진지하게 생각하겠습니다."

"도련님, 예전에 만나셨던 친구들도 있었잖습니까? 지
금은 여자 친구 없으신 거죠?"

"나이가 다들… 결혼을 했거나, 비혼주의자이거나 그렇
겠지요."

형수는 박한 귀에 대고 조용히 사분거렸다.

"도련님. 여기 대통령실에도 훌륭한 신붓감이 많을 텐
데, 가까이서 찾아보시는 것은 어떠세요?"

박한은 정리할 때가 되었다고 생각했다.

"형수님, 그만… 하하. 여긴 자칫 소문이 금방 날 수도
있거든요. 내일 당장 언론에서 대통령 장가간다고 할지도
모릅니다. 물론 스스로 입단속은 하겠지만…"

"그런가요? 죄송해요. 그래도 홀로 키우신다고 고생하
신 어머니를 보시더라도… 오늘 아니면 언제 또 이런 얘기
하겠어요."

식사가 끝나자 김 여사는 약속대로 민서린과 차를 마셨
다. 두 사람과 박한의 거리는 대화가 들릴락 말락 한 거리
였다. 김 여사는 흐뭇한 표정으로 민 비서관을 바라보았다.

"그래 그때 얼굴이 남아 있네. 교실에서 유난히 하얀 얼굴이 눈에 들어왔었어. 어쩜 저리 예쁠꼬 했었지."

"감사합니다. 예쁜 아이로 기억해 주셔서요."

김 여사의 눈은 기대감으로 반짝였다.

"아냐! 정말 저런 예쁜 애가 우리 한이 짝이 되면 좋겠다고 했었지. 그런데 그 이후로 다시 보게 되었네, 그것도 우리 박한 대통령 옆에 있는 모습으로… 그때와 똑같이…"

김 여사는 민서린이 아무리 봐도 예쁜지 요리조리 뜯어보고 또 뜯어봤다.

"그래 부모님은 잘 계시고?"

"아! 네. 아버지와 어머니는…"

김 여사는 집중 면접관처럼 대답이 끝나기도 전에 다음 질문으로 넘어갔다.

"결혼은 했겠네?"

"혼자 살고…"

"아… 어머니 이 정도 하시지요."

주변에서 대화를 듣고 있던 박한이 서둘러 두 여인 사이의 대화에 끼어들었다.

취임 후 어렵사리 짬을 내어 만든 가족 모임은 끝났다. 가족도 민서린도 모두 돌아갈 채비를 차렸다.

박한은 정원에 서서 가족을 태운 차가 시야에서 사라질 때까지 자리를 지켰다. 어머니가 탄 승용차의 빨간 후미등이 과속 방지턱을 넘을 때마다 결혼하지 않은 것을 나무라는 '경고등'처럼 깜빡였다. 브레이크를 밟을 때마다 어머니가 경고! 경고! 경고! 라고 외치는 것 같았다. 차량은 도시의 불빛 속으로 스며들었다.

"따라가고 싶은 것 같아 보입니다. 대통령님!"

민서린이었다. 환하게 웃고 즐거워했던 박한의 얼굴에서 그림자를 읽었다.

"민서린 비서관! 아직 퇴근 안 했어요?"

"정리할 게 있어서, 이제 가려고요."

퇴실하는 민서린의 뒷모습이 쓸쓸해 보인다. 선뜻 내딛는 발걸음은 아니었다. 내 뒷모습도 저럴까?

다시 혼자 남았다. 울컥, 관저 어둠 속에 홀로 남겨졌다. 입대 후 첫 가족 면회가 끝나고 난 뒤 홀로 남겨졌을 때 느낌 그대로였다. 어머니 없는 집에 돌아올 때 느꼈던, 세상이 텅 빈 감정과도 비슷했다. 초등학교에서 돌아오면 집에는 어머니가 없었다. 야쿠르트 아줌마였던 어머니는 아침부터 야쿠르트를 배달하고 남은 야쿠르트를 처리하느라 가방을 메고 동네를 누볐다. 어린 박한은 그런 어머니가 부끄러웠다. 그중에서도 가장 부끄러웠던 것은 어머니가 하교 시간에 맞춰 학교 앞에서 야쿠르트를 떨이할 때였다. 그런 어머니를 불평하다 세 살 위인 형한테 엄마 몰래 늘씬 얻어맞기도 했다. 형 박헌은 어머니가 가난을 이기지 못하고 다른 집으로 개가라도 할까, 마음 졸였었다고 다

커서야 말했다. 형만 한 아우 없다고 했던가. 형제간의 세 살은 물리적인 1095일의 차이만은 아니었다.

박한은 뒤척였다. 잠이 오질 않았다.

결혼 문제는 계속 미룰 수 없는 일이었다. 정치적인 의미도 작지 않지만, 어머니의 꿈도 이루어드려야 한다는 도리가 무겁게 다가왔다. 국사에 전념한다고 결혼을 미루는 것은 또 다른 오해를 만들 수 있다. 갈수록 결혼율과 출산율까지 뚝뚝 떨어지고 있는 국가적 위기 상황이다. 대통령이 결혼도 하지 않으면서 출산장려정책을 편다는 건 분명 모순이다. 개인적인 일이라 참모들은 함구하고 있지만, 지지율이 떨어지면 야당으로부터 공격당하기 좋은 사냥감이 될 것이다. 그사이 미혼 여성을 중심으로 한 팬클럽이 활동 중이고, 온라인을 통해 대통령 간택 사이트도 등장했다고 한다. 신부 후보 등록 사이트, 대통령과 가장 잘 어울리는 상대는? 대통령은 이런 신부를 원한다….

생각이 깊어질수록 정신이 오히려 맑아졌다. 잠에서 점점 멀어지는 불면의 밤이 시작되었다. 오련한 얼굴들을 그리고 지우기를 반복했다. 어느 얼굴쯤에선가 필름은 툭 끊겼다.

다음날, 집무실에 들어서자 곧바로 정혁 비서실장이 보고를 시작했다. 문득 어제 집무실에서 정혁 비서실장이 얼버무렸던 말이 떠올랐다.

"어제 말씀하시던 주치의는 무슨 얘깁니까?"

정혁은 잠깐 무안한 듯 서슴다 대꾸했다.

"아! 예. 보고를 제대로 드려야 했는데 시간이 없어서 이제야 말씀드립니다. 본가 어머님 연세도 있으시고 해서 괜찮으시다면 제 딸년이 건강을 돌봐 드렸으면 해서요."

박한은 정혁 실장의 딸이 의사였다는 걸 떠올렸다.

"따님이 의사라 하셨죠?"

"개업의인데 마침 연신내 본가 근처에 의원이 있기도 해서 돌봐드리는 게 어떠시냐고 여쭈려 했습니다."

박한은 미소지었다. 웃지만 어색했다. 미안한 표정이다.

"굳이 그러실 필요는 없습니다. 어머니도 특별 혜택을 받는 건 원하지 않으실 테고요."

정혁도 일단락되었다고 생각했는지 무심한 듯 말했다.

"그렇지 않아도 여사님께서 정중히 거절하셨습니다."

"뜻은 감사합니다. 너무 서운해 마시길 바랍니다."

예견한 일이었다. 그래도 서운한 감정은 어쩔 수가 없었다.

누군가가 어머니를 케어해 준다는 건 반가운 일이었다. 하지만 사사로울 수 없다는 것이 박한의 입장이었다.

한편 어머니나 형수를 통해서도 내놓으라 하는 가문에서 혼사 이야기를 들어 온다고 들었다. 하나 같이 어머니를 편안하게 모시겠다고들 하는 모양이었다. 하지만 정략결혼이라는 꼬리표는 달고 싶지 않았다. 박한은 공식적으로 JDZ 문제를 해결할 때까지 결혼하지 않겠다고 했다. 중대한 국사 앞에 자칫 결혼을 둘러싼 국론분열이 생길 것을 막을 생각이었다. 그것은 또 다른 문제를 품고 있었다. 영부인 후보가 난립하고, 경쟁이 치열해질 가능성이었다. 그동안 유튜버를 비롯해서 얼마나 많은 소모적인 소문이 난무할지도 알 수 없다. 자칫 대통령이 희화화될까 조심스러운 일이기도 했다.

*

정혁 비서실장이 샘오 거처인 내수동 프레지던트오피스텔에 나타난 것은 저녁 늦은 시간이었다. 집안에 들어서자 가을 낙엽 태우는 것 같은 냄새가 났다.

"무슨 냄샌가? 개똥쑥 타는 냄새 같기도 하고?"

정혁의 불퉁한 말투를 샘오는 그러려니 받아들였다.

"명상할 때 쓰는 테라피 향 같은 거로 생각하시면 됩니다."

정혁은 곧바로 수긍했다.

"마음이 가라앉는 느낌이긴 하군."

"환기를 시켜놨으니 곧 괜찮아 질 겁니다."

정혁의 기분이 별로 좋지 않아 보였다.

"그나저나, 그 머리 좀 정리하면 안 되나? 무슨 도인도 아니고 말이야."

샘오의 긴 흑발은 숱이 많았고 밴드로 머리를 묶었지만,
여전히 보헤미안처럼 산만했다.

정혁 비서실장은 샘오를 신뢰했다. 창의적인 아이디어
와 처세에 뛰어났다. 그동안 약간의 비위가 있었지만, 그
의 능력을 내칠 만큼은 아니라고 생각했다.

"샘오! 자네 무슨 문제라도 있는 건가?"

샘오가 양팔을 벌려 무슨 뜻입니까? 하는 표정을 짓는
다.

"일을 시작했으면 끝을 봐야 하지 않나? 무심한 것 아닌
가? 이 말일세."

"그럴 리가 있겠습니까? 다만, 실장님도 약속은 지키셔
야지요."

"알았네. 그건 내가 생각하고 있으니 너무 조급해하지
말게. 지금은 어떤가?"

샘오는 서류 뭉치를 꺼내 들었다. 서류를 정 실장이 받
으려 하자, 다시 다짐을 받는다. 정 실장은 살짝 짜증이 났
는지 서류를 '획' 낚아챈다. 그리고는 빠르게 내용을 읽어
본다. '역시' 하는 표정으로 고개를 끄덕인다. 샘오의 태도
는 마음에 들지 않지만, 실력만큼은 인정하지 않을 수 없
다는 뜻이다.

"총리께서는 아무 말 없으시던가?"

"여전히 발을 넓히는 데 집중하고 계십니다. 교류를 늘

리고 있기는 한데…"

정혁은 눈을 흡뜨며 샘오를 쳐다봤다.

"또, 교제비 문제인가?"

샘오는 끄덕였다. 정혁은 손이 많이 간다는 짜증 섞인
표정을 지었다.

"대책을 마련해야지. 돈이 하늘에서 떨어지는 것도 아니
고… 좋은 생각 있으면 얘기 좀 해보게."

샘오는 기다렸다는 듯이 입을 뗐다.

"방안이 있기는 한데 말입니다."

별 기대 없이 꺼낸 말에 자동응답기처럼 대답하려는 샘
오가 신통했다.

"그래? 뭔가?"

샘오가 귓속말로 방안을 얘기하자 찌푸렸던 표정이 이내
밝아졌다.

"역시 샘오야! 이래서 미워할 수가 없다니까. 하하하."

정혁은 한껏 기분이 올라서는 샘오가 기다렸던 말을 던
졌다.

"다음 주에 행복한국당 정춘석 대표를 만날 걸세, 자넬
부를 테니 기다리게."

3

동방비기

정혁과 샘오의 첫 만남은 3년 전이었다. 샘오가 월드뉴스 대통령실 출입 기자로 왔을 때 정혁은 전 정권의 대통령실 비서관이었다. 정혁은 평소 산을 좋아했다. 샘오와 함께 몇몇 외신기자들이 어울려 등산을 시작했다.

첫 등산은 비교적 가볍게 오를 수 있는 인왕산이었다. 첫 산행에서 샘오는 뜻밖의 모습을 보였다. 미국에서 생활하다 한국에 온 샘오는 의외로 풍수지리에 일가견이 있었다. 그는 인왕제색도가 그려진 머플러를 하나씩 나눠주었다. 모두 선물에 감탄했다. 이어서 인왕산에 대한 풍수적 설명을 곁들였다.

"인왕산은 우백호에 해당하는 곳입니다. 예로부터 산세가 왕이 나올 산이라고 했지만… 호랑이가 자주 출몰해서 호환을 입은 기록뿐 아직 왕이 나오지는 않았습니다. 언젠가는 나올지도 모르지요."

정혁은 샘오의 해박함에 서서히 끌리기 시작했다. 서울 풍수 탐방은 계속됐다. 둘 사이가 끈끈해졌다. 시간이 지나면서 산행 참석자는 점점 줄어들었다. 결국, 정혁과 샘오 둘만 남았다.

그러던 중 샘오와 함께 가평 화악산을 등산할 때였다. 화악산 정상에 오르자 일기예보와는 다르게 급격히 날이 흐려졌다. 둘은 하산을 서둘렀다. 최단 거리로 하산한 게 화근이었다. 길을 잘못 들었다. 둘은 길을 잃고 헤맸다. 짙은 안개 속에서 아무리 산에서 내려가려 해도 홀린 듯 계속 산속을 헤매고 있었다. 섬뜩한 기분이 들었다. 그곳은 옛날 누군가 살았던 흔적이 남아 있었다. 돌로 축대를 쌓고 땅을 고른 흔적만 있을 뿐 집은 보이지 않았다. 결국, 구조 신고를 했지만, 통신할 수 없는 지역이었다. 안개가 는개로 바뀌자 떨어진 체력에 저체온 증상이 나타나기 시작했다. 둘은 전화가 터지는 곳을 찾아 주변을 옮겨 다녔다. 지쳐서 움직임마저도 무기력해질 때쯤 겨우 조난 신고가 되었다. 둘은 누가 먼저랄 것도 없이 서로 끌어안고 추위를 버텨냈다. 분리하면 죽어버리는 자웅동체처럼…

아침이 되어서야 가물거리는 의식 속에서 헬리콥터 소리를 들었다. 그리고 얼마 지나자 앰뷸런스 소리가 들려왔다.

"또 거기야?"

"이상하게 같은 장소에서 조난 신고가 들어온단 말이지?"

"죽은 사람도 있는데 이분들은 다행입니다."

"그곳에 왕기(王氣)가 서렸다고 누구 헛소리를 해서 말이 야."

"그야 모르지요. 진짜 왕이 나올 자리인지."

"요즘 그 외진데 누가 산다고 왕이 나온단 말인가. 요즘 은 고층 아파트 꼭대기에서 왕이 나오는 세상이야. 쓸데없 는 소리 고만하고 환자 체크나 잘해."

둘은 생사를 같이한 만큼 밀착되었다. 정혁의 머릿속에 는 앰뷸런스에서 어렴풋이 들었던 '왕이 나올 자리'라는 말 이 계속 맴돌았다. 샘오도 예로부터 그곳에서 메시아가 나 타난다고 하는 말이 있었던 곳이라고 했다. 샘오의 말에 잠시나마 솔깃했다. 마음을 추슬렀지만, 그 말을 들은 순 간부터 몸살이 오듯 으슬으슬 이상한 기운은 사라지지 않 았다.

"샘오! 그렇다면 벌써 그곳에서 왕이 나왔어야지."

샘오의 설명은 논리적이었다.

"그 종교가 왕성했을 때는 일본 강점기로 나라가 망했는 데 무슨 왕이 나오겠습니까? 그러다가 교주가 죽으면서 와 해 됐고요."

"하긴 그렇기도 하군."

샘오는 문득 옛이야기 하나를 꺼냈다.

"다만 한 세기 전에 천세득이란 자가 적은 '동방비기' 에 따르면 무신년에 세 마리용이 세상에 나온다는 이야기가 있긴 합니다. 만약에 그 종교와 천세득이 교감을 했다면 그 세 마리 용 중의 하나가 여기서 나올 가능성은 있겠지요."

정혁은 관심을 보였다.

"무신년? 무신년이 언제지?"

"돌아올 무신년은 내후년인 2028년입니다."

아!… 정혁은 바로 2년 뒤가 무신년이란 말에 곧바로 실망했다. 바투 2년 뒤라면 자신과 용은 관계없는 일이었다. 한 4~5년 뒤라면 꿈이라도 꾸어 보겠지만… 정혁은 툴툴 거렸다.

"지금이 어느 시대인데 아직 용이 나온다고 하는 그런 소릴! …그런데 만약에 그럴 가능성이 있다면 말일세, 나올만한 곳이 어디쯤이라 생각하는가?"

정혁은 부정과 긍정을 오가며 관심을 이어갔다.

"그건 아무도 알 수 없지요. 용이라면 황제나 왕을 뜻하는데 한국이 삼등분 되면 몰라도 어찌 세 마리용이 한꺼번에 세상을 움직이겠습니까?"

무덤덤한 샘오에 비해 정혁은 끄덕졌다.

"그야 모르지, 비기가 영험하다면… 용은 물이 있어야 하니까 한강, 낙동강, 금강을 중심으로 분할될 수도 있지 않겠나? 아니면 동해, 남해, 서해에서 나오든가. 옛날에도 고구려, 신라, 백제로 3국이 있었지 않은가 말일세."

"이미 정감록이나 격암유록의 예언은 다 빗나간지라 비

기를 기대하기는 좀 그렇습니다만…"

샘오가 정감록과 격암유록을 꺼내자 정혁은 관심을 보였다.

"정감록과 격암유록?"

"정감록에 정도령이 나타난다는 것도 그렇고, 격암유록에 2025년 하반기에 한반도를 통일한다는 것도 그렇고…"

정혁은 눈이 반짝였다. 재미있다는 표정이었다.

"정도령이라면 나도 정도령아닌가? 정~혁!"

정혁이 신소리를 하자 샘오는 냉철하게 싹뚝 잘랐다.

"그 정도령은 바를 정(正)자 정도령이고요."

정혁은 동방삼용 세계에서 좀체 빠져나오지 못했다.

"그렇다면 한국, 일본, 중국 하나씩 나올 수도 있지 않을까?"

"정 비서관님! 이쯤 하시지요. 너무 심취하신 것 같습니다."

정혁은 샘오의 심드렁한 대꾸에도 객쩍게 이어 물었다.

"천세득은 믿을만한 존재인가?"

"당대 하늘과 땅의 천기를 알았다는 유일한 존재라고 했다지요."

"샘오 자네는 미국에서 온 사람이 어찌 그리 잘 아는가?"

"어찌하다 오가며 들은 풍월이지요. 풍월. 하하하."

정혁은 대화 내내 찌릿했다. 알 수 없는 기가 손끝과 머리카락 끝을 타고 들어오는 느낌이었다. 백여 년 전 왕기가 화악산에 있었다면, 누군가에 옮겨갔거나 화악천을 타고 흘러내려 갔을 테다. 만약 왕기가 움직였다면 북한강일지 한강일지 그곳 어딘가에 왕기가 흐르다 멈추었을지도 모르는 일이었다. 정혁은 비기에서 멀어지려 할수록 오히려 깊숙하게 빠져들고 있었다.

'만약에 왕기가 서렸다는 예언이 사실이라면 그곳이 어딜까?'

*

성북동 한정식집 '만수제'에서 정혁 비서실장이 행복한 국당 정춘석 대표를 만났다.

정춘석 대표는 초청 자리에 흡족해 보였다.

"정무수석을 보내셔도 되는 데 실장께서 직접 오시니 극진히 대접받는 기분입니다."

"대표님은 정치 대선배님이신데, 어찌 정무수석을 보내겠습니까. 제가 직접 모셔야지요."

"비서실장이 모시는 분은 딱 한 분 대통령뿐인데, 나까지 모신다고 소문나면 괘씸죄에 걸려 큰일 납니다."

정춘석 대표의 농담에 정혁은 얼른 술잔을 채웠다.

"먼저 제가 한 잔 올리겠습니다."

"오늘은 대통령께서 정 대표님을 잘 모시라고 해서 왔습니다. 이일은 정무수석이 해야 하지만 이번엔 저에게 특별히 부탁하더군요."

"대통령께 감사하다는 말을 전해주세요. 물론 제가 전화 드리긴 하겠습니다만."

정혁 실장은 휴대전화로 비서에게 선물을 가져오라 했다. 비서는 준비하고 있던 선물을 들고 왔다.

"이게 뭡니까?"

"한번 풀어보시지요. 저도 내용물은 모릅니다. 좀 돌처럼 묵직한 느낌입니다만."

정춘석 대표가 선물 보자기를 풀자 나무로 만든 케이스가 나왔다. 정춘석 대표는 케이스를 열고 안에 든 내용물을 꺼냈다. 까맣고 반질거리는 돌이 하나 나왔다. 까만 돌은 풍만한 여인이 농염한 자태를 뽐내고 있는 조각 작품이었다.

정철 실장은 조각 작품이 아리송한지 쭈뼛거렸다.

"대표님, 이게 뭐지요?"

정춘석 대표의 얼굴에 웃음이 잔잔하게 퍼졌다.

"쇼나 작품 같은데요."

"쇼~나요?"

"쇼나라고 아프리카 짐바브웨 전통예술 작품 말입니다. 여기 편지가 있네요."

정춘석 대표는 겉봉에 적힌 글씨체를 보고 살짝 웃었다. 대통령이 직접 쓴 글씨체로 보였다. 컴퓨터 세대가 가지고 있는 좀체 늘지 않는 서체 그대로였다.

'정춘석 대표님, 저의 작은 성의를 받아주시면 감사하겠습니다. 지난번 뵈었던 사모님께서 아프리카 미술에 조예가 깊으시다고 들었습니다. 마침 짐바브웨 대통령이 방한하면서 선물을 가져 왔길래 한 점 보냅니다. 무거운 돌멩이 보냈다고 나무라지 마시고… 아무쪼록 내외 두 분 행복을 빌겠습니다. 조만간 각 당 대표님을 모시고 영수회담을 하려고 합니다. 영수회담에서 좋은 말씀 부탁드립니다. 대한민국 대통령 박한.'

정춘석 대표는 만족스러운 표정을 지었다. 흡족한 표정에 작품을 들고 이리저리 둘러보았다.

"세심한 분입니다. 상대의 마음을 뺏는 재주가 있으시단 말입니다. 마음을 뺏기고도 이렇게 뺏기면 즐겁지요. 허허허."

술자리가 익어갔다. 술잔이 몇 차례 돌자 정혁 실장은 샘오를 방으로 불렀다.

샘오는 정혁 실장이 시키는 대로 긴 머리를 가지런히 묶고, 정갈하게 슈트를 입고 들어왔다.

"샘오라는 친굽니다. 대표님께 인사드리게."

샘오는 한국식으로 정중하게 허리 숙여 인사했다.

"샘오라고 합니다. 한국 이름은 오세오입니다."

정춘석 대표는 샘오와 악수했다.

"오세오, 뒤집어도 오세오군. 정치인에 잘 어울리는 이름이야. 어서 앉게."

정치인에 어울리는 이름이라는 말에 샘오보다 오히려 정혁이 솔깃했다.

"정치인으로 잘 어울리는 이름이 따로 있습니까?"

"현학적으로 해석할 필요는 없네. 앞뒤가 같은 이름을 보면 자웅동체가 생각나질 않나? 함께 잘살기도 하지만, 혼자서도 잘 살 수 있는 위기에 강한 자웅동체. 나는 자웅동체야말로 영원히 죽지 않는 생물체라고 생각하지."

정춘석 대표의 말에 샘오가 움씰 반응했다. 말은 계속 이어졌다.

"물론 외연을 넓히는 것이 정치인의 숙명이라지만 움츠려야 할 땐 권토중래를 꿈꾸며 생존하는 것이 정치의 기본 아닌가? 살아있어야 언젠가 뭐라도 하지."

"그럼 저도 이참에 이름을 정혁정으로 바꿀까 봅니다."

"차라리 정정으로 하는 건 어떻겠소? 잘못된 정치를 제가 정정하겠습니다. 좀 먹힐 것 같지 않소."

정춘석 대표도 순발력 있게 받아쳤다.

"그 말 정정하겠습니다."

정춘석 대표는 농담을 주고받는 순간에도 샘오를 살폈다.

샘오는 바람을 타고 오르는 독수리였다. 처음 땅을 박차고 오르기만 하면 바람을 타고 유유자적 하늘을 노니는 독수리다. 이제 퍼덕거리며 날아오르고 싶어 할 때가 되었다. 때마침 정혁 실장을 만났다. 바람이 잦은 정치판에 어울릴 만한 재목이다. 다만 눈빛이 촉촉한 것이 못내 아쉬웠다. 그가 타고 오를 바람은 여자였다. 그 바람을 일으키는 것도 여자고, 바람을 잠재우는 것도 여자다. 난세를 만나야 영웅도 되고 간웅도 될 상이다.

"한잔하게. 자네가 정 실장을 만난 것은 큰 행운이 될 걸세. 앞으로 잘 배워 보게나."

정춘석 대표는 그렇게 말하면서도 만만치 않은 상대를 수하로 들였다고 생각했다. 미국 스탠퍼드대학을 졸업한 스마트한 두뇌에 샤프한 판단력은 탐낼 만하지만, 정혁 실장이 장악하지 못하면 오히려 독이 될 수도 있다고 생각했다.

'머리가 좋은 놈은 배신도 잘하는 법이다.'

샘오는 먼저 자리에서 일어났다.

"먼저 일어나겠습니다. 두 분 좋은 시간 되십시오."

"그러세, 종종 보세나."

샘오가 나가자 정혁 실장은 쭈뼛거렸다. 그런 모습을 정춘석 대표는 읽고 있었다. 어색한 분위기 끝에 정혁 실장은 슬며시 대통령의 결혼 문제를 꺼냈다. 정춘석 대표는 대통령의 결혼이라는 사적인 것을 공적인 영역으로 끌어들이는 것이 옳은지 고민해보자는 의견이었다. 정혁 실장은 애초부터 정춘석 대표를 설득하는 데에는 한계가 있다고 생각했다. 정치인치고는 올곧은 성품을 지닌 흔치 않은 인물이었기 때문이었다. 당 대표가 된 것도 그런 인격이 작용했었다. 다만 정춘석 대표는 우군이 되지는 않더라도 반대편에 서지만 않으면 되었다. 문제는 야당이면서도 국회를 장악하고 있는 밝은미래당 노장언 대표였다. 사실상 노대표를 끌어들이는 것이 당면과제인 셈이다.

*

온종일 비가 내렸다. 가뭄이 심했던 터라 반가운 비였다. 대통령이 되기 전에는 단순히 성가시기만 했던 비였다. 박한 대통령은 강소기업 전람회에 다녀오는 길에 바짓가랑이가 비에 흠뻑 젖었다. 애초부터 피할 생각이 없었다. 비에 젖고도 즐거워하는 자신이 생경했다.

비는 기쁨 반 슬픔 반으로 내렸다. 박한은 집무실에 돌아오자 침울해졌다. 감찰 보고를 받고는 표정이 무거워졌다.

박한은 집무실에서 카펫에 발자국을 심듯 한발 한발 움직였다. 무거운 표정으로 가장자리를 따라 한 바퀴 또 한 바퀴를 돌아 창가에 섰다. 한주 특별감찰관과 김원태 공직기강비서관이 보고했던 보고가 마음에 걸렸다. 이제 출범한 지 얼마 되지도 않는 대통령실이었다. 그럼에도 비위에 연루될 가능성이 있는 몇몇 고위 간부와 직원들의 명단이 올라왔다. 아직은 가능성이기는 하지만 우려되는 일이었다. 비위가 있다면 더 키우기 전에 정리해주는 것이 식구에게 마땅한 도리였다. 신뢰하는 비서관이 포함된 것은 마음의 충격이 컸다.

공직기강비서관이 자료를 전달하던 순간이 떠올랐다.

"대통령실 근무 여성 비서관과 행정관 중에 일부 사적인 씀씀이가 큰 경우가 몇 건 발견 되었습니다. 아시다시피 지출이 큰 경우에는 비리와 연루되는 경우가 종종 있었습니다."

박한은 이제야 보고서를 열었다. 어떤 이름이 올라있을까? 궁금하기도 했지만 두렵기도 했다.

박한은 식은 차를 마저 마셨다. 떨떠름한 차 맛이 올라왔다.

박한의 탕평책 인사. 그 결과에 대한 첫 채점 지를 받아든 셈이었다.

'도청도설'. 표지 제목이 눈에 띄었다. 이어 문장 하나가 눈에 들어왔다. '거슬리는 말에 귀 닫고 달콤한 말에 귀를 열면 곧 귀가 먹는다.'

보고서는 정혁 비서실장으로부터 시작되었다. '정혁'… 상징적인 인물이었다. 행정가로 시작해서 박한에 의해 비서실장에 오른 정치인이다. 정체성에 대한 의심은 있었지만 여야 모두에게 무난한 인물이기도 했다. 박한이 정무형 비서실장으로 등용한 것도 그런 이유에서였다.

박한은 보고서를 읽다가 생각에 잠겼다. 인사가 만사라고 했다. 인사란 쉽지 않다는 뜻이다. 권력의 속성이란 권력을 주면 부패하고, 주지 않으면 배신한다. 대통령실 권력은 본질적으로 부패할 수밖에 없는 것인가? 대통령실 공직자에게는 이권이 접근하고 부패할수록 똥파리들이 꼬인다.

박한은 메모 패드를 꺼냈다. 그리고 전원을 켜자 제목이 떠올랐다. 박한은 2028년을 '무신'이라고 비밀 코드를 만들어 관리하고 있었다. 2028년 무신년(戊申年)에 변혁을 준비하기 위해서다. 국정 운영을 그림 그리듯 패드에 옮겨 놓았다. 박한은 스크롤을 시작했다. JDZ 해법… 중국과 일본의 무역 전쟁… 민서린, 크세니아, 슈코… 독도와 대마도… 오키노토리시마… LA 올림픽… 총선… 여당, 야당, 인사… 박한은 한참을 조회하다 메모를 시작했다. 국가미래위원회, 우현…

*

브리핑실에는 대통령실 신설 기구 인사 발표가 예고돼 있었다.

내외신 기자들 틈에 월드뉴스 샘오 기자도 눈에 띄었다. 브리핑실에서 단연 눈에 띄는 외모였다. 샘오는 그런 시선을 즐기는 듯 언제나 독특한 헤어스타일을 고수했다.

곧 여성 대변인이 나타났다. 이례적으로 뒤쪽으로 여러 비서관이 함께했다. 첫 데뷔 무대에 서는 신참 대변인을 응원하기 위해서였다. 대변인은 시원한 키에 까만 슈트 정장 차림이었다. 긴 생머리는 포니테일 스타일로 묶었다.

당당했지만 긴장한 눈빛이 카메라에 잡혔다.

"여러 내외신 기자 여러분 반갑습니다. 오늘 처음 인사드리게 된 우현입니다."

우현 대변인의 푸근하고도 또렷한 발음과 발성에 취재진들은 반색했다. 목소리는 단호한 듯 유연했다.

"오늘은 예고한 대로 대통령실 신설 기구 및 인사를 발표하겠습니다. 먼저 기구 소개와 인사 기준을 말씀드리고 이어서 인사내용을 발표하겠습니다. 질문은 발표 후에 받도록 하겠습니다. 이번 신설된 기구명칭은 '국가미래위원회'입니다. 위원회에서는 크게 세 가지 소위원회로 활동을 할 것입니다. 먼저 국토분과는 국토의 안정적 유지 및 개발을 담당하게 됩니다. 두 번째는 미래분과로 국가 미래에 대한 거시적인 연구 검토 및 실행 활동을 맡게 됩니다. 세 번째는 먹거리분과로 미래 먹거리 발굴 및 지원을 하게 됩니다. …다음은 위원장을 발표하겠습니다. 국가미래위원회 위원장은 이상목 전 경제수석, 국토분과 위원장은 정상배 예비역 육군대장, 미래분과 위원장은 성의준 한국대학교 거시경제학 교수, 먹거리분과 위원장에 선임된 제인 김은 한국명 김지인으로 플렛폼 기업 에이앤에이 대표입니다."

우현 대변인의 발표가 끝나자 기자단이 술렁이기 시작했다. 위원회 인사는 예상을 빗나갔다. 특히 한국의 미래를 미국 국적의 40대 젊은 여성 기업인에게 맡기는 것이 의외였다.

"코리아일보 이수경 기잡니다. 위원장을 맡은 제인 김은 미국 국적자입니다. 외국인을 분과위원장으로 낙점한 이유가 있습니까?"

예상했던 질문이었다.

"앞서 말씀드린 대로 이미 검증된 능력과 다층 인터뷰에서 적임자로 선정되었습니다. 그리고 덧붙이자면, 대통령은 최종 승인만 했을 뿐, 선정 과정에서는 배제되었다는 점 말씀드립니다. 친소관계는 완전히 차단했다는 뜻입니다."

"일본 후지티비 요시히로 오타로 기잡니다. 위원회 역할 중에 국토의 안정적 유지 및 개발이 있는데 이것은 독도나 JDZ에 대한 것도 관여하게 됩니까?"

일본에서 걱정이자 관심거리였다.

"구체적인 업무는 조정이 남아 있어 아직 밝힐 단계는 아닙니다. 구체화 되면 알릴 기회가 있을 것으로 생각합니다."

"위원장이 예비역 육군 대장이라면 충분히 예측 가능한 거로 판단되는데 이것은 일본과의 마찰이 불가피하다고 생각됩니다. 이것에 대한 대통령실의 생각을 듣고 싶습니다."

"미리 예단하실 필요는 없고요. 새 소식이 나오면 별도로 알려드리도록 하겠습니다."

우현 대변인은 기자들의 질문 공세에도 꼿꼿하게 자세를 잡고 당차게 대답을 했다. 그러는 가운데에서도 눈길은 질문하지도 않은 샘오에게 갔다. 정돈되지 않은 모습이 자꾸 눈에 밟혔기 때문이었다. 샘오의 눈빛과 마주칠 때마다 묘하다는 생각이 들었다.

브리핑이 끝나자 김풍곤 정무수석이 만족스러운 듯 칭찬을 했다.

"훌륭한 데뷔전이었어요. 우현 대변인! 이젠 대변인계의 철의 여인이 탄생할 것 같은 예감이 드는데. 대변인이 그래야지 빈틈을 보이면 기자들한테 사정없이 말려버리거든. 껄껄껄."

이상목 국가미래위원장도 칭찬을 거들었다.

"우현 대변인 수고하셨어요. 훌륭한 데뷔였습니다. 아름다운 여배우로만 생각했는데, 오늘 보니 무서운 데가 있어요. 매력 있다는 뜻입니다."

옆에 있던 민서린 비서관이 넌지시 말꼬리를 잡았다.

"위원장님! 아름답다, 예쁘다는 말 함부로 하시면 큰일 납니다."

이상목 위원장은 '아이쿠나' 싶었는지 빠르게 수습했다.

"성인지 감수성인가 뭔가 하는 그것 말인가요? 우현 대변인 불쾌했었나요? 불쾌했다면 사과드리지요."

생각지도 않게 사과받은 우현 대변인은 오히려 머쓱해졌다.

"아닙니다. 위원장님! 전 너무 좋은데요."

우현 대변인과 민서린의 사이는 서름했었다. 서로 인사를 나누며 칭찬을 주고받지만, 보이지 않는 벽이 있었다. 박한과 오랜 인연을 맺어온 민서린에게 우현의 등장은 불편했다. 박한과 자신의 울타리를 무시하고 떡하니 발을 들여놓은 것 같은 느낌이었다. 무관심한 듯 떨떠름한 관계였던 민서린이 우현에게 뜻밖의 제의를 했다.

"우현 대변인! 우리 식사 한번 하죠? 제가 한번 모실게요."

"아! 예…"

우현은 민서린의 갑작스러운 식사 제의에 잠시 당황했다. 엉겁결에 동의는 했지만, 이유가 아리송했다. 친소관계로 볼 때 생뚱맞은 제의였기 때문이었다.

우현은 자리로 돌아와 조금 전 발표를 모니터링했다. 자연스레 민서린과 샘오에 관심이 모아졌다. 등 뒤쪽에 있었던 민서린 비서관의 시선이 한 지점에 집중되었다. 민 비서관은 줄곧 샘오 기자를 바라보고, 샘오는 민서린과 자신을 번갈아 보고 있었다. 우현은 모니터를 확대해 민 비서관과 샘오의 눈빛을 클로즈업했다. 이어 두 사람의 동공이 모니터에 가득 차도록 확대했다. 두 사람의 눈이 마주치는 순간 서로의 동공에 비친 상대의 모습이 선명하게 드러났다. 동영상 속에서도 샘오의 촉촉한 눈은 사람을 빨아들이듯 강렬했다.

4

대통령의 여인들

장마가 오려는지 후텁지근한 날씨였다. 박한이 오찬을 마치고 돌아오고 있었다. 용산 대통령실 경비단 쪽의 인공 암벽에서 대원이 암벽을 타는 모습을 보였다. 암벽을 타는 모습을 지켜보던 박한의 눈에 한 대원의 동작이 눈에 띄었다. 암벽 타는 경비단 대원치고는 날씬한 몸매에 유연한 동작이 돋보였다.

"경비단에 여성 대원들도 있습니까?"

"있긴 합니다만?"

박한은 대학 시절 한동안 암벽을 한 적이 있었다. 문득 그때 생각이 떠올랐는지 차에서 내려 암벽 쪽으로 걸어갔다. 때마침 안전줄을 잡아주던 경비대원이 예고 없이 불쑥 나타난 대통령을 보자 깜짝 놀랐다.

"충성!"

엉겁결에 경례하느라 줄이 느슨해졌다. 순간 암벽을 타

다 중심을 잃은 경비대원이 바닥으로 주르륵 추락했다. 박한은 반사적으로 몸을 날려 경비대원을 받아냈다. 박한은 양손으로 경비대원을 받아 안은 채 데구루루 바닥에 굴렀다. 순간 주변의 김철 경호처장과 경호원들은 얼어붙었다.

"대… 대통령님!"

경호팀이 대통령을 땅바닥에 구르게 만든다는 것은 있을 수 없는 일이었다.

대통령의 품에 안긴 채 바닥으로 추락한 경비대원도 당황하긴 마찬가지였다.

둘은 눈이 마주쳤다.

"대통령님!"

"어? …우현 대변인?"

박한에 안겨 있는 대원은 우현 대변인이었다. 여성 대원 같다는 생각은 했지만, 안전 헬멧을 쓴 탓에 우현 대변인일지는 전혀 생각하지 못했었다. 그제야 두 사람은 몸이 서로 엉켜있다는 사실을 알아챘다. 박한의 왼손이 우현 대변인의 엉덩이와 허벅지 사이에 걸쳐있다는 사실을 뒤늦게 알고는 움찔했다. 박한은 얼른 일어났다. 그리고 손을 뻗어 우현 대변인 손을 잡아 일으켜 세웠다. 박한은 우현을 받아내면서 헬멧에 머리가 부딪쳐 타박상을 입었다. 손을 털다 보니 손등에 찰과상도 보였다.

"죄송합니다. 감사합니다. 머… 머리 괜찮으세요?"

엉겁결에 타박상을 입은 박한의 머리로 손이 올라가다

멈췄다.

"보기보다는 머리가 단단해서…"

박한은 머쓱한 표정으로 웃었다.

박한과 우현의 거부에도 불구하고 경호팀에 의해 삼청동 국군서울지구병원으로 이동했다. 본의 아니게 두 사람은 함께 움직였다.

"대통령님 죄송합니다. 저 때문에…"

"아니. 아닙니다. 나 때문에 떨어진걸요. 다쳤다면 원인 제공자인 내가 죄인입니다."

"그래도, 대통령님이 아니었다면 땅바닥으로…"

"대통령은 국민의 생명과 재산을 지킬 의무가 있습니다. 그 의무를 다했을 뿐이라고나 할까요. 하하하."

대통령에 대한 미안한 마음이 웃음소리와 함께 조금씩 사그라졌다. 대통령의 평소 모습에서 느끼는 냉철함 그래서 야멸찼던 이미지와는 달랐다. 공인 박한이 아닌 일반인 박한의 모습이었다. 포근하고 착한 동네 오빠 이미지를 떠올리다 자신도 모르게 뺑긋 웃었다. 박한도 우현의 밝아진 표정이 보기 좋았던지 상그레 답했다.

"우현 대변인 암벽은 언제부터 하신 거예요?"

"2025년이었던가 영화가 들어왔는데 배역에 암벽을 타는 신이 있어 조금 배웠습니다."

"실력이 보통 아니던데, 다음에 나랑 한번 시합해보는 것 어때요?"

우현은 눈을 동그랗게 뜨고는 놀란 표정을 지었다.

"대통령님도 암벽을 하세요?"

"대학 다닐 때 했었는데 잘될지 모르겠네요. 그때는 암벽도 하고 바닷가 해벽도 타곤 했었지요. 김 여사님 몰래 말입니다."

"어머님 말씀이세요?"

"위험하다고 어찌나 나무라시던지…"

박한은 손등 찰과상과 손목 인대가 늘어나 탈부착 반깁스를 했다. 우현은 떨어질 때 땅에 엉덩이가 먼저 닿으면서 타박상을 입어 약물치료를 받았다.

*

7월 말 장마가 끝나자 박한은 경상남도 진해 저도로 여름휴가를 떠났다.

"필승! 대통령님의 저도 방문을 환영합니다."

"필승! 고생 많으십니다."

박한은 배에서 내리면서 저도를 지키는 해군 부대장과 악수했다.

섬을 밟자 심호흡부터 했다. 배를 타고 오는 동안 맡았던 바다 냄새와는 또 다른 갯내가 코에 닿았다. 갯바람은 텁텁했지만, 마음은 후련했다. 문득 저도에 상륙했던 기억을 떠올렸다. 저도에 와 본 지도 벌써 15년 전 일이었다.

스물셋에 진해에서 신병 교육을 받았었다. 수료 후에는 근무지 배치 전에 단체로 저도에 내려졌다. 당시의 해군 참모총장 가족이 여름휴가를 온다 해서 제초와 허드렛일을 하는 사역병으로 온 것이다.

"부대장님. 요즘도 신병들 제초하고 섬 보수로 병력 차출합니까?"

"아닙니다. 요즘은 그랬다가는 민원이 워낙 거세서 차출 안 한 지 10년은 된 거로 알고 있습니다. 그런데 그걸 어떻게?…"

"아느냐고요? 제가 15년 전에 이곳 저도 차출 병이었습니다. 아무것도 모르고 함정에 실려 왔다가 일은 일대로 하고 기간병들한테 쥐어박히고 구르고 그랬었지요."

박한의 상황설명에 당황한 부대장의 얼굴이 붉으락푸르락했다.

박한은 어쩔 줄 모르는 부대장을 떼어 놓고 김철 경호처장과 함께 섬을 산책했다. 오랜만에 둘만의 호젓한 산책이었다.

"철이 형! 쉬지도 못하고 휴가까지 따라오게 해서 미안합니다."

박한의 기습적인 '철이 형' 호칭에 김철은 깜짝 놀랐다.

"누가 듣습니다. 그냥 김 처장이라 부르세요."

김철은 질겁했다. 둘뿐이었지만 누군가 듣기라도 한다면, 책 잡힐 대화였기 때문이었다.

"이곳에 오니 군 시절이 생각납니다. 저의 직속 상관 고속함장이셨던 김철 소령님. '철이 형'이라는 별명. 모든 일에 철두철미하다 해서 붙여진 건 알고 계시지요?"

김철 처장은 눈을 동그랗게 떴다.

"그래요? 저는 그냥 이름이 김철이라서 그런 줄로만 알았습니다."

박한은 잠깐 옛일에 빠져들었다. 신출내기 해군 이병 박한을 잘 챙겨줬던 김철 소령이었다. 하늘 같이 높기만 했던 직속 상관 김철 처장과는 입장이 뒤바뀌었다. 어제의 쫄병이 오늘의 직속 상관이 되었다. 그래서 박한은 김철을 너무 부리는 건 아닌지 마음 쓰였다.

"그건 잊으십시오. 저는 오로지 대통령님의 신변과 안전에 대한 책임을 질 뿐입니다. 그리고 군 인연을 가능하면 노출 시키지 않는 것이 좋을 것 같습니다. 워낙 정치판이란 그렇지 않습니까? 그렇지 않아도 준장 진급에 대해서 말이 많습니다."

"재임 동안 처음이자 마지막으로 꺼낸 것으로 생각하세요. 저는 그만큼 믿습니다. 제가 함장께 충성했었던 것처럼 저에게도 최선을 다해 주시는 것 말입니다."

박한과 김철은 진해 시루봉이 보이는 벤치에 앉았다. 뜨거운 여름 바람이 파도를 타고 넘으면서 시원하게 불어 왔다. 매미 소리가 커졌다 작아 졌다를 반복했다. 리듬감 좋은 참매미의 세레나데였다. 고작 열흘 남짓 광명천지에 살고자 수년에서 십수 년을 땅속에서 살아온 매미들. 그래서 암컷을 부르는 구애가 처절하게 느껴졌다. 암컷을 유혹하지 못하면 세상에 DNA를 남기지도 못한 채 총각으로 짧은 생을 마감해야 한다.

박한은 눈을 지그시 감았다가 떴다.

"처장님 요즘 대통령실 안팎에서 들리는 얘기가 궁금합니다. 이야기보따리를 좀 풀어보시지요."

김철은 웃음 지었다. 자신감 넘치는 박한 대통령이었지만, 여론이 무섭다는 것을 안 것 같아서였다.

"저라고 특별히 아는 이야기가 있겠습니까?"

"보고라는 그런 가공식품 말고 신선한 날것으로 맛보고 싶습니다."

참모들도 꺼내기 어려워하는 이야기를 듣고 싶은 것이었다. 잠깐 뜸을 들였다.

김철은 결혼 이야기부터 시작했다. 결혼은 사사롭기도 하지만 국가적이기도 하다. 미혼 대통령의 루머는 흥행성과 설득력이 있게 마련이다. 대통령이 결혼하지 않는 이유는 남성으로서 문제가 있는 건 아니냐는 이야기가 돌고 있다. 시작은 어느 유튜버가 농담 삼아 꺼낸 말이 순식간에 퍼져나갔다. 김철은 루머의 속성을 경계했다. 농담이라도 자꾸 귀에 들리다 보면 사람들은 어느 순간 진실로 믿어버리게 된다. 김철은 루머가 탄력을 받기 전에 조처해야 한다고 조언했다.

박한도 결혼 문제에서 벗어나고 싶었지만, 그럴 수 없다는 걸 새삼 느꼈다. 사생활인데도 대통령이라는 자리가 사생활이라고만 주장할 수도 없었다. 처음엔 대통령실에 젊은 여성이 많다며 궁녀 운운하더니 이제는 성적인 능력을 의심한다고 하니 아이러니하기도 했다. 군중 심리는 바람이나 파도 같은 것이다. 바람이 불고 파도가 밀려오면 쉽게 휩쓸린다. 그 가운데 선전 선동이 그랬다. 이데올로기와 인간의 감성을 자극하는 선전 선동. 시대가 변해도 여전히 통하는 치트키 같은 것이다. 해방 후 좌익 우익 간의 충돌에서 선전 선동에 휩쓸렸던 세대는 교육 수준이 낮고, 혼란스러운 시대여서 그렇다고 하자. 그러나 교육 수준이 높고 안정된 사회인 지금도 선전 선동의 파도가 밀려오면 팬덤이라는 이름으로 여지없이 휩쓸리고 만다.

　김철은 화제를 돌렸다.

　"그리고 출입 기자 중에 샘오라는 기자가 있습니다."

　"혹시, 월드뉴스 기자 아닙니까? 한국계 기자?"

　박한은 샘오를 정확히 기억해냈다. 독특한 외모 탓이기도 하지만, 박한이 느끼는 특별함이 있어 보였다.

　"맞습니다. 그런데 그 샘오의 행적이 심상치 않다는 소문도 있습니다."

　"확인된 게 있습니까?"

　국정원에서 우연히 파악하게 된 건이었다. 한국주재 기자 수준으로는 쏨쏨이나 정치 경제계의 친소관계가 보통이 아니었다. 거기다가 여성 편력도 대단하다고 알려졌다. 최근엔 대통령실 고위급 여성 간부까지 연관되었다는 첩보도 있었다. 단순한 주재 기자로 보기에는 미심쩍은 데가 있다는 것이었다. 모처로부터 어떤 지원을 받거나, 검은돈이 오갈 수도 있다는 것이다.

박한은 대통령실 고위급 여성과의 관계가 마음에 걸렸다. 개인적인 연애사까지 들여다볼 수는 없지만, 기분이 좋지만은 않았다. '지금이 조선 시대도 아니고 대통령실에 근무하는 여성의 남녀 간의 일까지 간섭할 수는 없지 않은가? 하지만 상대가 외신기자라면 대통령실 정보 누출이라는 문제가 생길 수도 있다. 감찰할 사항인가?'

김철은 최근 들어 정보의 불균형을 우려했다. 국정원에서도 알게 된 사안을 경찰청에서는 전혀 눈치채지 못한 것이다. 정철 경찰청장이 의도적으로 정보를 지워버렸을 수도 있었다. 그 정도의 정보를 15만 명에 육박하는 경찰이 전혀 모르고 있다는 것은 난센스였다.

"다른 것은 없습니까?"

"이건 좀…"

김철은 잠시 망설였다. 박한은 머뭇거리는 김철에게 말해보라는 눈짓을 했다.

"어머님 얘긴데요. 요즘 댁으로 드나드는 인사가 있다고 합니다. 경호팀 보고로는 전 한경련 회장을 지냈던 ABC그룹 조희삼 회장이라고 합니다. 말로는 홀로 사시는 어머니

말벗이라도 되어드린다고는 하는데 아시다시피 전적이 좋지 않은 인사라서….."

"안 그래도 어머니가 적적하실까 걱정이 됩니다. 말벗은 좋지만 조 회장이 늘 의도가 있는 분이라 마음이 편치는 않네요. 잘 관찰해보라 하세요."

멀리서 배 한 척이 선착장 쪽으로 접근했다. 뱃머리에 김순애 여사를 비롯한 가족들이 보였다. 박한은 서둘러 선착장으로 걸어갔다.

배가 닿기가 무섭게 앞장선 김 여사가 펄쩍 뛰어 배에서 내렸다.

"어머니! 다치시면 어쩌려고요?"

깜짝 놀란 박한에 비해 김 여사는 잔뜩 신이 나 있었다.

"아니 괜찮습니다. 안 그래도 이렇게 주치의도 모셔 왔는데 무슨 걱정!"

김 여사 뒤로 젊은 여자가 따라 내렸다. 롱 원피스 드레스에 버킷햇을 쓴 여자였다. 여자는 환한 얼굴로 인사했다.

"정세라라고 합니다. 만나 뵙게 되어 영광입니다. 대통령님!"

어디서 본 듯했다. 정혁 실장의 딸이 떠올랐다.

"아! 닥터 정이시군요. 어서 오세요. 그렇지 않아도 어머니가 배탈 증상이 있다고 하시기에 걱정했는데 함께 오셔서 마음이 놓입니다."

박한의 가족 휴가에 정세라가 새 식구처럼 스며들었다. 그 모습을 민서린이 물끄러미 바라보고 있다. 정세라도 대통령 주변에 젊은 여자가 함께 있다는 사실에 당황했다. 그녀가 민서린 연설비서관이라는 것을 알아차렸다. 의외의 복병을 만났다고 생각하자 정세라는 낙담 대신 오히려 전의를 끌어올렸다. 민서린과 박한 대통령은 격의 없이 이야기를 나누었다. 상하 관계가 아닌 오래된 연인이나 친구 같은 느낌이다. 박한 대통령이 젊고 개방적이라 치더라도 친밀도가 남달라 보였다.

저녁 식사는 대통령실 식구와 함께했다. 김 여사는 흐뭇했다. 모처럼 왁자한 식사도 좋았지만 정세라에 민서린까지 함께한 것이 마뜩했다. 정세라는 식사 내내 밝게 웃었다. 거기에 비하면 민서린은 차분했다. 김 여사와 김철의 눈이 마주쳤다. 두 사람의 생각은 비슷했다. 박한과 누가 잘 어울리는지 흘끔거리며 훔쳐보다 서로 눈이 딱 마주친 것이다. 순간 마음 들킨 사람처럼 마주 보며 싱긋 웃는다.
식사가 끝나자 김 여사가 자리에서 일어나는 정세라와 민서린을 붙잡았다.
"우리 여인네들끼리 차 한잔 어때요?"
김 여사는 두 딸을 거느린 엄마처럼 기세등등해서는 한참을 새실거렸다. 김 여사 특유의 터질 듯 유쾌한 웃음에 팔자에 없던 두 딸의 웃음 화음이 더해졌다. 김 여사의 세상 이야기와 두 딸의 추임새로 밤이 깊어졌다.

밤이 깊어지자 파도 소리가 점점 커졌다.

누군가 숙소 앞 어둑한 벤치에서 부서지는 포말을 유심히 지켜보고 있었다. 정세라였다. 벤치 위에 두 다리를 모르고 앉아 무릎에 턱을 고였다. 정세라는 민서린에 대한 복잡한 마음을 가다듬었다. 정세라는 김 여사가 민서린을 '서린아!'라고 불렀을 때 깜짝 놀랐었다. 나중에 박한과 초등학교 동창이라는 걸 알게 되었지만, 가히 살인적인 친밀도였다. 아무리 발버둥 쳐도 극복할 수 없는 벽일지도 모른다. 생각할수록 마음이 심란했다. 김 여사와 저도를 출발했을 때만 하더라도 자신감이 넘쳤던 정세라였다.

"원장님 여기 계셨군요."

인기척에 화들짝 놀랐다.

"어머, 대통령님!"

풀 죽었던 정세라가 압정이라도 깔고 앉은 사람처럼 벤치에서 반사적으로 일어났다.

"방해한 건 아니겠지요? 혹시 제가 앉아도 되는 타이밍인지 모르겠네요?"

"당연히 앉으셔도 됩니다."

정세라의 눈빛이 반짝였다. 그리고는 능숙한 동작으로 반지를 빼서 가방에 넣었다.

"아버님은 잘 계시겠지요? 못 본 지 하루밖에 안 됐는데

111

도 궁금해지네요."

박한은 딱히 할 말이 없자. 괜한 정혁 비서실장을 들먹였다.

"잘 계실 거예요. 그건 저보다 대통령님께서 더 잘 아시는 것 아닌가요?"

"그런가요? 세라 원장님은 전공이 어떻게 되시지요?"

"가정의학과입니다. 1차 의료기관이죠."

박한은 그제야 하고 싶었던 얘기를 꺼냈다.

"어머니 주치의 얘기 나왔을 때 부담도 되고 해서 거절했었는데, 마음이 상하셨다면 사과드립니다."

"사과는 이미 받았는걸요. 조금 전에 식사 디저트로…"

정세라는 농담을 던지다가 말고 화들짝 놀랐다. 별생각 없이 습관처럼 꺼냈는데, 이미 말은 시위를 떠난 화살처럼 박한의 귀에 박혔다.

"아니!… 죄송합니다."

"이모 개그라고 해야 하나요? 제 취향 저격입니다. 하하하."

박한은 정세라의 똑 부러지는 모습 속에서도 틈이 있어 좋았다. 단지 그녀가 정혁 비서실장의 딸이라는 것이 마음에 걸렸다. 그녀는 오늘이 지나고 내일 낮이면 어머니와 함께 섬을 떠날 것이다. 어머니가 그녀를 무척 아끼는 것 같았다. 어머니의 눈빛이 어떤 것인지는 이미 알고 있었다. 어머니의 마음속에는 늘 디케의 저울[9]이 있었다. 무게 중심이 좋은 분이었다. 그러나 며느릿감만은 저울로 재지 않으시리라.

박한은 숙소에 돌아왔다. 파도 소리가 멀리서 들려왔다. 박한은 대화 중에도 정세라의 눈빛은 줄곧 멀지 않은 곳에 두고 있다는 것을 알아차렸다. 민서린이었다. 정세라가 꺼냈던 이야기가 떠올랐다.

"민서린 비서관은 항상 함께하시는 모양이에요?"

"그런 편이지요. 저에 관한 이야기를 집필합니다. 조선 시대로 말하자면 사초를 쓰는 사관의 역할 같은 것이지요. 그래서 제가 좀 두려워합니다. 나도 모르게 악평해놓을까 봐요. 하하하."

"아하 그렇군요. 전 너무 미인이시라… 보좌받으시는 모습이 행복해 보였어요. 늘 대통령님과 함께한다니 부럽네요. 두 분이 격의 없어 보이는 것도 그렇고요."

"썸이라도 타는 것으로 보였습니까?"

"그렇게 보는 눈도 있지 않겠습니까?"

박한은 회상하듯 잠깐 바다를 바라보았다.

"사실 제가 짝사랑한 적이 있었지요. 첫사랑으로요."

---

9) 디케의 저울: 그리스 신화에 나오는 정의의 여신 디케가 든 저울. 디케는 한 손엔 칼, 다른 손엔 저울을 들고 정의가 훼손된 곳에서 재앙을 내린다. 로마 신 화에서는 '유스티티아(Justitia)'로 바뀌었다. 유스티티아가 영어 'Justice(정의)' 의 어원이 된다.

뜻밖의 고백에 정세라는 흠칫 놀랐다. 자기 옆에서 할 말도, 대통령이 함부로 할 수 있는 말은 아니라고 생각했다. 잘못 들었는 게 아닌지 잠깐 마음이 흔들렸다. 마음이 이미 그녀에게 갔다는 의미인지? 단지 지난 얘기라는 것인지? 혼란스러웠다.

"그… 그러셨군요. 그렇다면?…"

박한은 살짝 웃어 보였다. 그리고는 주변을 둘러보더니 뭉툭 대화를 정리했다.

"이쯤 하셔야겠습니다. 경호처장님이 너무 오래 대기하고 있으신 것 같군요."

일정 거리를 두고 아까부터 경호 중인 김철 처장이 눈에 들어왔다.

"어머! 죄송해요. 전 그런지도 모르고 시간을 뺏었네요."

롤러코스터를 타는 듯한 저녁이었다. 민서린으로 시작해서 민서린으로 이야기가 끝나버렸다. 박한은 왜 민서린과의 썸 이야기를 생뚱맞게 꺼냈을까?

정세라가 썸에 대해 놀라는 표정이 선연했다. 초등학교 5학년 때 감정은 썸이 아니라, 익지 않아서 그래서 오히려 순도 100%의 짝사랑이었으리라….

봄꽃 피던 4월 어느 날이었다. 대학생 박한은 강의 동을 이동하다 마주 보고 걸어오는 여학생을 발견했다. 노

114

란 원피스 차림으로 나풀나풀 다가오는 그녀가 눈에 익었다. 순간 그녀가 초등학교 때 잠깐 짝꿍을 했던 민서린이라는 것을 알아차렸다. 가슴에 '쿵' 충격이 왔다. 초등학교 때도 그녀는 노란 원피스에 나풀나풀 걸음을 걸었었다. 초등학교 시절 공주였던 그녀가 노란 봄의 여신이 되어 눈앞에 나타난 것이다. 마주 오는 낯선 남자의 눈빛을 의식한 서린은 눈길을 피했다. 박한은 갈등했다. 그녀가 지질했던 나를 알아볼까? 그녀의 엄마가 한 일이기는 했지만, 가난뱅이 집 아들이라고 두 달 만에 짝꿍을 바꿔버렸던 민서린…. 박한은 걸음을 멈추고 서서 그녀를 바라봤다. 그녀도 그의 행동에 반응하듯 아주 짧은 순간 멈칫 서서 마주봤다. 그녀가 다시 걸음을 옮기려 했다.

"저! 민서린 아닌지…?"

"누구?…"

민서린은 박한을 한눈에 알아보지 못했다. 기시감이 느껴졌다. 그런데도 존재감은 느껴지지 않았다. 누구였었지?

"초등학교 때 같이 다녔던 박한… 모르겠어?"

"박한?… 그래! 맞아. 바칸이구나."

짝사랑이자 첫사랑을 그렇게 다시 만났다. 하지만 언제나 바라만 볼 뿐 넘을 수 없는 벽이 있었다. 그때의 벽은 여전히 살아있었다. 그날도 8년의 만남은 15초 만에 끝났다. 그녀 앞에 말 휘장이 박힌 멋진 외제 차를 타고 나타난 남자가 있었다. 만남은 곧 이별을 의미하다는 진리가 새삼 야박하게 다가왔다.

그녀를 다시 만난 것은 인천공항에서였다. 남자친구와 여행을 다녀오는 모습을 보았다. 박한은 태국 여행을 다녀오는 어머니를 모시러 입국장에서 대기하고 있었다. 민서린이 남자친구와 산드러지게 웃으며 입국장으로 나왔다. 민서린은 루틴처럼 늘 남자를 동반해서 나타났다.

그러던 그녀가 남자를 동반하지 않고 나타난 것은 박한이 서울 중랑구에서 국회의원 선거에 출마할 때였다. 민서린은 지인의 소개로 선거 문구와 연설문을 준비하고 정리하는 일을 맡았다. 박한은 국회의원 선거에서 돌풍을 일으키며 당선되었다. 그것은 두 사람의 갑을이 바뀐 첫 만남이었다. 영원한 약자일 것 같았던 박한이 고용자가 되어 민서린을 직원으로 두게 되었다.

*

같은 날 해 질 녘 양평 한강 변, 두물머리가 내려다보이는 별장에 검은색 차량이 도착한다. 차량에서 밝은미래당 노장언 대표가 내렸다. 노 대표의 백발이 타고 온 검정색 차와 대비되어 강렬하게 눈에 들어왔다. 정혁 비서실장이 그 모습을 내려다보고 있다. 정혁의 얼굴에 알쏭달쏭한 미소가 번지다 만다. 정혁은 현관을 향해 걸어 나갔다. 문이 열리자 노장언의 취향에 맞춘 비발디 사계 중 여름이 흘러나왔다. 바이올린의 격렬한 활 질이 경쾌하게 느껴진다. 울림은 깊고 맑았다.

"정 실장! 별장이 멋지구먼. 음악도 귀에 착착 감기고 말이야."

"마음에 드십니까?"

노장언은 주변을 둘러보았다.

"문득 물안개가 피어오르는 아침 풍경을 상상했네."

여름의 물안개는 흔치 않았다. 그런데도 노장언은 물안개를 상상했다. 정혁은 재빨리 뜻을 알아챘다.

"아직 여름 아침 물안개는 보지 못했는데, 내일 아침 피어나길 기도해 보렵니다."

"그럼 하루 묵으란 소린가?"

"하다 안되면 연막탄이라도 피워 물안개를 만들 테니 하루 묵으시죠."

"정 실장 하는 거 보고 하루 묵을지 말지를 결정할걸세."

슬며시 잡아주면 그대로 하룻밤 주저앉겠다는 노장언 식 화법이었다.

"그러지 마시고 기사를 보내십시오. 내일 오전에 저희가 모실게요."

"그래 대통령 휴가 가시니 마음이 편하신가?"

"모셔도 걱정, 안 모셔도 걱정입니다."

노장언 대표는 고개를 끄덕였다.

"젊은 친구 모시려면 속 터지는 일도 많을 텐데 말일세. 난 자네가 대통령 밑으로 들어가기에 이 친구 회절했나 했었지. 그런데 두고 보니 '트로이목마'더구먼."

술자리가 마련되는 동안 두 사람은 별장 안의 강변을 걸었다. 강변에는 수초가 우거졌고 낚시 좌대도 두 곳 마련되어 있었다.

"밤낚시 하기에 딱 좋을성싶네. 수초도 고기 놀기에 좋아 보이고 말이야."

"밤낚시 한번 하시지요. 장비도 있습니다."

"낚시는 무슨. 한번 해본 소리지. 내가 강태공이 될 것도 아닌데."

"이미 강태공 반열에 오르셨지 않습니까? 주나라 무왕을 좌지우지했던 실세 강태공 말입니다."

강태공 반열이라는 말이 듣기에 나쁘지 않은 모양이었다. 계면쩍어하면서도 발걸음이 가벼웠다.

"이 사람아! 쓸데없는 소리 말고, 준비됐으면 술이나 한잔하세."

술자리를 마련한 곳은 2층 게스트룸이었다. 한강이 시원하게 내려다보이는 곳이었다. 그사이 주방에서 일하던 사람들은 모두 퇴근했다. 술자리 심부름할 젊은 여자 두어 명 정도가 눈에 띄었다.

술자리가 시작되자 긴 생머리의 여자가 기타를 들고 와

서 노래를 불렀다. 여자의 목소리는 청아했고, 촉촉했다. 긴 호흡을 가진 창법이 가슴에 와 꽂혔다. 한 곡을 마치자 박수가 터져 나왔다. 다음 곡을 준비하면서 여가수는 노장 언의 반응을 살폈다.

"이름이 어떻게 되지? 노래가 너무 좋았어."

"가희라 합니다. 노래 가(歌)에 계집 희(姬)입니다. 물으실 것 같아 미리 말씀드립니다."

"목소리가 요즘 젊은이들 말로 고막 요정일세. 음반이라도 내주고 싶은걸. 어떻게 이렇게 사람 마음을 희한하게 건드리나."

노장언이 노래를 신청했다. '그때 그 사람'을 신청하자 가희도 정혁도 의아한 표정이다. 가희의 그때 그 사람이 아련하게 흘러나온다. 무언가 회상하듯 눈을 감고 노래를 감상한다. 노장언은 올해 망팔인 71살 된 정치인이다. 그가 당 대표가 되었을 때 당이 너무 늙은 게 아니냐는 비난이 있었다. 그때 그가 내뱉은 말은 기원전 중국 주나라 때 '강상'이 나이 70에 재상이 되어 강태공이 되었고, 특히나 미국의 바이든은 나이 80에 대통령을 했는데 이 시대에 와서 나이 70살이 많다고 하면 우스운 일이라고 일축했었다.

노래가 끝나자 여가수와 술자리 여인들을 물렸다.

둘은 마주 앉았다.

"형님! 형님이라 부르겠습니다."

정혁이 무릎을 꿇고 앉아 형님이라 부르자 노장언은 당

황했다.

"갑자기 왜 이러나? 이 사람아…"

"형님! 거래하고 싶습니다. 도와주신다 생각하고 저와 거래를 한번 해보시지요?"

노장언은 눈결 정 실장의 눈빛을 읽었다. 술기운에 불그스름한 얼굴빛 속에서도 정혁의 눈빛은 빛났다. 피사체를 바라보는 슈터의 눈빛처럼 집중력이 돋보였다.

"그래 무슨 거래를 하자는 건가?"

정혁은 대통령 결혼 이야기를 꺼냈다. 딸 정세라와 박한을 이어주길 바랐다. 그 대가로 결혼이 성사되면 국회의장으로 밀겠다고 약속했다. 정작 노 대표의 꿈은 일인자였다. 노 대표의 눈빛도 반짝였다. 오르던 취기가 멈췄다. 거래 제의가 단숨에 정신을 차리게 했다. 정혁의 영향력으로 여당의 지지만 제대로 받게 된다면… 명예롭게 국회에서 제일 높은 국회의장 자리에 앉는다. 이어서 대통령 자리에 오르게 된다면 대한민국 넘버1과 2를 모두 거친 역사적인 인물이 될 것이 아닌가.

"때가 되면 연락을 드리도록 하겠습니다. 오늘은 형님하고 아무 생각 없이 즐기고 싶습니다."

물러났던 여인과 가희가 다시 방에 들어왔다. 정혁은 가희를 노장언 옆에 앉혔다. 술판이 질펀해졌다. 어디선가 개똥쑥 타는 냄새가 나기 시작했다.

"이거 개똥쑥 타는 냄새 아닌가?"

"형님! 천연 모기향 좀 피웠습니다. 역하면 바로 끄라고 하겠습니다."

"아니. 아닐세. 옛날 생각도 나고 좋구먼, 한잔하세!"

술자리가 익어갔다. 노장언의 얼굴에 흐뭇한 미소가 번졌다. 가희를 보는 눈빛이 몽글몽글해졌다. 노장언의 노회함이 술과 가희의 손길에 무뎌지고 있다. 판단이 흐물거린다. 무언가 멈추고 싶다는 생각이 들었지만, 몸은 그렇지가 않았다.

눈을 떴을 땐 새벽 동틀녘이었다. 몸은 가뿐했고, 정신은 맑았다. 강변의 아침은 안개 천지였다. 새벽에 소나기가 세차게 내리면서 겨울 무지개만큼이나 보기 어려운 여름 물안개가 잔뜩 피어났다.

"형님 일어나셨습니까?"

정혁이 강변 산책을 함께했다. 안개가 짙어지고 있었다. 정혁은 이곳이 두물머리가 가장 잘 보이는 명당이라고 설명했다. 안개로 보이지는 않지만, 남한강과 북한강이 합쳐지는 곳 양수리. 한때 남한 제일의 기가 몰리는 명당으로 불렸던 적이 있었다. 그 기를 받으려 무속인들이 몰려들기도 했었다. 한국의 기운은 고조선 때 묘향산을 시작으로 경주 남산, 충청도 계룡산을 거쳐 양수리에 온 것이라 했다.

"형님! 이곳이 왕이 날 명당이라는 소문 들어봤습니까?"

"누가 그러던가?"

"100년 전 한국 최고 역학자이자 풍수였던 천세득이란 사람이 쓴 비기에 있었다고 하는데 지금은 비기가 실존하는지는 알 수 없습니다."

노장언은 천세득을 용케도 기억해냈다.

"천세득이라 하면 하늘과 세상의 이치를 깨우쳤다는 그자 말인가? 죽은 지도 꽤 오래된 것 같은데?"

"비기를 썼을 즈음 죽었습니다. 죽으면서 비기도 사라졌고요. 살해당했는데 공교롭게도 시신이 떠 내려와 이곳 두물머리 수풀에 있던 것을 건졌습니다. 북한강을 떠내려온 것인지. 남한강을 떠내려온 것인지 아무도 모른다는 미제 사건입니다."

노장언은 재미있다는 표정이었다.

"그렇다면 시체를 건지지 않고 그곳에 그대로 묻혔다면 그자의 후손이 왕이 된다는 뜻인가?"

"그건 이곳이 양택으로 좋은지 음택으로 좋은지에 따라 다른 문제겠지요."

"얘긴 그럴싸하다만, 그저 풍수나 보다 죽은 사람 말에 현혹돼서야 하겠는가? 그것도 비기가 사라졌다면서 누가 그걸 안다고."

말은 그렇게 했지만 노 대표는 음택으로 좋은 곳이라면 묘를 쓰는 자에게 왕기를 전해질 것이고, 양택으로 좋은 곳이라면 이곳 주변 별장이 왕기를 가지고 있다는 뜻으로 받아들였다.

"제가 아는 이가 비기 중 일부 문장을 인용한 고서를 지니고 있는데, 이곳 별장 주변을 명당으로 언급했다고 하더군요."

노장언은 신뢰감이 뚝 떨어진 표정이었다. 그것까지는 믿을 수 없다는 것이다.

"에이 이 사람아! 그럼 제 혼자 알고 말지 여기저기 말하겠는가? 그나저나 이 별장 주인이 누구라고 했나?"

"제가 아는 지인인데, 찰스라고 지금은 미국에서 사업을 하고 있어서 제가 쓰고 있습니다."

"미국에서 사업하는 찰스?"

들어본 듯한 이름이었다.

"한국명으로는 김철수라는 사업가입니다."

"김철수? …그럼 혹시 오성그룹 후계자 아닌가?"

노장언은 서울로 돌아오는 길에 곰곰이 생각했다. 정혁의 황당한 이야기가 사실이라면, 별장을 사용하고 있는 정혁 비서실장에게 왕은 아닐지라도 대통령을 사위로 얻는 부원군 기라도 얽혀있는 것은 아닌지. 사라진 동방비기는 있기는 한 건가. '무신동방삼용' 즉 무신년에 동방을 흔든다는 세 마리 용에 관한 이야기가 왠지 솔깃했다. 비기에서 가리키는 동방의 삼용은 누구란 말인가? 한국·중국·일본일까? 한국 안에서의 세 마리 용이 있을 수도 있다. 세 마리의 용. 만약 그것이 삼부 요인이라면 국회의장 자리라도….

노장언은 지난밤 세 마리 살아있는 용을 한꺼번에 만났다. 가희였다. 온몸을 휘감겨 정신을 차릴 수 없었다. 자신을 쥐락펴락했던 가희는 언제 떠났는지 떠나버렸다. 가희의 독특한 촉감과 스킬이 몸속 어딘가에 스며들었듯 어렴풋하다.

*

저도 휴가 이틀째, 점심을 들기 무섭게 김 여사와 정세라는 섬을 떠났다. 김 여사는 기대를, 정세라는 희망과 걱정을 함께 안고 떠났다.

어머니와 정세라가 떠난 자리는 이내 물갈이됐다. 오후가 되자 박한의 고등학교 남자 친구들이 들이닥쳤다.

어둠이 깔리자 캠프파이어가 시작되었다. 술과 음식만을 남겨둔 채 모든 스텝을 물렸다. 박한에게 하룻저녁 해방구가 만들어졌다. 박한은 정치에 입문하기 전에 친구들과 즐겼듯이 맥주와 소주를 준비했다.

"자자, 한 잔씩 말고… 우리 영원한 반장 이준영의 건배사가 있겠습니다."

동기회장 채진기가 건배사를 주문하자 이준영이 잔을 들었다.

"권력은 영원하지 않습니다. 어제의 권력이 오늘의 권력에게 박한이란 이행 시로 축하 헌사를 올리겠습니다."

친구들은 권력도 권력 나름이라면서 이준영에게 엄지를 아래로 하고는 '우우' 야유했다.

"박!"

"박한 대통령~"

"한!"

"한 번 더 해라! 대 통 령!"

"바칸! 바칸! 바칸!"

박한도 목을 흠흠 가다듬었다. 술잔을 들고 자리에서 일어났다.

친구들이 고마웠고 반가웠다. 어느 순간부터 아무 격의 없이 이야기할 수 있는 사람들은 흔치 않다는 걸 알았다. 오늘은 그냥 그 시절 친구로 돌아가서 하루 저녁 함께 놀아주길 바랐다.

"그럼 답사로 옛날 술집에서 외쳤던 거로 할 게, 이 정도도 제대로 기억 못 하는 놈은 바로 배 태워서 육지로 보내버린다!"

박한은 술잔을 높이 들었다.

"친구는!"

"친구다!"

격정적인 술자리가 한번 휘몰아치자 분위기는 한숨 죽었다.

밤 9시를 넘기자 모닥불이 숯으로 변해가고 있었다. 숯불처럼 분위기는 한층 은은해졌다. 술이 과한 친구는 숙소로 향하고 남은 친구들은 대화를 이어나갔다. 박한도 취기가 오르자 자신의 평판을 듣고 싶었다. 김철 경호처장과는 또 다른 시각의 평가가 존재하리라.

평판은 크게 다르지 않았다. 국가미래위원회에 대한 기대감, JDZ 수호 의지에 대한 기대감. 특히 JDZ 수호 시점이 한국과 일본의 국력이 크로스되는 시점이라는 평가까지 나왔다. 그것까지는 좋았다. 대통령의 결혼은 비켜 갈 수 없었다. 세간의 소문은 아주머니와 여성들이 주도했다. 뭐가 문제가 있나? 그만한 인물에 대한민국의 대통령이면 최고의 신랑감인데 결혼하지 않는 건지. 못하는 건지? 짓궂은 여자들은 생리적인 욕구는 또 어떻게 해결할지 까르륵거리며 토론을 벌이기도 한다고 했다.

"사실 나도 그것이 궁금하긴 해. 그것도 국가 기밀인가?"

채진기가 재미있다는 듯 껄껄거렸다.

"같은 남자끼리 별것이 다 궁금하군."

"어떻게 해결하는지 궁금하다는 거지. 우리처럼 결혼한 것도 아니고, 여자 친구가 있는 것 같지도 않은데, 대통령 체면에 그렇고 그런데 가서 불법으로 해결할 수도 없잖아. 남자는 적절하게 배출하지 못하면…. 그건 나뿐만이 아니고… 한이 앞에서 말을 안 해서 그렇지 모두 궁금해할 거야."

고등학교 친구라서 가능한 대화였다. 취중이지만 누군

가가 들을까 이따금 주변을 둘러봤다. 멀리 민서린 비서관이 걸어오는 모습이 보였다. 박한은 흐트러진 자세를 바로 잡았다.

"대통령님 10시가 넘었습니다. 계속 자리를 하시겠습니까?"

"아! 예. 좀 더하죠. 민 비서관님 좀 쉬시지요."

"전 괜찮습니다. 그럼…"

"참! 잠깐!"

박한은 민서린 비서관을 불러세웠다. 친구들에게 민서린 비서관을 소개했다. 초등학교 동기에다가 대선 로고송 '내가 바라던 바다'를 작사한 작사가였다는 사실을 얘기했다. 박한의 설명에도 친구들은 비서관이라기보다는 박한의 여자 친구를 보듯 잔뜩 기대하는 눈빛으로 바라봤다.

"비서관님은 옛날에 그 누구였더라? …박한이 좋아했던 아이돌 많이 닮았지 않냐?"

채진기 동기회장은 술이 과했는지 뜬금없이 지나간 아이돌 이야기를 거들먹거렸다.

"아! 그래 아이즈원하고 아이브인가에서 키 크고 동안이었던 장원영! 맞아, 장원영."

박한은 민서린 앞에서 시설거리는 친구들이 민망스러웠다. 얼른 화제를 돌렸다.

"야, 랩 덕수! 대선 로고송 한번 불러봐. 미모의 원작 작사가님 모시고 함 불러봐라."

한 때 '꾸리'로 래퍼 생활을 잠깐 했던 덕수가 술기운에 살짝 꼬인 발음으로 꾸리에서 실타래를 풀 듯 래핑을 시작했다.

'내가 바라던 바다. 내가 바랐던 바다. …뜨거운 키스보다도 내가 바라던 바다… 섬 하나 없어도 갖고 싶었던 내가 바라던 바다… JDZ는 내가 바라던 바다…'

밤늦게 자리를 파했다. 자리에 누웠지만, 술기운에도 잠이 오지 않았다. 친구들의 이야기가 머릿속을 맴돌았다. 대통령의 생리현상은 어떻게 해결하는가? 무시할 수도 집착할 수도 없는 일이었다.

*

그날 저녁, 서울 삼청동 음식점 '해어화'

조세붕 국무총리와 정혁 비서실장이 자리를 함께했다. 수행원 없이 운전기사만을 대동한 채 단출하게 만났다.

"총리님, 어서 오세요."

"먼저 오셨군. 정 실장. 내가 조금 늦었습니다."

"늦으시다니요. 아직 약속 시각 2분 전입니다."

"이렇게 아무런 거리낌 없이 둘이서 단출하게 만나니 참 좋구먼."

둘은 오랜 정치적 동지이자 라이벌이었다. 둘의 인생 운은 정치 입문 전과 후로 갈린다. 줄곧 앞서가던 정혁이었다. 조세붕이 정치에 입문하자 오히려 두각을 나타내기 시작했다. 나이는 조세붕이 3살 위였다. 한때 출세를 위해 서로 아등바등 싸웠지만 결국은 같은 길을 걷고 있다는 것을 깨달았다.

"대통령 모신다고 고생 많겠습니다. 워낙 샤프하신 분이라서 말입니다."

"샤프하지 않은 분 모시면 저는 편할지 모르지만 나라가 제대로 되겠습니까? 나는 28로 생각합니다. 나를 위한 것 2, 나라를 위하는 것 8."

"너무 자신을 희생하는 것 아닙니까? 37 정도는 돼야죠. 55도 안 되는 친구들도 얼마나 많습니까?"

"총리님이 정말 힘드시죠. 온갖 것 다 핸들링해야 하고, 비난은 비난대로 다 받아야 하고, 저야 대통령님만 모시면 되는 일 아닙니까? 총리님에 비하면 코끼리 비스킷이라고나 할까?"

덕담을 주고받다 불쑥 튀어나온 코끼리 비스킷이라는 말에 조세붕이 유쾌해졌다.

"코끼리 비스킷! 참 오랜만에 들어보는 말입니다. 이래서 실장님하고 식사하면 즐겁다니까. 껄껄껄."

두 사람은 지난날을 회고하며 분위기를 띄웠다. 그렇게 식사와 술잔이 두어 잔 돌자 조세붕이 입을 열었다.

"실장님! 요즘 대통령님 혼사 얘기는 없습니까?"

정혁은 미역국을 한술 떠먹다 멈칫했다. 그리고는 급하

게 국물을 '꿀꺽' 삼킨다. 뜨겁다는 표정을 잠시 짓는다. 뜬금없는 맥락이긴 했지만 반가운 이야기였다.

"혼사는 어떻게? 갑자기 물으시는 이유라도?"

"혼자 사시는 대통령을 위해서 뭐라도 할 수 있는 건 해야 하지 않을까 해서요."

정혁은 내심 반가웠다. 샘오가 조세붕을 움직인 것이 확실했다.

"총리님은 생각하신 것이 있으십니까? 그렇지 않아도 얼마 전 가족분이 오셨을 때 결혼 이야기가 한번 나오긴 했습니다."

"그래요. 그렇다면 가례도감[10]이라도 만들어서 국혼을 준비해야 하지 않을까요?"

"그렇다고 요즘 시대에 가례도감을 만들 수는 없고, 만든다고 하더라도 대외적으로 노출 안 되도록 해야 할 텐데… 조선 시대 어린 왕자나 국왕 장가보내는 것도 아니고 오히려 그런 거 만들면 불쾌하게 생각하지 않으실까요?"

조세붕은 대통령의 혼사에 적극적이었다.

"내가 듣기에는 외국에서도 혼사 관련해서 은밀하게 접근해 오고 있다고 하던데요. 국내도 유수 기업과 인사들의 가문에서도 접촉하려 하고 있고요. 맞습니까?"

---

10) 가례도감(嘉禮都監): 조선시대 국왕·왕세자·왕세손 등의 가례(혼례)사무를 관장하기 위하여 설치되었던 임시 관서.

조세붕이 들어오던 혼사 얘기를 꺼내자 정혁은 옴씰했다.

"일부 있기는 하지요. 고민을 해봐야 할 것 같습니다."

"실장님, 고민만 할 것이 아니라, 오늘 여기 총리와 비서실장이 만났으니 추진을 해봅시다. 사실 대통령이 본인 입으로 가례도감을 만들라고 지시를 하겠습니까? 옛날처럼 대비마마가 계셔서 하명 하기라도 하겠습니까? 그렇지 않습니까?"

"그럼 총리께서 총괄하시면 되시지 않겠습니까?"

정혁은 미끼를 던지듯 총괄 자리는 제안했다.

"그럼 내가 이른바 가례도감 도제조[11]를 맡으시라는 겁니까?"

두 사람은 독신 대통령을 하냥 보고 있을 수만은 없다고 입을 모았다. 그렇다고 적극적으로 결혼을 권할 수도 없었다. 조세붕은 대통령의 혼사를 자신이 주관하는 것은 마땅치 않다고 했다. 형식적인 총괄은 몰라도 실무적인 것은 비서실에서 하는 것이 옳다는 것이었다. 정혁은 솔깃했다.

"중요한 건 대통령께서 이런 일을 허용하시느냐는 문제입니다."

---

11) 가례도감 도제조(都提調): 가례도감의 총책임자는 도제조 1명이며, 부책임자인 제조는 3명으로 구성되었다. 도제조는 정승급에서, 제조는 판서급에서 임명되었다.

"그냥 그렇게 마냥 있기도 쉽지 않습니다. 대통령의 결혼은 개인적인 일이기도 하지만 국가적인 일이기도 하질 않습니까? 그럼 실장께서 언질을 주도록 하세요. 그럼 제가 말씀을 드려 보지요."

조세붕에게도 대통령 가문과 사돈을 맺고 싶어 하는 청탁이 들어오고 있었다. 조세붕은 은밀한 진행보다는 의외로 공론화시켜 진행해 볼 생각이었다. 사사로운 연애로 결혼할 것이 아니라면, '대통령 장기 보내기 프로젝트'라도 가동해볼 요량이었다. 어차피 대통령의 연애는 장소의 한계가 있었다. 여느 청춘처럼 시내 거리를 활보하면서 맛집과 영화관으로 데이트하러 다닐 수도 없지 않은가. 그렇다면 방법은 하나뿐이다. 어울릴만한 가문의 신붓감을 찾아 연결해주는 것 말고는 달리 방법이 없었다.

정혁 실장은 평소와 다르게 머뭇거렸다. 비서실장이라도 직언을 곧잘 하던 사람이었다. 대통령 결혼 문제에 있어서 결정을 쉽게 내리지 못하는 것이 의아했다. 조세붕은 정혁이 무언가 시원하게 진행하지 못하는 이유가 있을 거로 생각했다.

"그리고 총리님 부탁이 하나 있습니다."

정혁으로서는 정리하고 넘어가야 할 일이었다.

"말씀해 보세요."

"들어주실지 몰라서 망설였습니다."

정혁은 술을 한잔 들이켰다. 그 모습을 본 조세붕은 뭔가 만만치 않은 제안을 할 것이란 걸 직감했다.

"대통령 결혼 문제 말입니다. 혹시 염두에 두고 있는 짝이 있습니까?"

정혁이 먼저 선수를 쳤다.

"욕심이야 어울릴만한 집안 조카도 있고, 지인의 딸도 있긴 하지요. 그런데 실장께서 밀고 있는 사람이 있다는 뜻 같은데요?"

조세붕의 빈 잔에 술이 가득 채워졌다.

"총리님의 인품을 잘 알기에 제가 사실대로 말씀드립니다. 제게 딸년이 하나 있는데 연을 맺었으면 해서요. 은혜는 갚겠습니다."

조세붕은 '움찔' 동작을 멈추었다. 그리고 재빨리 계산했다. 반 발짝 빼는 것이 좋겠다는 결론이다.

"대통령께서는 정치적인 이해관계가 없는 배우자를 원하고 있는 거로 알고 있는데요. 재벌가도 물론 피하고 있지만 말입니다."

조세붕이 슬며시 거리를 두자 정 실장은 기회를 놓치고 싶지 않았다.

"제가 욕심이 과한 건가요? 그렇지만 포기할 이유도 없지 않습니까. 총리님께서도 정치적인 꿈이 있으신 것처럼 말입니다."

정치적 꿈이라는 말에 움찔했다.

"실장님, 큰일 날 소릴 하십니다. 총리인 내가 정치적인 욕심이 있다는 건 대통령이 되겠다는 건데, 불경죄에 걸립니다. 허허."

정혁은 확실한 어조로 말했다.

"제가 밀겠습니다. 제 딸년은 총리님이 밀어주시고요."

"실장님이 민다면 어떻게 하신다는 겁니까?"

"도제조가 되세요. 그럼 지금 정치 자금이 부족한 걸 간단히 메울 수 있을 겁니다."

정혁의 제의는 이율배반적이었다. 낙첨자를 정해놓고 고액의 참가비를 받는 거나 다름없었다.

"정 실장. 따님을 밀어 달라면서요? 그건 줄을 댄 다른 가문은 헛물만 켜는 개털로 만든다는 소리 아니오? 나중에 감당을 어찌하라고 그러시오?"

"그건 이렇게 하시면 됩니다."

조세붕은 이율배반적인 정혁의 배팅에 관심을 보였다. 아직 대권의 꿈을 여전했다. 꿈을 접을 나이, 불꽃이 움츠러들 나이가 되었지만, 정치적 꿈과 불꽃은 나이를 초월한다. 정치인이라면 누구나 한 번쯤은 꿈꾸는 일. 정혁 실장에 책사 샘오까지 합류하게 되면 대권 도전에 새로운 날개 하나를 더 다는 일이다. 어차피 재벌을 상대로 혼담을 진행해온 터였다. 영부인의 선택은 대통령이 하는 것이다. 잘만 하면 대선 자금에 조직력까지 한꺼번에 해결할 기회가 온 것이다.

5

퍼스트레이디 아카데미

쿠릴열도 남단 하보마이 군도 상공으로 헬리콥터가 선회했다. 헬리콥터가 시그날니섬(가이가라지마) 상공까지 접근하자 일본 자위대는 경계를 강화했다. 시그날니섬은 네무로 노삿푸곶에서 3.7㎞ 떨어진 곳이었다. 육안으로도 선명하게 선회하는 모습을 보이는 것은 이례적이었다. 노삿푸 등대 주변에서 관광하던 관광객들은 그저 사진을 찍고 즐길 뿐 국경에 나타난 러시아 민간 헬리콥터에는 관심을 두지 않았다. 헬리콥터는 이내 방향을 바꾸었다. 그들이 착륙한 곳은 하보마이 군도 중에 탄필레바섬(스이쇼섬)이었다.

하보마이 군도에도 연꽃이 활짝 폈다. 그 위로는 나비들이 날고 있었다. 쿠나시리에 방사했던 나비들이 이곳까지 날아온 모양이었다. 자리를 옮기자 들판에는 군무 중인 나비로 가득했다. 좀체 보기 어려운 역동적 아름다움이었다. 젊은 남자는 사진과 동영상을 찍었다. 무인도가 된 하보마이 군도에 자연의 짧은 여름 축제가 한창이었다. 수풀과 수목이 바닷바람에 성기고 질긴 생명력을 키워왔다.

"아버지. 하보마이도 개발하실 겁니까?"

"들판 한가득 꽃 피고 나비 떼가 군무 하는 자연이 좋지 않으냐?"

이웅 회장은 개발 사업자면서도 하보마이 군도를 개발하는 것에는 소극적이었다. 개발은 1~2년이면 가능하지만, 자연 복구는 오랜 세월을 보내야 하기 때문이었다. 이웅회장에게 개발업자인지? 환경보호가 인지를 물은 적이 있었다. 이웅이 쿠릴에 개발도 하지만, 동식물의 다양성을 위해 쿠릴의 보존에도 관심을 기울인다고 했다. 그 첫 번째 활동이 연꽃과 나비로 대표되는 자연 회복 사업이었다. 대표적으로 식물은 연꽃, 동물은 나비였다. 그동안 어쩐 일인지 쿠릴에서 연꽃과 나비가 사라져가고 있었다. 이웅은 움직였다. 이웅은 '연꽃의 꿈'과 '나비의 꿈'을 꾸었다. 습지 가득 피어 있는 연꽃과 섬을 통째로 춤추게 하는 나비의 군무를 꿈꾸었다. 그간의 노력에 대한 보상처럼 나비가 넘실거렸다.

"곤아, 한국에는 언제 갈 거냐?"

"다음 주에 갈까 합니다."

"가거들랑 크세니아를 잘 케어하도록 해라."

이웅의 둘째 아들인 이곤은 경영 수업 중이었다. 이곤은 군말 없이 일을 처리했다. 이번에는 러시아 예닌 대통령의 딸 크세니아가 한국에 있는 동안 호위무사처럼 보호해야 했다. 이웅 회장이 이곤에게 크세니아를 챙기라는 것은 예닌 대통령의 부탁일 수도 있고, 다른 뜻이 있을 수도 있었다.

크세니아는 공식 러시아 특사였다. 한국에 도착하면 짬을 내어 모델 일을 하기로 했다. 공식적으로 중앙두마 의원인 정치인으로 사사로이 모델을 하느라고 한국에 오래 머물지는 않을 예정이다. JS애드에서 모델 데뷔를 준비했다. 유럽을 놔두고 굳이 한국에서 모델을 하려는 속뜻을 알 수 없었다.

"크세니아하고는 여러 번 봤을 테니 잘 안내하거라."

이웅은 크세니아가 한국에 특사 방문하는 것은 모델 일 말고도 다른 뜻이 있다고 생각했다. 그것은 이곤이 수행을 하다 보면 알게 될 일이었다.

*

여름 끝물 눅눅했던 공기가 가슬가슬해졌다. 끈적거림이 사라지고 산뜻한 가을 냄새가 났다. 박한의 가슴으로 초조함이 파고들기 시작했다. JDZ와 결혼 문제가 그랬다. 시간이 흐른다는 것은 결단의 날이 다가오고 있다는 것을 의미했다.

"오늘 일정이 어떻게 된다고 하셨지요?"

"오전 11시엔 러시아 크세니아 특사 방문, 저녁인 오후 6시 첨단산업 대표단 만찬이 있습니다."

박한은 대통령 취임식 축하사절로 왔던 크세니아를 만난 적이 있었다.

"크세니아 의원은 지난번 취임식 때 왔던 러시아 대통령 딸 아닙니까?"

"예! 예닝 대통령 친딸이자 현직 국가두마 국회의원입니다. 말씀드린 대로 대통령 친서를 가지고 올 것으로 알고 있습니다."

"친서 내용에 대해서는 전혀 이야기된 것이 없겠지요?"

"친서란 아시다시피 양국 정상 간의 비밀 서신 교환이라…. 지난번 러시아 대사가 방문했을 때 나온 이야기에 힌트가 숨어 있을 수 있긴 하겠지만 말입니다."

대통령 취임식 때 외교사절로 왔던 '30대 초반의 금발 러시아 미녀' 크세니아를 떠올렸다. 모델처럼 잘 감아올린 금발은 북유럽 특유의 건강한 금빛으로 빛났다. 어렴풋한 기억은 실루엣 효과처럼 궁금증을 자아냈다.

크세니아는 여전히 밝았다. 웃음을 머금은 채 절제되고 자신감 있게 접견실로 걸어 들어왔다. 그녀는 대통령을 보고 환하게 웃었다. 박한도 밝게 웃으며 그녀를 맞이했다. 변함없이 젊고 활달했다. 그새 여인의 매력은 깊어졌다. 특사라는 걸 잠깐 잊고 말았다.

"어서 오세요. 크세니아 특사님. 먼 이곳까지 오느라 힘드셨지요?"

크세니아는 그럴 리가요? 하는 표정이었다.

"러시아는 한반도와 붙어 있는 생각보다 가까운 나라랍니다."

"아! 그렇군요. 세계 최대 대국이라는 걸 깜빡했습니다. 제가 실수했습니다."

"아닙니다. 경제, 문화 대국 대한민국의 박한 대통령님을 다시 만나게 되어 기쁩니다."

박한이 내민 손을 크세니아가 잡았다. 따듯한 손에서 부드러운 촉감이 났다. 눈결 크세니아가 살짝 놀라운 눈치다. 남자 손 치고는 너무 부드러웠기 때문이었다. 악수는 외교를 넘어 따듯했다.

"대통령님 이렇게 환대해 줘서 감사합니다."

박한은 크세니아에게 자리를 권했다. 크세니아는 미소 지으며 자리에 앉았다. 크세니아의 화려한 외모 탓인지 접견실 분위기는 훈훈해졌다. 자리에 앉자 그녀의 길고 늘씬한 다리가 스커트 아래로 드러났다. 그녀의 자신 넘치는 움직임에 당황한 것은 정혁 비서실장이었다. 유독 안절부절못한다. 그에 비해 박한은 담담하게 대했다. 혈기 왕성한 젊은이였지만, 대통령답게 중심을 잡았다.

"예닌 대통령께서는 평안하시지요?"

"예. 그렇습니다. 그리고 이번 방문한 결과에 따라 더

평안해질 수도 있지 않을까 생각합니다. ”

정치 가문 딸답게 화법이 유려했다.

“저희야 러시아와 관계가 지금처럼 좋은 때가 없었다고
봅니다. 내친김에 더욱 좋은 인연을 맺어야겠지요. ”

“당연합니다. 저희 대통령께서도 무척 기대하고 있습니
다. ”

대화가 무르익자 박한은 크세니아의 요청에 따라 배석자
를 모두 물렸다. 통역 블루투스로 단독회담이 시작되었다.

정혁은 접견실에서 물러났다. 박한과 크세니아의 환한
웃음이 머릿속에서 떠나지 않았다. 둘 사이의 회담이 궁금
했다.

“크세니아 의원이 실세이기도 하지만 대단한 미녀지 않
습니까?”

복도에 서 있던 정혁에게 허훈 국가안보실장이 말을 건
넸다. 어울린다는 뉘앙스였다.

“아. 예. 정말 미녀시더군요. ”

정혁은 얼떨결에 대답했지만, 허훈이 밉상스러웠다.

“아직 미혼이라고 하는 것 같던데. 나는 순간적으로 젊
은 남녀 사이에서 훈훈한 느낌이 듭디다. ”

정혁은 대충 얼버무렸다.

“아. 그래요…”

정혁이 초조해하는 동안 그 옆에 서 있던 우현과 민서린
의 눈빛이 서로 마주친다. 평소와 다르게 머쓱한 표정이

다. 그 둘의 머쓱한 표정을 지켜보던 정혁의 표정도 그리 호의적이지는 않았다.

크세니아가 떠난 뒤 박한은 친서 봉투를 개봉했다. 봉투에서 느껴지는 무게감에 묘한 감정이 일었다. 크세니아도 내용을 모르는 친서였다. 내용이 무엇일지 박한은 긴장했다.

친서 내용을 읽던 박한은 오묘한 표정을 지었다. 그리고 친서를 봉투에 도로 담아 책상 서랍에 넣어 두었다. 표정으로 보아 그리 나쁘지는 않은 것 같았다.

'국가를 위해서, 아니면 내 자신을 위해서?'

관저로 돌아와서도 박한은 깊은 생각에 빠졌다. 표정으로 보아 오늘도 잠을 설치는 밤이 될 것 같았다. 접견 때 건넸던 크세니아의 말이 자꾸 걸렸다.

"전 KJK 팬입니다. 그중에서도 '하늘' 팬이고요. 너무 멋졌는데… 오늘 대통령님을 마주 보는 순간 팬심을 바꿔야 할 것 같습니다. 멋지십니다."

정치적인 수사로 보기에는 촉촉하고 달콤했다.

러시아 대통령이 크세니아를 특사로 보낸 것을 어떻게 해석해야 할 것인가? 그는 어쩌면 너무 일찍 피어버린 딸이 고민이었을지도 모른다. 예닌은 크세니아가 대통령의 딸보다는 대통령 자리에 관심이 있다는 걸 알고 있었다. 현실적 한계는 분명 있었다. 지금 당장은 아니더라도 언젠가 자신과 경쟁을 해야 할지도 모른다. 그것은 초유의 부녀간의 권력다툼이다. 아버지와 딸은 서로 경쟁을 원치 않았다. 아직 크세니아는 젊고 기회가 많이 남았다. 정치적인 경륜도 쌓아야 한다. 적절한 때가 오면 예닌은 크세니아에게 기회를 주고 싶어 했다. 그러기 위해서는 아버지의 품에서 떠나야 한다. 가족을 떠나 큰 인물이 되어 돌아온 신화 속의 영웅처럼….

그 첫 번째 여정을 한국 대통령의 부인이 되는 것으로 정했을 수도 있다. 정치인으로서 단번에 세계적인 주목을 받을 수 있는 일이다. 때마침 미혼의 젊은 대통령이 당선되었다는 것은 기회였다. 같은 젊은이로서 박한은 정치적 멘토이자 남편이 될 수도 있지 않은가? 가능한 일이라면 한꺼번에 두 가지 목적을 이룰 수 있는 흔치 않은 기회가 크세니아 앞에 놓인 것은 분명했다.

박한은 정혁 비서실장을 불렀다. 그리고 친서 내용 중에 하나인 한·러정상회담 제의를 검토하라 지시했다. 정혁은 대통령의 회담 지시에도 찜찜함을 느꼈다. 크세니아를 보는 대통령의 눈빛이 단순한 접견의 수준은 아니었다. 크세니아에게 던지는 말 한마디 한마디가 예전의 접견에 비해 확연하게 다르다는 걸 느꼈기 때문이었다.

정혁은 정세라의 아바타라도 된 것처럼 정세라의 경쟁자들을 질투하고 시기하기 시작했다.

*

　박강희 홍보수석이 급하게 대통령 집무실로 들어갔다.

　박한은 터질 게 터졌다고 생각하면서도 황당한 표정이었다. 울 수도 웃을 수도 없는 코미디 같은 일이 벌어졌다. 동작대교에서 30대 초반으로 보이는 신원 미상 여성이 박한 대통령에 청혼한다며 소동을 부린다는 보고였다.

　경찰과 소방 구조대는 만약을 대비하여 안전장치를 설치했다.

　여성은 대통령이 만나 주지 않으면 한강에 투신하겠다고 여전히 버티고 있었다.

　"엠바고를 걸까요? 곧 방송이 나갈 텐데…"

　박한은 엠바고[12]가 문제가 아니라 투신을 막아야 한다고 판단했다.

　"아닙니다. 제가 만나겠다고 잘 설득하라고 하세요. 단, 만나는 건 비밀로 해주세요. 언론이 알면 안 됩니다."

　박한은 생각에 잠겼다. 대통령에 당선되고 난 뒤였다. 대한민국 최초 미혼 대통령이 되자 미혼여성을 중심으로 한 팬덤이 생겨났다.

　박한은 자신을 지지하는 팬덤이 반갑고 고마웠다. 그러나 늘 간당간당한 기분이었다. 인기몰이는 짜릿한 전율을

---

12) 엠바고: 일정 시간까지 보도 금지하는 것.

주기도 하지만, 필연적으로 갈등이라는 싹을 품게 된다. 이미 '한영'이라는 모임 때문에 한 차례 홍역을 치렀었다. '박한이여 영원하라'라는 기치를 내건 단체였다. 대부분 20~30대 젊은 여성들이 모였다. 미혼 대통령에 환호하던 한영 회원들은 열혈 수호천사를 자칭했다. 박한을 반대편에서 공격이라도 하게 되면, 50만 수호천사들이 집중포화로 초토화했다. 박한은 자칫 정치가 희화화되는 것을 우려했다. 몇 차례 자제 당부로 차분해지긴 했지만 언제 다시 극렬한 팬으로 분연히 일어날지 몰랐다. 지금도 '50만 국군은 대한민국을 지키고, 50만 한영천사는 박한을 지킨다.'며 스스로 존재감을 드러내고 있다. 박한은 수호천사들이 언제라도 50만의 시누이로 변할 수 있다는 것을 경계했다.

한편에서는 '레이디아카데미'라는 커리큘럼도 생겨났다. 상류층을 상대로 결혼 중개를 하던 결혼 정보업체에서 소수 정예 맨투맨 강좌를 개설했다. 사실상 영부인 만들기 과정을 개설한 것이었다. 현실적으로 학원에 다닌다고 우선권이 주어지거나 가산점이 주어지는 않는다. 영부인이 공무원 선발 시험으로 선발되는 것이 아니기 때문이었다. 족집게 강사의 맨투맨 강의가 가능성을 높이는 건 아니라는 것을 알면서도 의외로 수강생이 몰렸다. 수강생이 넘치자 우후죽순 소수 정예를 표방한 학원이 생겨나기 시작했다. 수강생 모집 광고는 가관이었고, 상행위를 넘어선 과

대광고가 등장했다. 그 비밀스러운 강좌에 대통령실 공무원이 원포인트 강사로 뛰고 있다는 첩보가 입수된 것도 그때쯤이었다. 공직기강비서관실에서 사실 여부를 확인하기 시작했다.

그새 동작대교 현장에 도착한 방송사들이 현장 중계를 시작했다. 드론이 하늘을 맴돌았고, 현장 중계를 하는 기자들이 상황을 설명하고 있었다.

박한은 집무실에서 중계를 지켜보고 있었다. 차선이 일부 통제되자 교통체증이 일어났다. 더군다나 구경하느라 서행하거나 멈춘 차량으로 사정은 더욱 악화하고 있었다. 여자가 교각 트러스트 위에서 족자 현수막을 펼치고 있었다. '결혼해줘요. 박한 대통령님!' 강바람에 현수막은 펄럭였다. 박한은 위험을 감지했다. 바람에 현수막이 펄럭이면 여자가 중심을 잃고 추락할 수도 있었다. 무사히 내려오더라도 박한을 독차지하려는 파렴치범으로 자칫 한영 50만 대군의 타깃이 될 수도 있다. 그래서 박한은 극비리에 여자를 만나기로 한 것이다.

"대통령님! 동작대교 대치는 끝났습니다. 만나보시겠습니까?"

"약속은 지켜야겠지요."

박한은 만남 사실을 아무도 몰라야 한다는 것을 다시 일렀다. 자칫 한강 다리 위에 올라가서 버티면 대통령을 만날 수 있다는 잘못된 시그널을 줄 수 있기 때문이었다. 만약에 꽃 같은 아가씨들이 대통령을 만나겠다고 다리 위 난간으로 너도나도 기어오른다고 생각하면 아찔한 일이었다.

"맞습니다. 그랬다가 한강으로 뛰어내리기라도 하면 야당에서는 삼천궁녀 운운할 겁니다."

김원태 공직기강비서관은 영부인 관련 강좌 보고를 했다.

"사회 지도층 대상으로 하는 고액 강좌는 실재하는 것으로 확인되었습니다."

사회 통념으로는 고액이라고는 하지만 영부인만 된다면 가성비는 갑이었다. 그들이 내건 것은 얼떨결에 남편이 대통령이 되면서 얼떨떨한 영부인이 되는 것은 온당치 않다는 것이다. 준비된 영부인, 교양있는 영부인, 어디에 내놔도 꿀릴 게 없는 영부인이 만들어야 한다는 것이었다. 설령 영부인이 되지 못한다고 하더라도 상류사회에서 수준 높은 규수가 될 수 있어서 손해 볼 게 없다는 것이다.

"일타 강사 중에 우리 용산 식구들도 있던가요?"

"소문과는 달리 없었습니다."

하지만 일타강사는 대통령실 시스템에 대한 이해가 높았다. 간접적으로 연관되었을 가능성은 여전히 남아 있었다.

박한은 직접 연관자가 없다는 사실에 안도했다.

"세간에 대통령을 위한 가례도감이라도 만들어야 한다

는 얘기가 들리더군요. 들어보셨습니까?"

"무슨? 가례도감이 뭡니까!"

박한은 웃으며 손사래를 쳤다. 누군가 쓸데없이 일을 키우운다고 생각했다.

김원태 비서관은 보고를 마치고도 머뭇거렸다.

박한은 차마 꺼내지 못한 이야기가 남아 있다고 생각했다.

"가례도감과 관계되는 겁니까?"

"예. 사실은… 혼사 다리를 좀 놔달라는 부탁이 있었습니다. 말씀을 드려야 할지…"

어렵사리 혼사 얘기를 꺼내자 박한은 벙긋 웃었다.

"말씀해 보세요, 좀 쑥스럽기는 하지만 누가 의사 표시한 줄은 알아야 하지 않겠습니까."

"제게 연락 온 곳은 HS그룹 장 회장 딸입니다. 올해 25살이고 미국에서 공부하고 있습니다. 프로필을 받은 게 있는데 보시겠습니까?"

박한은 내키지 않은 표정이었다.

"아뇨, 아닙니다. 저는 재벌가와는 연을 맺고 싶지는 않습니다."

박한은 국민의 생각과 눈높이에 맞는 영부인을 생각하고 있었다. 이해관계에 얽매인 정략적 결혼을 했다는 비난을 받고 싶지는 않았다. 정략적 결혼의 끝이 그리 좋은 것도 아니었다. 그리고 25살이면 결혼이 아니라 희생당하는 거라고 했다. 본의 아니게 청춘을 착취하는 인간이 되고 싶지는 않다는 것이다.

김원태 비서관은 '청춘착취'라는 말에 움찔했다. 누가 봐도 청춘으로 보이는 대통령의 입에서 청춘착취란 말이 나올지는 미처 몰랐다.

"마음에 두신 분이 있을지도 모르는데, 제가 괜한 얘기를 한 것 같군요."

*

현세현 국정원장의 메모를 본 박한은 충격을 받았다. 표정이 심각했다. 현세현 국정원장은 계면쩍은 표정이다. 두 사람은 날씨 얘기를 하며, 동시에 필담 대화를 시작했다.

'사실입니까!'

대통령실이 도청당하거나 감청당하고 있다는 것이었다. 있을 수 없는 일이고, 있어서도 안 될 일이었다. 그 증거를 몇 가지를 들었다. 최근 들어 일본과 중국에서 대통령실에 관련된 정보를 구체적으로 알고 있다는 것이었다. 무엇보다 충격적인 것은 대통령 집무실마저도 안전하지 않다는 것이다.

'그럼 어떡하면 좋겠습니까?'

박한은 심각한 표정으로 대응 방법을 물었다.

'우선 대통령실에 도청장치를 점검하시는 게 좋겠습니

다. 그것도 은밀하게요.'

'은밀하게? 역으로 이용하자는 건가요?'

'그렇습니다.'

'그럼 이곳을 떠나 안가에서 계획을 논의하도록 합시다.'

박한과 현세현 원장은 필담과 관계없이 여느 때처럼 보고하는 시늉을 했다. 점검을 경호처와 함께할지를 고민했다. 경호처에 믿음은 확고했지만, 누군가 개인의 일탈이 있는지 확인할 여유가 없었다. 결국, 국정원에서 직접 점검하기로 했다. 용산 대통령실 EMP 공격 보완공사를 발주하는 형식으로 점검을 지시했다. 공사 업체와 인부의 신원에 대해서는 국정원이 맡고, 물품 반입 검사는 경호실에서 직접 관리하는 것으로 지시했다.

공교롭게도 비슷한 시기에 대통령의 염문이 퍼지기 시작했다. 박한 대통령이 바람둥이라는 소문이 퍼지기 시작한 것이다. 밤이 깊어지면 용산 관저를 출입하는 젊은 여자가 있다. 젊은 여자는 한 사람이 아니고 매번 바뀌기도 한다. 그중에는 알만한 배우도 있고 가수도 있다.

현세현은 첩보 보고를 읽으며 혀를 찼다. 내용이 오래된 패턴이기도 했지만, 근거도 부족했다. 소문은 논리를 뛰어넘는다. 그래서 소문은 날개가 되어 논리 위를 나르기도 하고, 파동처럼 사람의 마음과 마음을 타고 넘기도 했다.

스캔들은 동심원처럼 순식간에 전방위로 퍼져나갔다.

현세현은 출처가 도청과 관련된 것인지를 구분해야 했다. 누군가가 도청을 했다면, 덫을 놓아야 했다.

공사를 마무리하는 동안 대통령실 어디에서도 도청과 관련된 장치는 발견되지 않았다. 현세현은 고민에 빠졌다. 대통령 관련 정보가 빠져나간 건 분명했지만, 어디에도 흔적을 찾아낼 수 없었다. 아무것도 나오지 않는다면 난감한 일이다. 자칫 대통령실 식구들을 음해하는 것이 되고 만다. 문득 떠오르는 것이 있었다.

현세현은 비밀리에 조영술 한국대학병원장을 만났다. 둘은 친분이 두터운 관계였다. 고등학교 선후배 관계기도 하지만 이미 대통령 주치의 문제로 여러 번 만난 적이 있었다.

"현 원장은 나랏일 하신다고 바쁘실 텐데 어찌 오셨는지?"

"인사 없다고 혼내기 전에 자진해서 먼저 뵈러 왔습니다."

조영술 병원장은 넌지시 웃었다.

"일단 앉고, 천천히 말씀해 보게 그냥 왔을 리는 없을 게고…"

현세현은 비밀유지를 조건으로 병원장에게 단도직입적으로 말했다.

"은밀하게 CT나 MRI 촬영을 해야 합니다."

"은밀하다면 어떤 의미인지?"

"피촬영자의 인적사항이나 신분을 아무도 몰라야 하고, 진단 결과도 몰라야 하는 겁니다. 즉 나와 선배님만이 알고 있는 거지요."

조 병원장은 건강검진 아니라는 걸 어렴풋이 눈치를 챘다.

"자네 부탁인데, 준비해 두겠네."

"중요한 문제입니다. 꼭 비밀 지켜주셔야 합니다."

박한은 휴식을 이유로 이틀간 휴가를 냈다.

정혁은 박한의 갑작스러운 휴가에 의아했다. 무언가 일이 생긴 것으로 판단했다. 정혁 머릿속에 크세니아가 떠올랐다. 아직 한국에 남아 있는 크세니아가 박한을 만날 가능성이 있었다. 정혁은 샘오에게 대통령의 움직임을 파악하라 일렀다. 두 남녀가 은밀히 만나기라도 한다면 정혁 부녀의 꿈은 한 발짝 멀어지고 만다.

박한의 촬영 결과가 나왔다. 촬영 결과를 지켜보던 원장은 도청장치를 발견할 수 없었다. 현세현은 난감했다. 그러나 포기할 수 없었다.

'분명 도청장치가 있을 겁니다. 잘 살펴 주세요.'

병원장은 천천히 사진을 살폈다. 한참을 살피던 병원장

은 박한의 오른손 검지 뼈에서 처음 보는 형태의 철심을 발견했다.

'이건 언제 수술하신 거지?'

'대통령 당선 직후 운동하다 다쳤으니까 올해 3월입니다.'

박한은 라이딩 동호회와 함께 당선 축하 행사에 참가했다. 행사는 다른 단체의 축하도 받는 연합 라이딩 행사였다. 라이딩 중 갑자기 끼어든 오토바이에 의해 넘어진 것이다. 다행히 서행 중 사고라 가벼운 타박상을 입었다. 국군서울지구병원 담당 의사는 손가락에 실금이 갔다고, 안정을 취해야 한다고 했다. 오른손은 악수도 해야 하고 대통령 당선인으로서 보기에도 흉하니 깁스보다는 철심으로 고정하는 것이 좋겠다는 소견이었었다.

철심의 형태가 좀 특이했다. 비슷해 보이지만 자세히 보면 머리 부분이 조금 크고 형태도 못 보던 것이었다. 병원장은 확신하지 못했다. 정확한 건 끄집어 내봐야 알 수 있겠다는 것이었다.

'수술이 복잡합니까?'

완전 절개는 하지 않기 때문에 수술 후 이틀 정도만 움직이지 않으면 생활하는데 별문제 없다는 판단이다. 현세현은 철심이 도청장치일 것을 대비해 제거 사실을 눈치채지 못하도록 부탁했다.

박한은 수술에 동의했다.

정혁 실장은 크세니아가 강남의 스튜디오에서 모델 촬영을 했을 뿐 대통령과는 동선이 겹치지 않았다는 보고를 받았다.

'다행이기는 한데, 대통령이 국군서울지구병원에 가질 않고 한국대학병원에는 왜 갔을까?'

대통령의 건강에 문제가 생겼을 수도 있었다.

어렵사리 대통령의 치질 수술 첩보가 들어 왔다.

'치질 수술? 젊은 나이에 뜻밖이구먼.'

*

박한은 최전방 GP 방문 대신 철심 제거 수술에 들어갔다. 수술은 간단히 끝났다. 꺼낸 철심은 국정원에서 회수하여 분석했다. 의심한 대로 철심은 도청장치와 충전장치로 구성되어 있었다.

현 원장은 도청 장치 사진을 펼쳐보였다.

"수작업으로 만든 겁니다. 보세요. 여기가 도청장치가 있는 곳이고 기다란 이곳이 배터리 생성 장치 부분입니다."

박한은 사진에 찍힌 도청장치를 유심히 들여다봤다.

"장치가 이렇게 작은데도 장시간 작동이 가능한 건가요?"

"특수 자가발전 장치를 삽입했습니다. 여기 기다란 철심 부분이 단순한 철심이 아니고 손가락을 움직일 때마다 구부려졌다 펴졌다 하면서 끊임없이 충전하는 장치입니다. 완전 수작업으로 만든 것이라서 국적이라든지 특정 회사를 알기는 불가능합니다. 다만 정보기관에서 만든 정교한 작품일 확률이 매우 높습니다."

박한은 끓어 오르는 감정을 애써 눌렀다.

"그럼 일단 국가적인 차원에서 도청하고 있다는 것일 수도 있겠군. 대범하다고 해야 하나, 무모하다고 해야 하나."

현세현은 상대가 치밀하게 계획한 것으로 판단했다. 대통령을 상대로 이 정도의 짓을 했다는 것은 충격적이었다. 어떤 정보기관에서 기생충 첩보 로봇을 개발한다는 보고를 받은 적은 있었지만, 실제 몸에 심은 도청장치가 확인된 것은 처음이었다.

"오히려 안전하다고 판단했을 겁니다. VIP는 보안 검색을 하지 않으니 걸릴 이유도 없고, 이상이 감지되어도 철심 수술 사실이 있으니 당연히 감지된다고 생각하면 아무 문제 없이 지나갈 것이라고 계획했을 것입니다."

"하긴"

"정보기관의 특징은 심증은 있으나 물증은 없게 만드는 것이지요. 확증이 나오지 않는 한, 덜미를 잡히더라도 절대 인정하지 않을 겁니다."

마음이 헛헛했다. 자신도 모르는 사이에 생긴 암 덩어리에 체액을 쭉쭉 빨려버린 느낌이다. 더군다나 대통령이 그렇게 당했다는 것은 치욕적이었다. 더 큰 문제는 그동안 국가 기밀이 언제부터 어디로 얼마나 빠져나갔는지 확인할 길이 없었다. 자칫 국가 위기가 올 수도 있는 이런 일을 할 수 있는 상대는 누굴까? 박한은 특히 방위사업에 대한 기밀 유출을 걱정했다. 방위 산업 정보가 유출되었다면 박한이 꿈꿔왔던 JDZ 접수의 꿈도 사라질 가능성이 크다.

한편 당시 관절 수술을 집도했던 의료진을 조사했다. 현실적으로 도청 철심을 심을 수 있는 사람은 당시 집도의였던 정대의 박사뿐이었다. 정 박사는 2026년에 채용된 관절 치료 전문의였다. 당시 집도의였던 정대의는 지난 5월 홀연히 미국으로 돌아간 것으로 확인되었다.

정대의를 통해 배후가 누군지를 알아야 했다. 배송지를 알아야 치명적인 선물을 정확히 보낼 수 있기 때문이었다.

"놓은 덫에는 걸린 게 있습니까?"

현 원장은 고개를 저었다.

"일단 북한은 아닌 것 같습니다. 전혀 움직임이 없었습니다. 대통령께서 전방 GP를 방문한다는 것을 감청했을 텐데도 아무런 반응이 없었습니다. 처음부터 일본과 중국이 아닐까 예측은 하고 있습니다만, 지금 국정원 분석실에서 분석 중이니 좀 기다려 보시지요."

박한은 상대가 누굴지 감이 잡히지 않았다.

"가능성 있는 나라는 역시 JDZ가 걸린 일본과 동북아 패권을 장악할 중국, 그리고 남한을 잠재적 통일 대상으로 생각하는 북한 정도겠지요."

"극단적으로는 미국도 배제할 순 없습니다. 미국은 한국이 핵 개발을 하고 있다고 의심하고 있질 않습니까. 한국에 대해서 칼자루를 놓고 싶지 않을 테니까요."

박한은 그가 누군지 알기가 쉽지만은 않으리라 생각했다. 덫을 놓았지만, 효과는 아직 없었다.

"누군지는 모르겠지만 대범하군요. 대한민국 대통령의 몸에 도청장치를 달 수 있다는 것 말입니다. 고양이 목에 방울 달기보다 더 쉬운 게 대통령 몸에 도청장치 박기로군."

현세현은 국정원 차장단 회의에서 일본과 중국의 움직임을 면밀하게 분석하라 지시했다. 어느 쪽에서 미끼를 물게 될지 지켜보는 것은 흥미로운 일이었다.

결국, 박한의 몸에서 떼어낸 도청장치는 고장 난 것으로 판명되었다. 그나마 다행한 일이었다. 그러나 고장 시점이 언제인지는 확인할 수 없었다. 몸에 충격을 받은 것은 암벽에서 떨어지던 우현 대변인을 받은 것이 유일하기는 했지만, 그것이 고장의 원인이라고 단정할 수도 없었다.

현세현은 당시 접촉 사고를 냈던 라이더의 조사 결과를

확인했다. 다른 단체 소속이긴 했지만 특별한 혐의는 없어 보였다. 당시 수사 지휘를 했던 서울경찰청장은 정철이었다. 별다른 혐의가 없자 정철은 수사를 종결시켜버렸다.

미국에서 정대의가 실종되었다고 짤막하게 알려왔다. 현세현은 찜찜한 마음을 안고 뉴욕으로 떠났다. 도청장치와 직접 관계있는 집도의였던 정대의 흔적을 찾아야 했다. 상대는 미국 국적자였다. 정대의를 체포하더라도 미국의 협조가 없으면, 조사나 송환은 별도로 풀어야 할 문제이기도 했다.

*

박한은 크세니아를 대통령실에 비공식으로 초청했다. 러시아로 돌아가기 전에 친서를 전하기 위해서였다. 크세니아는 시차 적응이 끝났는지 방문 첫날보다는 훨씬 밝아보였다. 비공식 초청이라 러시아대사관 수행원 대신 한국계 젊은 남자를 대동했다.

"그동안 한국에서는 잘 지내셨습니까?"

"예! 대통령님! 덕분에 잘 지냈습니다. 참! 그리고 여기는 JS그룹 이웅 회장님 둘째 아드님입니다. 한국에서 저를 보살펴주고 있습니다."

이곤은 허리를 깊숙하게 숙여 인사했다.

"이곤이라고 합니다. 만나 봬서 영광입니다."

그러고 보니 이웅 회장을 닮긴 했다.

"아! 러시아에서 국위를 선양하고 계시는 JS그룹이군요. 이 회장님도 잘 계시지요?"

"예! 대통령님. 저희 JS를 호평해주셔서 감사합니다."

이곤은 박한과 악수하자 곧바로 접견실을 나갔다.

"한국 생활은 어땠습니까?"

"지내보니 한국에서 계속 살고 싶던데요. 세련된 도시에 활기가 넘치는 것이 너무 좋았어요. 한국 남자와 결혼이라도 할까 봐요."

박한은 거침없는 크세니아의 말을 슬쩍 돌렸다.

"그러시다니 다행입니다. 가본 곳 중에 살고 싶은 데가 있던가요?"

"집무실에서 따로 차 한 잔을 주신다면 말씀드리지요. 대통령님은 집무실에 들르는 사람에게는 직접 차를 타 주신다고 들었습니다. 제 위시리스트에 박한 대통령님에게 차 대접받기가 있는 데 제 소원이 가능하겠습니까?"

웃으며 던지는 크세니아의 농담은 묵직했다. 집무실에 방문하면 차를 직접 타준다는 것도 알고 있었다. 세 번째 만남이라 그런지 편해 보였다.

"시간을 내 보도록 하지요. 어딜까요? 크세니아 특사의 마음을 뺏은 곳은?"

"가장 멋진 곳은 L타워였고, 가장 살고 싶은 곳은 용산 관저였습니다."

직설적이었다. 순간적으로 당황했다. 살고 싶은 곳이 용산 관저라면 영부인이 되고 싶다는 뜻이기 때문이었다. 단도직입으로 옆구리가 찔리는 기분이다. 박한은 재빨리 전열을 가다듬었다.

"불행히도 용산 관저는 분양할 수 없는데 어떡하죠?"

"아쉽군요. 다른 방법을 찾아봐야겠어요."

그녀의 표정엔 야릇한 미소가 흘렀다. 박한의 스마트한 순발력이 섹시하다 생각한 것이다.

"참! 서울에서 모델 데뷔를 하셨다고 하던데요?"

"패션 화보 촬영을 좀 했습니다. 작업이 너무 흥분되더군요. 내면에 숨죽여 있던 제 욕망이 꿈틀거리는 느낌이었습니다."

"잘 어울립니다. 모델일 말입니다. 축하할 일이겠지요?"

"예. 축하해 주세요. 그리고 JS애드에서 모델 일을 같이하자고 제의가 들어 와서 고민 중입니다. 물론 마음속으론 하겠다고 이미 정했지만 말입니다."

"기대되는군요."

"예닌 대통령께 감사의 말씀과 환대해 주신 것에 대해 꼭 말씀드리겠습니다. 차를 직접 타 주기로 한 약속까지 포함해서요."

박한은 크세니아의 몸짓과 표정에서 적극적이라는 걸 알아차렸다. 박한도 크세니아의 시원시원한 언행과 여성적인 매력에 끌렸다. 영부인의 자질로만 판단하면 거의 모든 것을 갖춘 완전체가 가까웠다.

박한은 준비한 친서를 크세니아에게 전달했다. 크세니아와 함께 접견실을 떠나는 이곤. 두 남녀의 모습에서 오누이 같은 편안함과 연인의 실루엣이 교차 됐다.

크세니아가 떠난 뒤 박한은 생각이 깊어졌다. 결혼 고민은 대통령이 되기 전부터 해왔다. 대통령이 된 이후부터는 알 수 없는 힘에 조정되는 느낌이다. 결혼에 적극적인 사람은 어머니 김순애 여사다. 그리고 조세붕 국무총리, 정혁 비서실장… 그리고 주변의 여자들이다. 대통령이라는 권력이 있기에 주변의 훌륭한 재원들에게 조심스럽다. 자칫 대통령실이나 관저가 대통령이 연애질이나 하는 곳이냐는 비아냥거림을 듣기 십상이기 때문이다.

*

조세붕 총리는 정혁 실장과 샘오라는 우군을 만나자 자신도 모르게 우쭐해졌다. 나이가 들어도 감정을 통제하기는 여전히 쉽지 않은 난제였다. 정혁은 조세붕의 행보가 은밀했으면 했다. 행보가 박한의 레이더에 걸릴까 조심스러웠다. 자칫 일이 틀어지면 위기가 올 수도 있기 때문이었다.

그사이 정혁에게 새로운 고민이 생겼다. 박한의 관심이

예전 같지 않았다. 관심에서 점점 멀어지는 느낌이다. 이른 시간 내에 어떤 선택을 하지 않으면 정치적인 입지가 좁아질 테다.

"정 실장! 먼저 와 계셨구먼."

조세붕이 춘래풍으로 들어왔다.

"총리님! 어서 오세요. 바쁘실 텐데 이리 오시라 해서 죄송합니다."

"정 실장하고 나 사이에 그런 섭섭한 말을… 아무리 바빠도 대통령실 비서실장님이 오시라면 와야지요. 껄껄껄."

정혁은 술을 한잔 따르면서 근황을 물었다. 조세붕은 근황을 얘기하던 중 크세니아 이야기를 꺼냈다. 정혁은 크세니아 얘기만 나오면 가슴이 우둔우둔 뛰었다. 조 총리는 며칠 전 세르게이 주한러시아 대사를 만났다. 대사는 크세니아가 한국에 장기 체류할 것 같다고 했다.

"대사 말로는 모델 일로 체류한다고는 하는데, 내가 보기에는 대통령과의 모종의 관계를 만들려는 것은 아닌지 의심이 살짝 됩니다. 뉘앙스도 그런 편이었고."

설마 했던 스토리가 조세붕 입에서 흘러나왔다. 정혁은 상황이 나빠지고 있다는 걸 느끼고 있었다. 자신과 딸 모두 새로운 계기를 만들어야 할 때가 되었다.

"총리님, 안 그래도 저도 집히는 것이 있어서 이래저래 뵙자고 한 겁니다."

"그래요? 그렇다면 정 실장도 빠르게 움직여야 하지 않을까요?"

"일단 한러정상회담 전에 여사님을 움직여 놔야겠습니다. 총리님 부탁드립니다. 대신 제가 총리님을 위해 제대로 움직여 보겠습니다."

썩어도 준치라고 그래도 당장 기댈 곳은 조세붕 총리였다.

"부탁은 무슨 부탁. 한배를 탄 식구끼리! 안 그래도 정 실장 인맥을 내가 잘 활용하고 있어요. 그 보답으로 내가 할 일은 다 해야 하지 않겠소?"

"감사합니다."

조세붕은 문뜩 생각을 떠올렸다.

"참! 등잔 밑이 어둡다고 대통령실 젊은 여성들은 잘 컨트롤하고 있지요? 소문에 대통령과 접촉이 잦은 여성들이 입에 오르내리던데?"

정혁은 얼굴을 찌푸렸다. 갈수록 후보들이 늘어나는 통에 관리가 여간 어려워진 게 아니었다.

"누구든가요?"

"내가 듣기로는 민서린 비서관하고 우현 대변인에 관한 이야기가 들립디다. 총리인 나에게까지 들린다는 건 대통령실에서 어느 정도 퍼진 이야기란 것 아니겠소?"

정혁도 알고는 있지만, 소문이 더 퍼지기 전에 조치해야 했다. 하지만 둘 다 특별한 이유 없이 조치하기란 어려웠다. 특히 박한과 소통이 자연스러운 두 사람을 적절히 묶어 두기란 말처럼 쉬운 건 아니었다.

"총리님 그건 제가 컨트롤 하고 있으니 걱정하지 마시고, 저희 세라에게 집중해 주셔야 합니다. 이럴 때 총리님이 조금만 힘써 주셔도 큰 힘이 됩니다. 물론 다른 후보들은 적절하게 물려주시고요."

정혁은 영부인 자격에 대해서 총리가 넌지시 대통령에게 언질을 주길 바랐다. 정세라를 맞춤형 영부인으로 만들 심산이었다. 세간에 떠도는 영부인 맞춤형 커리큘럼이 아니라, 직접 정세라를 영부인 모범답안으로 반듯하게 맞춰버리겠다는 것이다.

"내 안 그래도 주일대사를 만났을 때 일본 슈코 공주 이야기도 슬쩍 나왔어요. 물론 간을 보려는 거겠지만, 또 모르지 진짜 혼담을 꺼내면 만만치 않을 겁니다."

"슈코 공주까지요? 그래서요?"

"뭘 어쩌겠소? 실장이 이렇게 두 눈 부릅뜨고 있는데. 대통령은 국민 정서도 그렇고 일본인과 결혼은 아직 시기적으로 고려하지 않고 있다고 슬쩍 흘려버렸지. 하지만 곧 정식적으로 혼인 제의를 해올지도 모릅니다. 실장께서 방어를 잘해야 할 겁니다."

"일본도 황실 공주가 한국과 혼인 관계를 맺는 데 반대하지 않을까요? 아직도 한국에 대해서 격이 맞지 않는다고 생각하고 있질 않습니까? 한국은 이미 일본을 앞질러가고 있는데도 과거의 우월의식에서 헤어나지 못하고 있으니 말입니다."

정혁은 슈코를 애써 축소 해석했다.

"그럼 이번 국회에서 '국가수반 결혼에 관한 법' 제정을 발의해야 할 텐데, 총리께서 도조제 되시는 것에 대해 마음의 준비를 하고 있으셔야 합니다."

"발의는 누가 하기로 했소?"

"노장언 대표가 하기로 했습니다."

"밝은미래당 노 대표가요?… 의외군요."

조세붕은 이해할 수 없다는 듯 고개를 갸웃거렸다. 구경만 하던 노장언이 무슨 이유로 개입을 하는 것인가?

6

미사리와 두물머리

　미사리 강변 두 곳에 노란색 폴리스라인이 쳐져 있다. 남녀 변사체가 서로 120m 정도 떨어진 수풀 사이에서 발견되었다. 경찰은 남녀가 동시에 살해되었거나 자살한 것으로 추정했다. 국과수 요원들은 수초에서 남녀 시신을 감식했다. 현장 촬영과 감식이 끝나자 시신은 수습되었다.
　"참 특이하네."
　하남경찰서 형사반의 장호출 반장이 갸웃거렸다.
　"뭐가요?"
　"표정이 말이야. 둘 다 행복해 보여. 살다 이런 시신은 처음 보는 것 같아. 그리고 이상하지 않아? 칼에 찔리면서도 반항한 흔적이 전혀 없다는 거 말이야. 피가 몸속에서 모두 다 빠져나간 것도 그렇고…"
　"작년에도 똑같이 남녀 시신이 근처에서 발견되었는데 범인을 못 잡았으니, 이번에는 특수팀을 설치하겠지요?"

"그렇겠지. 차출을 피하긴 어렵고… 그래도 뽕쟁이들 잡는다고 몇 날 며칠 잠복하는 거보다는 나은데 고가점수가 제대로 나올지 모르겠어."

순간 장 반장은 지난해에 있었던 두물머리 인근 남녀 시신을 떠올렸다. 그때 남녀도 비슷한 형태로 칼에 찔려 죽은 변사체였다. 양평경찰서에서 수사했지만, 범인을 특정하지는 못했다. 장 반장은 타살이면 같은 범인이고, 자살이라면 맥락을 같이하는 어떤 조직일 것으로 생각했다.

"반장님. 죽은 여자 말입니다. 너무 예쁘지 않던가요. 몸매도 보통이 아니던데. 거기다가 창백하니까 묘한 느낌이 들더라고요."

장 반장의 걱정과는 달리 김 형사는 여성 시체에 관심을 보였다.

심각한 표정으로 사건을 유추하던 장 반장은 버럭 짜증을 내었다.

"아우! 김 형사! 이 변태 새끼! 저리 가!"

수사관들은 여전히 살인과 자살로 의견이 갈렸다. 판단은 국과수에 맡겼다. 1차 부검 결과 남녀 모두 왼쪽 옆구리에 30도 각도로 비스듬하게 칼에 찔려 사망한 것으로 확인됐다. 혈액이 빠져나간 것은 자상 후 바로 입수를 했을 가능성과 차량으로 실어와 물에 빠뜨렸을 가능성도 배제하지 않았다.

"그런데 말이야. 혈액이 대부분 빠져나가서 약물 혈액

검사가 어렵다는 거지. 약물에 의하지 않고서는 그렇게 해
피하게 죽을 수가 없을 텐데 말이야."

"그래도 조직검사를 하면 약물 반응을 알 수도 있겠지
요. 시간이 조금 더 걸리겠지만…"

"그건 국과수에서 할 일이고, 김 형사! 차량 자동추적팀
에다 추적 신청하고 와. 그리고 설렁설렁하지 마라. 서장
님 잔뜩 독이 올라있을 때 자칫했다가는 뺑이 친다. 알겠
냐?"

눈에 안 보이는 서장이 독이 오른 지는 알 바 아니고, 장
반장이 되려 독이 잔뜩 올라 보였다.

"예! 알겠습니다. 추적 대상 범위는 어떻게 할까요."

"범죄 가능성이 큰 차량부터 추적해야 하잖아. 미사리,
그리고 상류인 남한강과 북한강 한두 곳이 정해서 사흘 치
대포 차량부터 모조리 긁어서 가지고 와봐."

장 반장은 과거 미제 사건 파일을 하나씩 뒤지기 시작했
다.

*

현세현은 뉴욕에서 셀레나 DNI 국가정보장을 만났다.
셀레나 정보장과는 필요악 같은 사이였다. 한국을 잡아 놓
으려는 미국과 벗어나려는 한국의 역학관계로 볼 때 당연
한 결과물이기도 했다. 현세현은 셀레나에게 단도직입적으

로 말을 꺼냈다.

"정보장님 대니 정(정대의) 자료를 수집하겠습니다. 미국에서는 묵인만 하시면 됩니다."

셀레나는 특유의 나지막한 톤으로 답했다.

"NIS(한국국가정보원)에서 움직이시려고요? 알면서 묵인해달라는 건 너무 과하지 않으십니까?"

셀레나는 한국이 미국을 휘젓고 다니는 건 허락할 수 없다고 거부했다.

"그렇다고 미국에서 조사를 거부하거나 방해한다면 의심받을 수도 있지 않겠습니까?"

미국도 도청사건의 용의 선상에 오를 수 있다는 걸 흘렸다.

"배후가 미국일 수도 있다는 의심 말입니까? 너무 나가신 것 같군요."

"우리도 그렇다고 상상하지는 않습니다만, 거부하시면 의심을 받는다는 걸 잘 알지 않습니까? 한국의 핵 개발이 의심된다. 그래서 한국 대통령을 도청했다고 한다면 논리적으로는 완벽하지 않을까요?"

셀레나는 현세현의 논리를 의식하면서도 큰 의미를 두지 않았다.

"미국의 능력을 너무 가볍게 생각하는 것 아니 십니까? 굳이 도청하려고 몸에 칩 박는 짓은 하지 않습니다. 증거 남길 일은 하지 않는 것도 잘 아시지 않습니까?"

"어쨌든, 대니 정 박사는 미국 국적자 아닙니까? 그러니까 의심받을 일은 서로 만들지 않았으면 합니다. 셀레나 정보장님 그렇게 하시지요."

셀레나는 잠깐 생각에 잠겼다. 그리고는 제안을 했다.

"그럼 FBI하고 합동 수사하시지요. 각각 요원을 선발해서 말입니다. 그리고 미리 말씀드리지만, FBI에서 조직적으로 증거를 인멸하리란 상상은 하지 마시길 바랍니다. 미국도 괜한 오해를 받고 싶지는 않습니다."

현세현은 고개를 끄덕였다. 미국이 한국과 껄끄러운 것은 오래된 일이었다. 이승만 특히 박정희 정부부터 마음대로 컨트롤하기에는 늘 어려움이 있었다. 우방이면서도 일본처럼 고분고분하지 않았다. 박한 대통령도 마찬가지였다. 손아귀에 들어올 것 같으면서도 그렇지가 않았다. 중국을 막는 첨병 역할이 고마우면서도 한국의 군비증강에는 늘 마음이 쓰였다.

셀레나도 의식하고 있었다. 미국과 한국이 서로 뿌리칠 수 없는 우방이면서도 여전히 작용과 반작용의 물리력이 작용하고 있다는 걸. 아직도 과거 박정희 대통령 피격 배후 중 하나가 미국이라는 가설이 정리되지 않았다는 것까지…

일본 도쿄. 일본내각정보조사실 타구치 정보관은 한국 공략에 대한 국가안보 비밀회의를 주도했다. 박한의 움직임이 정치적이라기보다 진심이라는 판단에서였다. 일본 정계에서는 박한의 전쟁 의지를 현실로 받아들이기 시작했다. 처음 신두석 국방부장관이 전쟁론을 꺼낼 때 만해도 거대 야당의 반대는 거셌다. 박한도 비난 여론에 주춤거렸다. 병무청에서는 한시적 입대 연기 불가 검토에 들어갔다. 시간이 지나자 박한의 의지에 서서히 힘이 실렸다. 느긋해 보이던 일본에 위기감이 감 돌았다. 어떤 돌파구를 찾지 못하면 다 된 밥에 코 빠뜨리는 격이 된다. JDZ 확보를 눈앞에 두고 절반을 빼앗길 수도 있다는 위기감이었다.

한국의 반격은 피할 수 없는 상수가 되어갔다. 타구치는 핵 개발 첩보를 꺼냈다.

나아토 관방장관이 심각한 표정으로 한국 핵을 견제했다.

"그렇다면 JDZ 협상에서 핵을 카드로 꺼낼 수도 있다는 것 아니오?"

"첩보 단계라서 확인이 필요합니다."

타구치는 다만, 북한이 이미 핵을 가졌기 때문에 한국의 핵 무장에 대해 미국의 태도가 어정쩡하다는 걸 불안하게 생각했다. 미국이 겉으로는 단호해 보이지만, 마음속에는 중국 견제를 위한 한 축을 한국에 떠넘기려 하지 않을지 의심했다.

"하지만 한국이 핵을 가지더라도 JDZ 협상 카드로 내밀지는 않을 겁니다."

"그건 어찌 장담하시오."

"핵은 협박용이기도 하고, 섬도 아닌 JDZ라는 바다를 놓고 권리 다툼을 하는데 핵 카드를 쓴다는 것은 격이 맞지 않습니다."

타구치 정보관의 논리에 수긍하면서도 나아토 관방은 여전히 걱정이었다.

"한국이 핵을 만들려고만 하면 몇 달 걸리지 않는 게 현실이오. 이미 시작됐다면 곧 완성할지도 모르지요. 다만 핵 개발과 국익을 저울질하겠지만 말이요."

타구치는 일본의 핵 개발 역량을 들어 의미를 축소하려 했다.

"우리 일본이 훨씬 높은 순도의 플루토늄을 가지고 있질 않습니까. 한국보다는 더 빠르게 만들 수도 있습니다. 그러니까 핵 문제는 핵으로 대응하도록 하고, JDZ 대책을 마련하는 게 좋을 것 같습니다."

"정보관 그건 아니오. 우리 일본은 핵 트라우마가 있어요. 핵을 대하는 공포가 남다르단 말입니다. 정보관은 핵 사용 여부에 관심이 있겠지만, 정치는 국민의 공포도 헤아려야 한다는 거지요. 일본의 공포는 땅밑으로부터 오는 것만으로도 버겁습니다. 하늘에서 떨어지는 공포까지 맞이하고 싶진 않아요."

나아토 관방장관은 침묵하는 다른 위원들을 독려했다.

"안들을 꺼내 보세요. 묘안이 될지 아닐지는 천천히 분석해 봅시다. 아무런 대책이 없다면 나나 여러분이나 옷을 벗어야 하지 않겠소?"

니시무라 사카모토 방위대신이 불만을 터뜨렸다.

"먼저 타구치 정보관! 그동안 막대한 공작자금을 한국 정치권에 뿌린 것으로 알고 있는데, 이게 어찌 된 겁니까? 한국 대통령의 전쟁 불사 발언에도 반대 의견이 잘 나오지 않아요. 배달 사고라도 난 겁니까?"

한국 정치인을 이용해서 JDZ 수호 의지를 뭉개버리겠다던 공작이 효과가 없어 보이자 따져 물었다.

"초반 분위기 잡는 데는 효과가 있었는데 갈수록 힘들어지고 있습니다."

"그럼 대안이 있습니까?"

"한국도 한국이지만, 우선 미국을 확실하게 잡아야 합니다. 일본에 대한 마음이 예전 같지 않습니다. 불안한 조짐이 여기저기서 보입니다. 그래서 말인데 LA 올림픽 개막 행사에 황실이 참석하는 걸 추천합니다. 총리 참석도 좋지만, 일본의 상징은 천황 폐하라고 생각합니다. 미국이 받아들이는 느낌이 다르지 않겠습니까? 일본은 미국과 영원한 우방이다. 이런 강한 메시지를 주는 것이지요."

다무라 다이치 외무대신은 다른 의견을 냈다.

"무엇보다 직접적인 해결책은 한국을 공략하는 겁니다. 지금까지는 무시 정책이 통했지만 계속 통할지 기대하기 어렵습니다. 그리고 동시에 미국과 중국을 끌어들이는 것이 좋겠지요."

나아토 관방장관은 다무라에게 되물었다.

"미국은 한국의 핵 개발과 전쟁을 막을 강력한 우방임에는 분명합니다. 연계해서 중국과는 좋은 방안이 있으십니까?"

다무라 외무대신은 종합적인 안을 꺼냈다.

"JDZ 협정 만료 후 교전이 발생할 것을 대비해야 합니다. 그러기 위해서는 압박 카드가 필요합니다. 첫째는 비밀리에 중국과의 군사적 결속을 다져야 합니다. 두 번째는 중국이 일본과 함께 한국에 경제 보복을 준비했으면 합니다. 세 번째, 상황이 나빠지면 중국과 동중국해 해상 봉쇄도 각오해야 합니다."

나아토 관방장관은 다무라 외무대신의 의견을 보수적으로 해석했다.

"다무라 대신. 경제 보복, 해상 봉쇄 그게 그렇게 쉬운 일이 아닙니다. 그랬을 경우 미국이 가만히 있겠습니까? 소탐대실이 될 수도 있어요. 신중해야 합니다. 그래도 최선은 한국 대통령의 의지를 꺾는 것입니다. 한국의 대통령은 젊고 역동적이지만 핸디캡도 큽니다. 우선 정치적인 자산이 많지 않습니다. 인기 바람을 잠재우면 스스로 무너질 수도 있다는 뜻입니다. 그러기 위해서는 지금 진행 중인 공작에 힘을 쏟아 역량 있는 정치세력을 만들어야 합니다. 그리고 별도의 비책이 있긴 합니다만…"

나아토 관방장관의 비책이란 말에 모두의 시선이 쏠린다.

"장기적인 포석도 필요하다 생각합니다. 그것은 우리 사람을 대통령실에 심어 놓자는 겁니다."

"비서진을 말씀하시는 겁니까?"

"물론 비서진도 필요하지만, 영부인을 만들어보는 건 어떻겠습니까?"

모두 솔깃한 표정이다. 하지만 한국의 대통령이 특별한 이유가 없다면 일본인을 영부인으로 맞아들이지는 않을 것이다.

나아토는 조심스럽게 입을 열었다.

"이왕이면 슈코 공주를 영부인으로 생각해 볼 필요가 있지 않을까요?"

슈코 공주 이야기가 나오자 솔깃한 쪽과 부정적인 쪽이 극명하게 갈렸다. 부정적인 의견은 슈코 공주는 아직은 천황이 될지도 모른다. 그렇다면 한국 대통령과의 혼사는 격이 맞지 않는다는 것이었다. 한편 긍정적인 의견은 슈코 공주의 결혼은 차기 천황에 대한 갈등을 없앨 수 있는 계기가 된다. 장기적으로는 한국과의 관계 개선에도 큰 도움이 될 것이다.

"좋습니다. 일단 가능성을 타진해보죠. 한국 반장은 연락이 왔소?"

"한국 측 정치권에서 일할 만한 인물을 보완했습니다. 그리고 영부인 가능성이 있는 한국인 신붓감도 접촉 중입니다."

"즉시 움직여야겠소. 한국에 연락하고, 활동자금은 신청하세요."

타구치 정보관은 미야기 총리 비서실에 전화를 걸었다. 보고를 내일 하겠다고 알렸다. 타구치는 슈코 공주의 거취에 대해 미야기 총리가 어떤 반응을 보일지 궁금했다. 그리고 미야기 총리가 수긍하더라도 세이히토 천황이 수긍할지도 미지수다. 다만 일본이 한국과의 관계에 있어서 어떤 식으로든 숙제를 풀어야 한다고 생각했다.

*

미국 FBI 합동수사팀에서 정대의 보고서를 보내 왔다. 정대의가 실종된 것은 지난 6월이었다. 지난해 국군수도병원 정형외과 과장으로 근무하다 5월에 돌연 미국으로 돌아갔었다. 박한 대통령 관절 수술 후 2개월 후였다. 전 직장이었던 미국 뉴욕 메트로폴리탄병원 의사로 복귀했다. 그랬던 그가 6월에 실종되었다. 직장을 로스앤젤레스로 옮기려던 중이었다.

수사팀은 정대의가 가려고 했던 로널드 레이건 UCLA 메디컬 센터를 방문했다. 놀랍게도 당시 정형외과 의사 초빙 사실은 없었다. 그 때문에 그는 로스앤젤레스 어딘가에서 실종된 것으로 추정되었다. 정대의는 누군가에 의해 의사직을 제안받았을 것이다. 그 누군가가 실종을 풀 열쇠인 셈이다.

수사팀은 그의 집과 실종 전까지 사용했던 병원 진료실의 유품을 살폈다. 그에게 남은 유품 중에서 증거가 될만한 것은 발견되지 않았다. 대부분 증거는 그의 휴대폰에 남겨졌을 가능성이 컸다. 휴대폰은 정대의와 함께 사라졌다. 부인은 정대의가 한국에 있을 때의 행적에 대해서는 별로 아는 것이 없었다. 부인과 딸의 휴대폰을 볼 수 있다면 단서를 잡을 수도 있을 거라 기대했다. 유족은 망설였지만, 입회하에 통화기록과 사진을 보게 되었다. 통화는 녹음되어 있지 않아 큰 의미는 없었다. 사진을 살피던 중 국군서울지구병원 의사들과 콘서트장에서 찍은 사진을 발견하였다. '사랑, 그 뜨겁고 차디찬 언어'라는 콘서트장 사진이었다. FBI는 한국에서의 행적에 관심을 두지 않았다.

현세현 원장은 국정원 S요원에게 사진 속의 의사들을 중심으로 조사를 지시했다.

당시 함께했던 의사들은 정대의가 콘서트 동반 관람에 적극적이었다고 했다. 그날 나온 가수 중에 한 여자 가수와 친분이 있었다. 무척 가까운 것 같았다고 했다. 그들은 그 여자 가수를 놓고 한국 여자 친구냐며 놀렸던 것으로 기억했다.

여자 가수를 추적했다. 여 가수는 '지이'라는 가수였다. 3년 전 음반을 냈지만, 인기를 얻지는 못했다. 크지 않은 키에 비율이 좋아 육감적인 느낌을 주었다. 화장 탓이기도 했지만, 눈빛에 색기가 서려 있었다. 비음이 강한 음색에는 사람을 잡아 두는 힘이 느껴졌다.

지이는 조사에 협조하지 않았다. 거대한 힘을 가졌거나 뒷배를 가졌을 때 반응하는 전형적인 모습이다. 어떤 힘과 연결되어 있다는 걸 촉으로 느꼈다. 지이의 소속사 대표는 지이를 독특한 가수라고 말했다. 방송과 언론에 노출되는 것을 꺼렸다고 했다. 그런 가수는 소속사의 매출에 도움이 되지 않을 텐데 소속 가수로 쓰고 있는 이유를 물었지만, 거기에 대해선 함구했다. 영업비밀이기 때문에 말할 수 없다는 것이다. 무언가 냄새가 나기 시작한 것이다. 이제는 그물을 쳐 놓은 셈이다. 수사는 계속하겠지만 누군가 수사를 방해하려 할 것이다. 방해하는 자가 관련자일 것이다.

현세현은 정치권의 미묘한 기류 감지에 일가견이 있었다. 아직은 감지되는 기류가 없었다. 2차장을 불렀다.

"국내 미제 사건을 좀 분석해봐야겠소. 살인 관련 건으로 2020년부터 자료를 모아서 공통점이 있는 사건끼리 묶어보시오."

"신원이 밝혀졌다고 어디 보자."

장호출 반장은 모니터에 암호를 쳤다. 하나림 31세, 전라남도 고흥, 가수… 감경태 38세, 서울 성북구 정릉동, 운전기사….

'역시 가수였어.'

장 반장은 하나림이 가수였다는 것에 고개를 끄덕였다. 미제 사건 파일에서 가을이라는 피해자를 떠올렸다. 실마리를 잡을 것도 같았다. 로리타의 가을과 하나림은 가수다. 두 사람의 공통점은 여가수라는 직업과 물이었다.

"이 형사 두 사건의 공통점이 뭐지?"

"가수라는 직업? 그리고…"

장 반장은 가수라는 직업 특성을 나열한다. '노래, 매력, 인기, 롤러코스터, 화려함, 우울, 스폰서…' 죽음과 연관된 것은 우울, 롤러코스터, 스폰서 정도다. 자살했다면 우울과 롤러코스터일 가능성이 컸다. 타살이라면 스폰서 일수 있다.

"반장님! 먼저 대포 차량 조회 내용입니다."

장 반장은 자료를 살폈다.

"3일간 미사대교, 팔당대교, 신양수대교 통과 차량 중에 대포 차량이 36대라는 거지? 그중에 편도로 2회 이상 통과한 차량은 12대. 우선 12대에 대해 자동추적장치로

178

위치 파악하고 경유지 파악해봐!"

장 반장은 차량별로 정보를 훑기 시작했다. 조회 정보만 으론 혐의점을 발견하기가 어려웠다.

하나림과 감경태 주변인들에 대한 조사를 마친 현장 팀이 복귀했다.

"거참! 주변에 있는 것들이 다들 그 모양이지?"

김 형사가 투덜대자 장 반장은 설레발치지 말라는 듯 한마디 던졌다.

"왜 그래 김 형사! 특별한 게 없으니까 까일까 싶어 선수치는 것 아냐?"

"반장님! 주변인들은 두 사람을 본 지가 다들 오래됐다고 합니다. 뭘 숨기나 싶어 넘겨짚어 봤는데 아니더군요. 신체 반응기에도 거짓은 아니라고 나오고요. 참! 공통된 것은 어느 날부터 형편이 좋아진 것 같은데 그 이후로 만나질 못했다고 하더군요. 찌질했던 삶에서 신분 상승이라도 된 것처럼 말입니다."

"흠. 신분 상승, 중요한 단서 하나는 챙겨왔네. 돈이 많아졌다. 특별한 이유도 없이. 뭔 거 같아? 범죄? 약? 음⋯ 종교?"

"칼을 맞았다면. 모두 다 가능하지 않겠습니까?"

어떤 이유로 돈이 생겼는지 그것도 갑자기⋯ 어디서 돈이 났는지를 알아야 하는데 그것이 쉽지 않았다.

"반장님, 서장님 호출입니다."

장 반장은 얼굴이 일그러졌다. 한숨을 푹 쉬고는 자리에서 일어나면서 중얼거렸다. '이름을 바꾸든가 해야지 툭하면 호출이나 당하고 말이야.' 그리고는 목청을 높였다.

"또 깨지러 간다. 내가 올 때까지 답을 만들어봐! 이 양반은 이 건에 왜 이렇게 닦달인지 모르겠어? 정말!"

문태준 하남 경찰서장은 웬일로 표정이 밝아 보였다.

"장 반장 어서 앉으시고! 홍차 한잔 드릴까? 커피는 신물 나게 마셨을 거고 말이지."

문 서장의 목소리가 살짝 들떠있었다. 기분 좋을 만큼의 불그레한 표정도 눈에 들어왔다.

"기분 좋은 일이 있으신가 봐요? 서장님."

해탈이라도 한 듯한 문 서장의 온화한 모습이 생경했다.

"허구한 날 짜증은 내어서 무얼 하나. 한번 살다 갈 인생 즐겁게 살아야지. 장 반장이나 나나 진급도 못 하고, 어느샌가 사복 입을 기한은 꽉꽉 차 있고 동병상련 아닌가! 동병상련."

장 반장은 서장의 말에 별다른 대꾸를 하지 않았다.

"그래 미사리 변사 건 잡을 거 같아? 왜 촉이라는 거 있잖아."

"반반입니다."

"또 그 소리. 프라이드 반 양념 반도 아니고 좀 시원하게 대답해주면 안 되냐?"

문 서장은 조금 전 김청수 경기남부경찰청장을 만나고

돌아왔다. 문 서장은 김 청장으로부터 특별수사본부 설치 언질을 받았다. 흩어진 미제 사건 수사를 합칠 생각이었다. 두물머리와 미사리 사건은 같은 맥락을 가졌다. 분산 수사는 비효율적이었다. 김 청장은 문 서장에게 특수본부장을 권했다. 진급 언질도 곁들였다. 미사리 건을 확실하게 마무리하는 조건이었다. 김 청장도 미사리 건은 생각처럼 쉽지 않을 거로 생각했다. 정황상 종교가 관련되었을 가능성이 컸다. 종교는 사건을 덮기에 좋은 조건을 가지고 있다. 명령이 떨어지면 일사불란하게 함구하고, 집단행동도 불사한다. 종교적인 믿음과 책임으로 성역을 지키려는 신념이 가득 차 있다. 그 저변에는 '우리의 행동은 정당하다. 그러므로 정당한 행동은 죄가 되지 않는다.'라는 선민의식이 깔려 있다.

"아무래도 종교가 관련되었는 것 같지 않소?"

"가능성이 가장 큰 건 사실입니다."

두 사람의 생각은 같았다. 문 서장은 빙긋 웃는다.

"그래 바로 그거야! 나나 당신이나 어려운 걸 해내야 진급 길이 열리지 않겠나? 장 반장 덕에 나도 별 한번 달아보자. 경무관 말이야. 장 반장 경정 진급 내가 확실하게 밀 테니 해결해봐! 인생이 미사리에 걸렸다. 생각하고!"

문 서장은 특수본 설치를 비밀리에 준비 중임을 흘렸다. 설치 발표 때까지 함구를 지시했다. 장 반장은 문 서장이 정치적인 끈을 하나 잡았다고 생각했다. 이미 서장이 되기까지는 누군가의 줄을 잡고 올라왔겠지만, 그 끈은 이미 썩은 동아줄이 되어버렸다. 문 서장은 특수본 본부장과 그 이후를 상상하고 있었다.

*

박한은 김원태 공직기강비서관을 불렀다. 지난번 동작 대교에서 투신 소란을 벌였던 신혜리 관련 조사 보고를 받기 위해서였다.

신혜리의 소란은 성공한 셈이다. 어찌했든 일주일 전 박한 대통령을 만났다. 간절함으로 동작대교 트러스트에 올랐던 그녀였지만 막상 박한을 마주 대하고는 말문이 턱 막혔다. 설마 대통령이 만나주리라고는 생각하지 못했다. 다만 억울함을 알리려 했을 뿐이었다.

"다친 데는 없습니까?"

신혜리는 대답 대신 죄송하다는 말만 반복했다.

"죄송합니다…"

대통령과 결혼하겠다던 당당함은 어딜 가고, 겨울비에 젖은 작은 새처럼 움츠렸다.

박한은 무언가 다른 이유가 있으리라 생각했다.

"정말 저하고 결혼하실 생각입니까?"

농담인 줄 알면서도 어쩔 줄을 몰라고 했다.

"아… 아닙니다. 죄송합니다."

다시 물었지만, 결혼은 당치 않다고 분명하게 말했다. 그럼 왜 그 위험한 트러스트 위까지 올라가서 대통령과 결혼하겠다고 했는지를 물었다.

"아무도 이야기를 들어주지 않아서요. 죄송합니다."

신혜리는 머뭇거렸다. 박한은 시원한 물을 한 컵 건넸다. 목이 말랐는지 꿀꺽꿀꺽 소리를 내며 한잔을 비웠다. 신혜리는 지난 6개월간 경찰청과 국회 앞에서 1인 시위를 벌였다. 여동생인 신혜윤은 2년 전 죽었다. 아이돌 로리타의 '가을'로 활동하던 신혜윤은 어느 날 임신을 하게 되었다. 신혜윤은 아이를 지울 수 없었다. 소중한 생명을 버릴 수가 없었기 때문이었다. 결국, 아이돌을 그만두고는 홀로 출산을 앞두고 있었다. 그랬던 신혜윤은 변사체로 발견되었고, 경찰로부터 동생이 자살했다는 최종 연락을 받았다. 동생이 자살할 리가 없다고 호소했지만, 경찰은 타살 근거가 미약하다며 사건을 종결했다고 말했다. 그 일로 아버지는 술로, 어머니는 극심한 스트레스로 세상을 떴다. 4인 가족은 한순간 해체됐다. 신혜리는 혼자가 되었다. 그때부터 사건을 종결시켜 버린 경찰청에서 3개월, 국회 앞에서 3개월 1인 시위를 벌였지만, 재수사 요구에는 아무도 관심 가져 주지 않았다.

"그래서 하는 수 없이 대통령하고 결혼하겠다고 현수막을 펼친 겁니까?"

"죄송해요. 어쩔 수 없었습니다."

동생의 억울한 죽음을 풀어주기 위해서는 1인 시위로는 소용이 없었다. 극단적으로 대통령과 결혼하겠다는 이슈만이 동생 사건 재수사가 가능할 것으로 판단했다. 한강의 다리를 찾아다닌 끝에 용산과 가깝기도 하고 트러스트가 있는 동작대교가 눈에 들어왔다.

"혜리 씨는 힘 있는 사람들이 왜 이야기를 들어주지 않는다고 생각합니까?"

"자신들의 어두운 과거가 드러나는 걸 두려워했겠지요."

박한은 사실 여부를 떠나 억울한 국민이 있어서는 안 된다고 생각했다.

김원태 공직기강비서관은 당시의 수사 지휘 선상에 있었던 경찰을 감찰했다. 감찰은 지시에 따라 은밀하게 이루어졌다. 당시 신혜윤 수사 지휘 선상에 있던 낯익은 이름이 몇몇 보였다. 서울경찰청 일선 수사관부터 서울경찰청장까지 명단이 입수되자, 고급 경찰 간부를 중심으로 정치계나 재계 인사와 인적 네트워크를 구축했다.

"의심되는 인물이 있었습니까?"

박한은 만약 사건을 덮었다면, 누가 주도했으며, 그는 누구에게 요청을 받았는지가 궁금했다. 수사는 경찰이 해야 한다. 하지만 그들이 경찰 마피아가 되어 서로서로 감싸고 돌면 진실은 묻히고 만다. 경찰이 자살 처리한 것이 자살이 아닌 것으로 밝혀진다면, 당연히 숨기려 할 것이다.

"당시 수사라인에 있었던 경찰들은 공교롭게도 그해와 이듬해 모두 승진했습니다."

"그 정도면 우연이 아니라 필연이군요."

박한은 경찰의 계파를 파악할 필요가 있다고 판단했다. 특히 기득세력인 정철 경찰청장의 계파가 궁금해졌다.

경찰과는 다르거나, 독립된 수사 기관이 필요했다. 정철 경찰청장이 서울지방청장 때 일어났던 일이었다. 만약 비위가 있다면 정철이 제대로 수사하지는 않을 것이다. 특히나 실세로 알려진 정혁 비서실장과는 사촌 간이 아닌가.

*

국정원 2차장은 경기경찰청장으로부터 미제 사건 자료를 받았다. 보고서는 몇 가지 목록으로 분류되어 있었다. 국정원에서 요청한 것은 동반 자살과 타살 건이었다. 그 가운데에서도 자상을 입은 것으로 물과 관련된 2건이다.

유독 눈에 띄는 건이 있었다. 상식적으로 이해되지 않는 건이었다. 예전에 '로리타'라는 여성 그룹의 멤버였던 '가을'이었다. 한동안 남자 배우, 재벌 2세, 정치인하고 스캔들이 있었던 그녀가 2025년에 자살했다. 특이한 것은 출산을 앞둔 임신 36주 차였다. 욕조에 물을 가득 채워 놓고

회칼로 자기 배를 찔러 아이와 함께 죽은 사건이었다. 처음엔 산모가 아이와 함께 칼로 자살한다는 것은 불가능한 일이라고 했었다. 하지만 타살 흔적을 찾지 못했다. 결국, 사건은 자살로 처리되었다.

"기록에 의하면 사건을 자살로 마무리하는 데 이견이 많았었다고 합니다. 산모가 자기 몸에서 자란 지 36주나 된 태아를 칼로 찔러 자살하는 게 상식적으로 이해할 수 없다는 것이지요."

"가을은 어느 기획사 소속이었지요?"

"하이소사이어티라는 기획사 소속이라더군요. 그 기획사는 그때 그 사건 이후로 문을 닫았고, 로리타도 당연히 해체되었지요."

2차장은 가을이라는 여자 변사 건이 미심쩍었다.

그리고 비슷한 사건이 또 발생했었다. 지난해 두물머리 인근에서 발견된 배우 구라희와 남자 친구 이정수 사건이다. 그리고 며칠 전 미사리 수풀에서 발견된 하나림과 감경태였다. 함께 일하던 남녀가 서로 상대를 찌른 것인지 제삼자가 살해한 것인지가 불명확한 사건이다.

"구라희의 소속사는 어디지요?"

"마지막에는 카멜레온엔터테인먼트였고, 당시는 프리랜서로 함께 죽은 남자친구가 매니저 일을 함께한 것으로 알고 있습니다."

여자 연예인과 남자 매니저와의 동반 죽음. 복부에 칼

자상을 입었고 물에서 발견되었다. 두 사건에 공통점은 확실해졌다. 그리고 산모와 태아의 사건도 연관성이 있어 보였다. 지극히 사랑했을까? 아니면 지극히 증오했을까?

미사리 변사체 사건으로 몇 가지 버전이 스토리텔링되어 시중에 돌고 있었다. 대표적인 것이 섹스 중독 권력자 버전과 총각 대통령 버전이었다.

'총각 대통령이 은밀히 만나는 젊은 여자 중에는 배우도 있고 가수도 있다. 대통령은 성욕을 해소하는 방법으로 은밀하게 연예인과 관계를 가져왔다. 그러다가 정분이 든 여자 연예인은 욕심을 내기 시작했다. 대통령과의 결혼을 꿈꾼 것이다. 성욕 해소 대상으로만 생각하던 대통령에게는 성가신 존재가 된 것이다. …여자는 결혼해 주지 않는다면 그동안의 일들을 언론에 폭로하겠다고 협박했다. 어르고 달래서 통하는 여자에게는 두둑한 보상과 함께 정리했으나, 끝까지 고집을 피우던 여자들은 결국 한강 변에서 변사체로 발견되었다는 것이다. 그리고 그 사실을 숨기기 위해서 엄한 남자까지 끼워서 연인끼리 동반 자살한 것으로 위장했다는 것이다.'

한편 '코리안나이트'라는 제목도 돌고 있었다. 아라비안나이트를 빗댄 것이다. 권력자가 자신의 밤을 망치면 여자를 은밀하게 처리한다는 것이다. 향락의 대상으로 밤을 즐기다가 지겨워지면 아라비안나이트 샤 리아르 왕처럼 밤을 같이한 처녀들을 없애버린다는 황당무계한 이야기가 윤색되어 자유롭게 돌아다녔다.

우스갯소리라도 정치에서는 그냥 사라지지 않는다. 미사리 변사체가 발견되면서 이야기는 생동감 있게 퍼져나갔다. 그리고 그전의 두물머리 사건, 여가수 가을 사건이 다시 힘을 더했다.

권력이 범죄에 연루되었다는 소문은 누군가에 의해 여러 버전으로 제작 살포되었다. 사람들은 허황하다면서도 흥미를 느꼈다. 소문은 스스로 진화하는 영화처럼 배역과 스토리가 변화무쌍하게 바뀌며 새로운 버전을 쏟아냈다.

김청수 경기남부경찰청장은 출처를 캐고 있었다.

"좀 나온 게 있소?"

"출처는 가까운데 있는 것 같습니다."

김청수 청장은 소문이 구체성을 띠고 대통령실에 있는 사람이 아니라면 알 수 없는 부분이 있다는 점을 지적했다.

"누굴 것 같습니까?"

김청수 청장은 두루뭉술하게 정곡을 찔렀다.

"대통령님을 잘 아는 사람이겠지요."

2차장은 대통령과 가장 가까이 있는 사람으로 도청사건 연루자일 수도 있다고 생각했다. 가장 가까운 인물이라면 김철, 정혁, 민서린, 우현… 스토리텔링이 가능한 사람은 소설가인 민서린이었다. 하지만 초등학교 동창이고 자신을 대통령실 비서관까지 키워준 박한을 공격할 이유는 없었다. 그럼 누굴까? 혹시? 대통령실 공무원과 연관성이 깊은 외부인일 수도 있을 수 있지 않은가.

*

L빌딩 101층 방 안에 아로마 향이 그윽하다. 여자가 나체에 가까운 차림으로 남자 앞에 누워있다. 여자는 남자의 음성과 손바닥에 집중한다. 보이지는 않지만, 교감만으로 감각을 깨우는 수련이다. 부도체, 반도체, 전도체라는 3단계 감각 수련을 시키고 있다.

남자는 아주 낮은 음성으로 여자에게 주문했다.

"기를 오롯이 받아들여야 한다. 온기, 몸과 손바닥 사이의 미묘한 공기의 흐름, 솜털 하나하나… 느끼면 느끼는 대로 몸을 맡겨라… 그 끝에서 지극함이 몰려오리라."

여자는 안대를 한 채 조용히 호흡하며 마음을 가다듬고 있다. 남자의 양 손바닥은 여자의 몸을 스캔하듯 천천히 움직였다. 손바닥에 솜털이 닿을 듯하다.

여자는 주문대로 기를 느끼려 집중한다.

"내가 느끼지 못하면 상대도 느끼지 못한다…"

여자의 몸은 부도체같이 여전히 무감각했다. 여자의 몸 위로 남자의 손이 아주 느리게 반복적으로 지나갔다.

어느 순간 여자의 솜털이 미세하게 반응했다. 미세한 진

189

동은 차츰 증폭되기 시작했다.

여자의 솜털이 자성에 끌리듯 손바닥을 향해 일어났다.

시간이 지나며 여자의 몸은 반도체가 되어 남자의 기를 솜털을 통해 몸으로 조금씩 감응했다.

"하아!"

어느 순간 여자의 닫혔던 입술이 뜨거운 불판 위 조개처럼 벌어졌다.

이윽고 솜털은 전도체가 되어 남자의 기를 오롯이 받아들인다. 일어선 솜털 하나하나를 타고 들어온 기를 느끼자 몸이 깨어난다. 온몸의 솜털이 기를 받으려는 듯 남자의 손바닥을 향해 치켜 섰다.

남자의 손이 목을 타고 내려가 가슴 언저리를 맴돈다. 감전당한 듯 여자의 몸이 움찔움찔 활처럼 휘기 시작한다. 손바닥은 몸에 닿을 말 듯 아래로 천천히 내려간다. 여자의 몸이 차례대로 반응한다. 발끝까지 내려간다. 남자가 여자의 발바닥에 입김을 불자 여자의 입에서 가느다란 신음이 흘러나온다. 몸이 완전히 깨어났다는 뜻이다. 남자의 손가락이 발바닥을 가볍게 훑자 여자는 참을 수 없다는 몸짓을 시작한다. 남자의 손은 다시 천천히 몸을 쓸어 위로 향한다. 여자의 몸은 남자의 손에 따라 몸이 휘었다. 손바닥은 흡인력이 강한 진공청소기처럼 여자를 빨아들였다. 손바닥을 따라 물결치듯 몸이 휘었다. 여자가 앙앙 늘키기 시작한다. 입으로 시작한 울음은 온몸으로 퍼졌다. 남자는 여자의 흥분에 동화되지 않았다. 그리고 끄집어낼 수 있을 때까지 여자의 쾌락을 끌어냈다.

한차례 극치감이 소나기처럼 지나갔다. 남자는 여자를 현실로 돌려놓았다. 한동안 숨을 고르던 여자에게 남자는 다시 수련을 시작했다.

"참아라! 흥분하더라도 쉽게 도달하면 안 된다."

여자는 수련하기에 완전한 몸이 되었다. 남자는 여자의 손을 당겨와 바지춤에 넣었다. 손으로 느껴지는 따스함, 질감과 양감이 뭉근하다. 남자는 여자에게 일러둔 대로 원시인 식의 원초적 사랑을 시작했다.

"하~ 아."

남자는 여자의 발가락을 핥았다. 남자의 따뜻하고 부드러운 혀가 발가락 사이를 기어 다니자 여자의 이미 깨어있던 몸은 그로테스크하게 비틀렸다. 발가락과 발샅을 차례대로 하나하나를 빨고 깨물었다. 온종일 하이힐에 뭉개지고 찌그러졌던 발이 꽃처럼 활짝 피어났다. 몸 한가운데에서 희열감이 스멀스멀 인다. 남자의 혀는 오일보다 매끄럽게 몸을 타고 올라간다. 여자는 더는 못 견디겠다는 신호를 보낸다. 무릎을 지나 허벅지 안쪽으로…

남자는 담배를 피워 물었다. 여자는 담배 연기를 싫어했지만, 만신창이가 되어 널브러져 있다. 여자는 뭍에 나온 생선처럼 헐떡였다. 완전한 섹스였다. 여자의 기억에는 그랬다. 철저하게 허물어지고 굴복당했다. 그만큼 비워진 공간 속으로 희열이 터질 듯이 채워졌다.

'비울수록 많은 걸 담을 수 있는 법.'

*

김순애 여사는 복통으로 긴급하게 세라의원으로 실려 왔다. 식은땀을 흘리며 고통스러운 모습이었다. 점심으로 먹었던 짬뽕이 까탈을 부린 것이다. 먹은 음식을 토했고, 나머지는 억지로 게워냈다. 설사로 연이어 화장실에 드나들자 탈수 증상이 나타났다. 정세라 원장은 급히 진료를 시작했다. 식중독 증세를 보이는 김 여사에 링거를 주입하고 치료제를 투입했다.

"여사님 이제 괜찮아 질 겁니다. 조금 복통이 있더라도 참으세요. 제가 계속 지켜드릴 거니까 불안해 안 하셔도 됩니다."

정세라의 말에 김 여사는 안정을 되찾았다.

"세라 원장님 나 때문에 고생하네요. 다른 환자도 있을 텐데 일 보세요."

"아닙니다. 보호자도 금방 못 올 텐데 제가 보호자를 해 드려야지요."

보호자라는 말이 사랑스럽게 귀에 꽂혔다.

"글쎄 말입니다. 남이 보면 대통령 생모라고 대단할 거로 생각하겠지만, 큰며느리는 회사 일로 시간 내기가 그렇고, 작은 며느리도 없으니 어찌할 수도 없고, 그렇다고 경호원보고 치다꺼리를 시킬 수도 없으니. 아~ 아야…"

세라 원장은 손을 배에 갔다 댔다. 아직 뱃속에서 꾸르륵거렸다.

"원장님 손으로 배를 만져주니 이상하게 아픈 게 사라지네요. 세라 원장님 같은 딸이라도 있었으면 좋았을 텐데… 친구들이 대통령 낳는 재주는 있어도 딸 낳는 재주는 없다고 놀립니다."

그 와중에서도 김 여사는 웃음이 나왔다.

"그냥 딸이다. 생각하시고 편하게 생각하세요. 지난번 저도 갔을 때 가족처럼 대해 주시던 것처럼요."

마음이야 그냥 '딸 같은 며느리가 되겠습니다.'라고 말하고 싶었다.

정세라는 예약된 진료를 부원장에게 맡기고는 김 여사의 병간호를 도맡았다. 김 여사의 입원 소식은 경호처를 통해 박한에 보고되었다. 이를 안 정혁 비서실장은 미소를 지었다. 세라의 존재감이 위태로울 때쯤 절묘하게 김 여사가 배탈이 났다. 만족스러운 표정을 짓고는 곧바로 보고에 들어갔다.

"대통령님, 오늘 어머니께서 식중독으로 치료를 받고 계신다는 보고는 받으셨지요?"

"그래요? 어떻다 하시던가요?"

"가벼운 식중독 증상이 있어 현재 약물치료 중입니다.

지금은 우리 세라가 직접 간호하고 있는데 링거를 주사하고 있습니다. 복통도 많이 가라앉았고, 원기만 회복하시면 된다고 하네요. 하루 이틀 정도 입원해서 경과를 지켜보는 것이 좋겠다고 합니다."

정혁은 주치의라도 된 듯 상황 보고를 했다.

"정세라 원장께서 고생하시게 생겼군요. 어쩌지요. 병원에 들러서 어머니를 뵈어야 할 텐데 오늘내일 일정이 쉽지 않아서요…"

"여사님은 저희 세라에게 맡겨두시고 국사를 보시지요. 알아서 편안히 모실 겁니다."

"지난번에 세라 원장님과 식사 한번 한다고 약속했었는데 아직 지키지 못했네요. 시간 한번 맞춰 주세요. 아니… 그럴 게 아니라 제가 연락 한번 드리는 게 맞겠지요."

정혁 실장은 끄덕였다. 정혁이 나가려 할 때 박한은 우현 대변인을 호출했다.

"우현 대변인 좀 불러주시겠습니까?"

"우현 대변인만 부를까요? 홍보수석은 함께하지 않아도 되겠습니까?"

"예. 우현 대변인만 부르시면 됩니다."

정혁 실장은 들떴던 마음이 한순간 가라앉았다. 우현 호출이 찜찜했다. 세라의 경쟁자는 사방에 깔려 있었다. 대통령실 안에서는 민서린과 우현이 가장 위협적이었다. 비서실장의 직위를 이용해 적절히 제어한다고는 하지만 그리

간단한 일은 아니다. 남녀 간의 일이란 갑자기 예기치 않은 방향으로 진행되기 일쑤기 때문이었다.

"세라냐?"

"예, 아빠."

"여사님은 좀 어떠시냐? 잘 보살펴야 한다. 완전히 너에게 혹할 정도로 말이다."

세라의 관심은 박한이었다.

"그건 당연한데, 대통령께서는 아무 말씀 없으셨어요?"

"오늘 병원 방문은 어려울 것 같고, 다만 조만간 너하고 식사를 하시겠단다. 시간을 내신다고 하는데 아마 직접 전화를 할 모양이다?"

"어머 직접 전화하신다고요? 기대해야겠네요. 벌써 기분이 들뜨는데요. 호호."

정혁 실장은 통화를 끝냈지만 아무래도 우현 대변인 호출이 마음에 걸렸다. 그동안 민서린 비서관과 대통령의 친밀감 때문에 노심초사 관리를 해왔었다. 요즘 들어 우현 대변인을 찾는 일이 많아졌다. 도대체 우현 대변인과 무슨 일이 그리 많을까? 그렇다고 배석할 수도 없고 난감한 일이었다.

"우현 대변인 이리로 앉으세요."

"예, 대통령님."

우현을 집무실에 앉히고는 박한은 차를 타기 시작했다.

"우현 대변인 잘 아시지요? 제가 차를 탈 때는 기다리는 동안 안절부절못하기 없기. '제가 탈게요' 하지 않기. '어머 차가 너무 맛있네요.'라고 오버하지 않기 등등 말입니다."

"얘길 듣긴 했습니다. 어색하지만, 맛이 기대되기도 합니다."

박한은 차를 테이블에 올려놓고는 환하게 웃었다. 박한의 웃음에 우현은 어색한 듯 따라 웃었다.

"저하고 같이 일한 지도 1년이 넘었지요?"

"예. 벌써 그렇게 됐네요. 캠프에서부터 뵈었으니까요."

"답답하지 않으세요? 배우로서 영화를 찍는 대신 대변인을 한다는 것 말입니다."

"긴장감이 있어 좋습니다. 대변인으로서 많이 배우기도 하고… 배우는 언젠가 돌아가면 될 것이고요."

"만약에 배우로 돌아갈 수 없게 되는 경우가 생긴다면 대변인 한 것 후회하실 겁니까?"

"대통령님을 모신 것으로 퉁 칠 수 있을 것 같습니다. 설령 배우로 돌아가지 못한다 해도 말입니다. 그런데 그건 왜 물으시는지요?"

박한은 중지로 코를 쓱 문지르더니 웃으며 차를 한 모금 마셨다.

"제가 우현 배우를 대변인으로 모신 이유가 있었거든요.

아시다시피 참모들의 반대가 많았지요. 그런데 굳이 모신 이유는 영화 '블루하우스'에서 대통령의 딸로 나왔을 때 모습이 너무 당차고 지적이었습니다. 영화를 볼 때는 캐릭터에 반했습니다만⋯ 대통령이 되면서 대통령실 분위기를 바꿨으면 했습니다. 정치인으로서의 대변인보다는 부드러운 이미지의 대변인도 필요하겠다. 욕심을 부리자면 대변인도 연기가 필요하다고 생각합니다. 상대를 현혹하기 위한 연기가 아니라 가장 적절한 언어 전달에 딱 맞는 정도의 표정이나 연기가 필요하다는 것이지요."

박한이 차를 마시자 우현도 따라 마시며 박한의 말에 귀 기울인다. 눈빛이 초롱초롱해졌다. 박한의 말과 목소리에는 묘한 이끌림이 있었다. 그 이끌림에 유권자들이 반응했을 것이다.

"또 다른 이유는 언젠가는 아니 곧 우현 대변인의 쓰임이 있다는 걸 직감했습니다. 궁금하지 않으세요? 나의 쓰임은 과연 무엇일까?"

"어떤 이유일까요?"

"세상에서 가장 제 얘기를 잘 들어주는 대변인이 되어주세요. '우현 대변인의 말이 곧 박한의 말이다.' 할 정도의 대변인 말입니다. 내년 6월까지만 부탁을 드립니다."

'6월까지만'이라는 박한의 말에 우현은 움찔했다가는 이내 마음을 잡았다.

"의사 전달을 위해서 연기를 하란 말씀입니까?"

"그렇습니다. 그리고 오늘부터는 발표 전에 저를 만나야 합니다. 그때마다 내용 즉, 어떻게 연기해야 하는지를 말씀드릴 겁니다. 저 어릴 때 꿈이 영화감독이었거든요. 하하하."

영화감독이란 말에 친근감과 함께 고집스런 영화감독의 이미지가 오버랩되었다.

"좀 특이하십니다. 보통 어릴 때 꿈은 대통령, 현실은 그렇고 그런 사람인데, 대통령님은 영화배우도 아닌 영화감독이 꿈인 분이 대통령이 되셨으니까요."

"사실 영화감독보다는 영화배우가 꿈이었는데, 거울을 보고 현실을 빨리 깨우친 거지요. 하하하."

"무슨 말씀을요? 만약 대통령이 아니시라면 지금이라도 배우 하셔도 좋을 듯합니다. 그것도 연기파 배우 말고 미남 배우로 말입니다."

"빈말인지 알면서도 칭찬은 역시 기분이 좋네요. 그래서 제가 대변인으로 모셨지만…"

7

동방 삼용이 나르샤

L빌딩 101층 늘 그렇듯이 침실은 어두웠다. 남자는 영어로 전화를 하고 있었다. 무언가 잔뜩 언짢은 말투가 이어졌다. 그리고는 전화를 거칠게 끊었다. 현관문 쪽에서 인터폰 소리가 들려왔다. 남자는 리모컨으로 화면을 확대한다. 카메라에 바투 선 여자의 얼굴이 어안렌즈처럼 볼록하게 나타났다. 낯익은 얼굴이다. 문을 열자 여자가 들어왔다.

현관의 천장 센서 등에 불이 들어오자 여자의 그늘진 모습이 보이고 멀리 창가에 서 있는 남자의 모습이 어둑하다.

여자는 가방을 소파에 놓은 채 남자를 등 뒤에서 와락 끌어안았다.

"쿠쿠마스터! 미안해요. 아직 마음을 열지 못했어요."

"너무 오래 끌지는 마. 생각이 달라지기 전까지는 일을 끝내야지."

"그럴게요. 그런데 꼭 용산이어야만 해요?"

남자는 여자가 박한 대통령을 완전하게 잡지 못했다고 생각했다. 여자가 박한의 마음에 완전히 스며들지 못하는 한 새로운 후보를 물색해야 했다.

남자는 여자에게 경고했다.

"알잖아. 너도 후보였을 때가 있었듯이 질투하거나 시기한다는 것은 그걸로 끝이야. 시기하면 버린다는 것을 다시 상기시킬 필요는 없겠지?"

여자는 남자에게 다른 여자가 오는 것을 두려워했다.

"그녀가 오더라도 나를 버리지 않는다고 약속해 주세요."

"시기하지 않으면 나는 여자를 버리지 않아. 스스로 떠날 때까지 포에버~ 영원히!"

남자는 여자를 뚫어지라 바라봤다. 혹 빨려 들어갈 것 같은 눈빛이다.

"친구에게 할 수 있는 일일까? 생각하면서도 쿠쿠마스터 당신과 멀어질까 두렵기도 해요. 나는 나쁜 년일까요?"

남자는 최면이 풀린 것처럼 상상력을 발휘하는 여자를 못마땅하게 생각했다.

"오늘 왜 이렇게 감상적이지? 세상은 개척하는 사람의 몫이야. 세상에 길드는 게 아니라 세상을 길들이는 존재가 돼야지. 그럼 수련을 시작해 볼까?"

여자는 남자의 어깨에 입 맞췄다. 그리고는 자신의 외투를 벗는다.

"욕조에 더운물을 가득 채워 놨어! 먼저 들어가."

"마스터는요?"

"전화 한 통 하고 들어갈게."

남자는 어둠 속에서 통화를 시작했다. 미국의 누군가와 통화하며 격앙된 반응을 보였다. 어지간한 일에 흥분을 잘 하지 않았던 그에게 무슨 일이 생긴 것이다.

여자는 자신의 욕망이 타인에게 치명적인 아픔을 줄 수 있다고 생각했었다. 그것이 그릇된 것인지 아닌지는 늘 혼란스러웠다. 남자의 행적에 의구심을 가졌지만, 실체를 알 수 없었다. 종교지도자 같으면서도 신도 늘리는 것에는 관심이 없어 보였다. 그는 최소한의 여성만을 다루었다. 자신도 종교적인 이유라기보다는 남자 자체에 집중했다. 그의 성적인 탁월과 마음을 사로잡는 능력에서 헤어나지 못했다. 헤어 나오기보다는 차라리 영원히 남자의 늪에 빠져 있길 바랐다. 남자의 목적지가 어딘지 어렴풋이 가늠하고 있지만, 과연 가능할지 확신할 수 없었다.

*

현세현 국정원장은 조세붕 국무총리에게서 이상한 낌새를 차렸다. 조 총리가 만나는 대상이 정치인, 기업인에다 외국 대사들과의 회동도 잦았다. 첩보는 국정원뿐만 아니라 경찰 정보계통에서도 수집되고 있었다. 깊은 내용까지는 알 수 없지만, 이례적인 횟수를 기록하고 있는 것만은 확실했다.

국정원은 '국혼위원회' 활동이 활발한 것으로 분석했다. 다만 대통령의 의도와는 다르게 앞서갔다. 현세현이 관심을 가지는 것은 조세붕 총리와 야당의 실세 노장언 대표였다. 노장언은 한 번의 대선 실패에도 여전히 당내 유력 차기 대선 주자로 남아 있다. 그런 노장언과 조세붕은 회동이 잦았다. 현세현은 조세붕 또한 차기 대선을 노린다고 판단했다. 대선을 치르려면 막대한 자금과 조직을 갖추어야 한다. 자금 모금에 대한 조세붕의 행보는 국혼위원회 위원장으로부터 시작되었다. 재벌들을 만나고, 조직을 정비했다. 은밀하게 차기 대선을 준비하는 두 정치인이 전략적 제휴를 한 것일까. 그들은 자금력과 조직력 카드를 한 장씩 가졌다. '오늘은 동지이나 내일의 적'이 된다는 것을 서로 알면서도 시치미를 뚝 떼고 어깨동무한 것이다. 어깨동무하면 든든하지만, 서로의 옆구리가 비어 있다. 때가 되면 먼저 옆구리를 치는 자가 이길 것이다. 현 원장의 예상은 조금씩 맞아들어갔다. 그 첫 번째 암시를 준 사람은 두별그룹 오세길 회장이었다.

두별그룹 오세길 회장으로부터 연락이 왔다. 오 회장은 노회한 솜씨로 정치인들을 주무르는 실력자다. 자그마한 키에 살집이 별로 없는 체형을 가진 오 회장은 어린애처럼 아장아장 걷는 독특한 걸음걸이를 가졌다.

"회장님 저는 입이 있어도 말씀드릴 수 없는 것은 잘 알고 계시지 않습니까?"

"현 원장! 사람이 입으로만 말하는 건 아니지 않소. 국정원장이라는 사람이 언변이 저래서야."

오 회장은 현 원장을 통해 사실 확인을 하려 했다. 오 회장의 특성상 가벼운 대화 때와 결단이 필요한 때를 가렸다. 장소를 보면 그의 의도를 알 수 있었다.

"현 원장 내가 자네하고 연을 맺은 것이 하루 이틀도 아닌데 설마 어려운 부탁을 이런 곳에서 하겠나. 얼굴도 보고 궁금한 게 있어서 물어볼 겸 해서 보자 한 거네."

오 회장은 조세붕 국무총리가 대통령의 결혼에 어떤 역할을 하고 있는지가 궁금했다. 순간 촉이 왔다. 조 총리가 맡은 국혼위원회의 활동이 한 꺼풀 벗겨지는 순간이다.

"그 사람이 요즘 국민에 대한 정치는 안 하고, 대통령에 관한 정치만 하는 모양이더구먼."

"말씀해 보시지요."

"얼마 전 아들놈한테 연락이 왔다는 거야. 무슨 일인가 했더니 조 총리가 거래를 제안했다는 거지. 대통령이 미혼이니 결혼을 하는 것은 당연한 순서고, 손녀 나리와 연을 맺게 할 생각이 있느냐는 거지. 소문 들으니 여기저기 신붓감을 선발한다고 다니고 있는 모양이야. 지금이 조선 시대 간택하는 것도 아니고 여러 후보 중에 나리를 끼워 넣는 것 같아 기분도 좋지 않아 거절했지. 그런데 이 양반 집요한 데가 있어…"

오 회장의 이야기는 계속되었다. 오 회장은 이제 재력은 가질 만큼 가졌고, 경제계에서도 어른 대접을 받는 터라 더 바랄 게 없지만, 이왕이면 대통령을 손녀사위로 맞이할 수 있다면 더없이 좋은 일이라 생각했다. 하지만 총리의 행동이 믿음직스럽지는 않다는 것이다. 닳을 대로 닳은 정치인답게 책임지지 않을 만큼의 거리를 두고 뱅뱅 돈다는 것이다.

현 원장은 대통령의 생각을 전할지 잠시 고민했다. '대통령은 재벌가와 혼인 관계를 맺는 걸 탐탁하게 생각하지 않습니다'라고 한다면 오 회장도 마음에 상처가 될 것이다. 그것은 대통령을 모시는 사람으로서 올바른 처신은 아니다. 그리고 시간이 지나면 대통령의 생각이 바뀔 수 있는 여지도 충분히 있지 않은가? 현 원장은 조세붕의 의도에 더 관심이 갔다.

"회장님. 총리가 뭘 거래하려고 하던가요?"

"허허허, 자넨 좀 급해. 이 사람아 나도 자네하고 거래를 좀 해야겠네. 총리가 그렇게 쉽게 속내를 드러내겠나?"

"저도 들은 건 있습니다. 총리의 영부인 거래목록에 누가 들어있는지 정도는 꿰고 있습니다."

오 회장은 목록에 관심으로 보였다.

"목록에 몇이나 있다는 건가?"

"그건 말씀드리기가…"

오 회장의 안색이 변했다.

"그래? 그렇다면 거래가 안 되겠네. 오늘은 이만 일어나세."

오 회장의 노회함을 이길 수는 없었다. 그새 연기력까지 늘었다.

"회장님 대단하십니다. 그럼 이렇게 하시지요. 현재 대통령께서 배우자로 재벌가는 고려하고 있지 않습니다. 그래서 총리의 움직임에 의구심이 생깁니다. 총리 의도는 어느 정도 알고 있습니다만 회장님께서 의도를… 아니 의도가 아니더라도 총리가 어떤 거래를 하고 싶어 하는지 구체적으로 알아봐 주십시오."

오 회장은 발끈했다.

"이 사람아 손녀 혼사가 말을 꺼내기도 전에 깨지게 생겼는데, 뭘 알아봐달라는 건가?"

"회장님! 아직 깨졌다고 단정하실 필요는 없습니다. 제가 역으로 회장님한테 거래를 제시할 수도 있으니까요. 총리 거래를 알아보시면 그 이상의 것을 드릴 수도 있지 않겠습니까."

오 회장은 현 원장의 말에 빠르게 반응했다. 오 회장의 촉은 총리를 신뢰하지 않았다. 항상 토사구팽을 생각해야 할 상대라 생각했다. 똑똑하고 현명하기로 당할 자가 없다는 평가의 총리다. 문제는 홀로 정치를 한다는 것이다. 마음으로 사람을 얻는데 재주가 없으니 돈으로 사람을 얻으려 한다. 돈으로 사람을 얻으려니 오 회장 같은 재벌의 금력이 절대적으로 필요한 것이다. 사람을 얻지 못하는 자가 천하를 얻을 수 없다. 정치도 사람의 일이고, 사람이 모이면 정치가 힘을 얻는다는 것이 이치였다.

"총리가 제시한 거래가 궁금하겠지 그건 다음에 만나서 얘기하세, 자네도 보따리 하나쯤은 내게 풀어야 할걸세."

현 원장이 자리에서 일어나려 하자 오 회장은 잠깐 앉으라 권한다. 오 회장은 인터폰을 했다.

잠시 후, 문이 열리고 미모의 젊은 여자가 들어왔다.

현 원장의 얼굴에 엷은 미소가 번졌다. 오 회장과 닮았다. 아주 절묘하게 닮았다. 오 회장의 유별스런 얼굴이 밑그림처럼 깔려 있으면서도 저런 미모를 가졌다는 것이 절묘했다.

"인사해. 국정원장님이시다. 손녀라오. 나와 달리 훤칠하지."

영부인이 되도록 잘 부탁한다는 뜻이다.

"오나리라고 합니다. 잘 부탁드리겠습니다."

여린 듯 훤칠했다.

"회장님께서 아끼시는 이유를 알겠습니다. 오나리 대표가 여기 이 커피프렌차이즈 '레돌런스 빈'을 운영하신다면서요?"

"예! 이제 시작이라서 많이 서툽니다."

오나리에게서 커피콩 볶은 냄새가 났다. 직접 로스팅한 모양이었다.

"사업장 분위기를 보니 감각이 뛰어난 것 같네요. 성공하셔서 회장님을 기쁘게 해드릴 것 같습니다."

"칭찬 감사합니다. 아직 가게가 많지 않아서. 올해 10개를 넘겨볼까 합니다."

"그래요. 10호점 오픈하시면 제가 축하 선물을 드려야겠군요."

"제가 꼭 초대하겠습니다. 참석해주시는 것만으로도 저에겐 큰 선물입니다."

곱상하지만, 사업가 집안 딸답게 당차 보였다.

*

현세현은 김청수 경기남부경찰청장과 함께 자리했다. 현세현은 2년 전에 정철 서울지방청장이 수사 종결한 신혜윤 즉 로리타 가을 자살 사건 비밀 수사를 부탁했다.

"김 청장. 신혜윤 사건은 비밀리에 재수사해야 합니다. 말한 대로 본청 정철 청장이 알게 되면 수사 중단을 지시할지도 모를 거요."

김청수 청장도 감을 잡고 있었다.

"물론입니다. 정 청장이 지휘했던 수사입니다. 당연히

덮으려 하겠지요."

양수리와 두물머리 남녀 변사 사건 수사를 하면서 가을을 슬쩍 끼워 넣으려는 참이다. 정철의 눈을 피해야 한다. 정철이 눈치채는 순간 수사는 어떤 이유로든 중단될 것이기 때문이었다.

"원장님께서 신혜윤 사건에 관심을 가지는 이유를 물어봐도 되겠습니까?"

"그건 천천히 말할 기회가 있을 거요. 특수본에서 함께 일할 만한 사람은 준비되었소?"

"일단 하남서, 광주서, 양평서 서장들을 염두에 두고 있습니다. 그중에 양평서는 정철 청장 라인이라서 제외했고, 믿을 만한 친구는 하남서와 광주서입니다. 굳이 한 사람을 뽑으라면 하남서장을 뽑겠습니다."

"하남서장은 특수본부장을 맡길만한 사람이오?"

현세현은 경찰 인사에 개입할 생각은 없었지만, 자연스레 김청수 청장과 문태준 하남서장을 염두에 두게 됐다,

"간절하거든요. 그리고 출세가 늦은 이유가 되기도 했겠지만, 부하에게는 신망을 상관에게는 바른말을 하는 스타일입니다. 그래서 본부장을 맡기면 별말이 없을 겁니다."

"그럼 김 청장만 믿겠소."

현 원장은 정철 경찰청장과 척 진 사이다. 현 원장의 유일한 세평 실수가 정철이었다. 처음 임명했을 땐 대통령을 위해 몸을 던질 용장이었다. 그의 사촌 형이 정혁 비서실

장이어서 더욱 신뢰하기도 했다. 그런 그가 어느 순간 적장이 되어있었다. 과거 경찰대 시절부터 실력대비 처세가 뛰어난 사람이긴 했다. 그러던 그가 경찰청장이 되자 정치에 눈을 돌리면서 은밀하게 야권에 줄을 댔다. 방대한 경찰 조직의 첩보로는 박한이 위태롭다고 분석되었기 때문이었다. 그런 그를 그대로 놔두는 것은 미끼이자 야권의 비밀스러운 이야기를 듣는 안테나로 활용하기 위해서였다.

한편 정철 경찰청장은 김청수 경기남부청장의 경찰대학 1년 후배였다. 자기 정치에 능하고 암상스러웠다. 주변 경쟁자는 단결에 정리하곤 했었다. 그 정리되어야 할 대상에 김청수 청장도 끼어있었다. 차기 경찰청장으로 거론되는 김청수를 가만 놔둘 리 없었다.

경기남부경찰청에 특별수사본부가 신설되었다.

특별수사본부장으로 문태준 하남서장이 임명되었다. 그는 신속하게 본부를 꾸렸다. 운명공동체 같았던 장호출 반장은 제1팀장으로 불러들였다.

"장 팀장 이제 제대로 일해보자고."

장호출은 숨통이 트인 기분이었다. 노력에 대한 보상이 확실한 곳으로 옮겼으니, 신바람이 날밖에 없었다.

"본부장님 하명을 받들겠습니다."

장 반장은 기분이 한껏 올라왔다. 목표가 분명한 걸 좋아했던 그였다.

"장 팀장 따로 보자고 한 것은 이번 사건이 의외로 큰 건과 연결될 수도 있어서요."

"거물이 튀어나올 수도 있다는 뜻이군요. 단체장? 국회의원 정도?"

"그건 나도 몰라. 하지만 바람이 불고 있는 것은 느낄 수 있지. 바람 냄새도 그렇고… 조직적인 방해가 있을 수 있으니 잘 챙겨 보도록."

*

"냄새가 납니다."

현 원장이 정보 브리핑을 하면서 던진 말이다. 박한 대통령의 하야를 유도할 조직적 움직임이 여러 곳에서 포착되었다.

"결국은 내 탓인데 누굴 원망하겠습니까? 정치란 것이 머리싸움이 아니라 머릿수 싸움이라는 걸 요즘 새삼 배우고 있습니다."

박한의 JDZ 공약에 비관적인 여론이 커지고 있었다. 진원지는 불확실하지만, 꾸준히 번지는 것만은 확실했다. 현세현의 보고는 구체적이었다. 벌써 탄핵 뒤의 보궐선거 이야기가 돌고 있었다. 나가도 한참 나간 이야기지만 웃어넘길 수도 없었다. 그들이 보궐선거를 노린다면 JDZ 공약이 어그러지길 바라고 있다. 내부의 치명적인 적을 도려내야 할 때가 되었다.

현세현은 은밀히 준비하고 있는 주자들의 활동을 보고했다. 박한도 알고는 있었지만, 야당이 아니라 일부 여당 인사도 움직이고 있다는 정보 보고에 씁쓰레했다. 약빠른 재계인사들도 정치 지형에 따라 움직임이 달라지고 있었다. 조세붕 총리와 노장언 미래행복당 대표에게 무게 중심이 쏠리는 것이 감지됐다. 한동안 번잡했던 영부인 파동도 안정세에 접어들었다. 대통령이 하야할지도 모른다면, 귀할 딸을 박한과 결혼시키려고 서두를 이유가 사라지기 때문이었다.

"오로지 JDZ가 대한민국의 정치의 길라잡이가 되겠군요."

박한은 위기를 감지하고 있었다. 그럴수록 강하게 밀어붙여야 한다는 의지를 다졌다.

"내일 회의에서 강한 의지를 보여주셔야 합니다. 그렇지 않으면 JDZ가 뜨겁게 끓어오르기도 전에 국내 정치가 끓어서 뒤집힐지도 모릅니다."

"우현 대변인에게 강력한 대통령이 되는 족집게 연기 수업이라도 받아야겠습니다."

박한은 하소연처럼 농담을 던졌다.

일본에서도 여러 경로를 통해 한국의 구심점을 흐트러뜨리려 움직이고 있었다. 이미 정부나 정치권에 연결고리를 만들어 놨을 것이다. 역으로 일본을 교란하기 위해서는 어떤 방법을 택하는 것이 유효할까?

현세현은 JDZ에 대한 전담기구와 명칭을 박한에 제언했다. JDZ는 어감상 Japan의 J가 연상되기도 하고 상대 정보기관에 혼란을 주기 위해 JDZ를 그냥 '정동진'이라고 칭하자는 것이다. 박한은 끄덕였다. 전담기구는 '정동진클럽'으로 정했다.

"그리고 말입니다. 조세붕 총리와 노장언 대표가 함께 움직이는 것이 여러 곳에서 포착되었습니다."

두 유력 주자가 함께 움직인다는 것은 이해되지 않았다. 최종결선에서 맞붙자는 것인가? 그때까지 전략적 제휴를 하려는 것일까?

"하야를 노리고 준비하고 있다는 말씀이군요."

박한은 불쑥 하야를 꺼냈다.

"말씀드리기는 그렇습니다만, 여러 가능성을 대비하셔야 하지 않겠습니까?"

박한은 불쾌한 감정을 드러냈다.

"별다른 대비가 있겠습니까? JDZ 건 아니! 정동진 해결에 집중해야지요. 국가 원로라는 사람들이 국가의 장래보다 자신의 입지에 관심이 높다는 것이 몹시 불쾌합니다. 보란 듯이 제대로 한번 해봅시다."

현 원장도 모처럼 핏대를 세웠다.

"특히 조세붕 총리 말입니다. 일국의 정승이라는 어른이 임기 중인 대통령 자리를 탐내고 있다는 건 패륜입니다."

박한도 조세붕의 이른바 중매 사업을 께름칙하게 생각하

고 있었다.

"증거가 확실한가요? 대통령 자리를 가지려고, 국혼위
원장이라는 것을 내세워 재벌들에게 정치 자금을 마련하고
있다는 것 말입니다."

*

두별그룹 오 회장이 조세붕에 대해 입을 열었다.

"그 사람 대권에 마음이 있는 거야. 아마 혼인이 진척이
있거나 성사되면 대선 자금을 지원해달라 할걸세. 뇌물 흔
적을 지우는 통상적 수법 아닌가? 한배를 탔으니 뒤탈도
없을 테고. 자네도 그 사람이 대권 도전을 하기 위한 거라
는 걸 알고 있었지?"

현세현은 끄덕였다.

"그야 감은 잡고 있었습니다만."

오 회장은 말을 이었다.

"한경련 뒷방 늙은이들 모임에 갔더니 어지간한 데는 조
세붕이 훑고 지나갔더군."

"어떻든가요?"

"에둘러 말하기는 하지만 다들 비슷해 보여. 결국은 자
금 아니겠는가. 돈 말일세."

현세현은 모르는 척 한경련의 분위기를 물었다.

"조 총리도 설치면 눈에 띈다는 걸 알 텐데, 왜 그리 속

도를 낼까요?"

"그야 보궐이나 대선에서 가능성이 크다고 판단했겠지. 아니면 부추기는 세력이 있던가."

툭툭 던지는 노 회장의 말에는 당연하면서도 설득력이 있었다. 경제계도 이미 움직이고 있었다. 눈치 싸움이 시작되었고, 유력후보에 반 발짝 정도씩 발을 걸치려 했다.

"우리 나리는 어찌할 셈인가?"

"먼저 회장님 생각은 어떠신가요?"

"나야 나리가 영부인이 된다면야 꽃놀이 패를 잡을 수도 있다고 생각하지. 불경한 소리를 하자면 여기저기 다리를 걸쳐 놓으면 손자사위가 재당선이 되면 되는 데로 조 총리가 대통령이 되면 되는 데로 손해 볼 게 없질 않겠나?"

오 회장은 넌지시 말을 건네며 현 원장의 얼굴을 빤히 들여다봤다. 정보 수장에게 할 말은 아니었기 때문이었다. 기업 총수가 대통령 진퇴를 거론하는 것은 있을 수 없는 일이다. 그만큼 현 원장을 신뢰했다.

"저는 생각이 다릅니다."

조세붕 총리가 다음 대선을 노린다면, 대통령이 불출마 선언하거나, 하야하지 않는 한 어느 시점 야당으로 넘어가야 한다. 현실적으로 야당의 터줏대감 노장언과 붙어서는 이길 수가 없는 노릇이었다.

"총리가 여당으로 출마할 수도 있지 않겠나?"

"회장님도 하야 이야기를 들으신 모양인데 대통령이 그

리 호락호락하지는 않습니다."

"그건 나도 생각이 같네, 그럼 어떻게 하면 좋겠는가?"

"그것보다는 이 방법이 더 낫다고 생각합니다. 다만 신뢰가 바탕이 되지 않으면, 안되는 건입니다."

"그래 그럼 말해보게."

"조 총리 카드를 버리세요."

현 원장은 자신의 생각을 조곤조곤 설명했다. 오 회장은 눈을 지그시 감았다. 생각이 깊어졌다. 고령에도 승부사적 기질을 고스란히 간직하고 있는 모습이다. 현 원장의 설명에 동화된 듯 실눈을 뜨고 지긋이 현 원장을 바라봤다.

"그렇게 하세!"

*

정혁의 생각과 샘오의 생각이 충돌했다. 자주 있는 일은 아니지만 박한의 여인들에 대한 의견 충돌은 늘 있었다. 정혁은 정세라 만을 남겨 놓고 대통령 주변 여인들을 정리하려 했다. 샘오는 주변 정리가 도움이 되지 않는다고 주장했다.

정혁은 불만을 토로했다.

"샘오 자네는 왜 이 문제만 꺼내면 반대하는 건가?"

샘오도 강경했다.

"그렇게 되면 세라 씨 혼자서 타깃이 됩니다. 총탄이 빗발치는 전장에 홀로 싸우게 하는 것은 마땅치 않습니다."

정혁은 물러나지 않았다.

"그래도 이번만큼은 자네가 내 말을 들어줘야겠네."

위기감 때문이었다. 세라가 치고 나가기에는 민서린과 우현이라는 만만치 않은 상대가 버티고 있었다. 다른 정·재계 가문 영부인 후보들이야 대통령을 직접 만날 일이 당장은 없지만, 둘은 달랐다. 하룻밤에도 상황이 급반전될 수 있는 것이 남녀 문제 아닌가? 정혁은 더는 기다릴 수 없었다.

"좋습니다. 그럼 어떻게 해드릴까요?"

"비리를 찾아주게."

정혁은 민서린과 우현을 내칠 때가 되었다고 생각했다.

"찾아도 없다면요?"

정혁은 정색을 했다.

"그럼 만들어야지."

샘오의 눈빛이 번뜩였다. 무모한 요구일까? 그만큼 쫓기고 있다는 것인가? 그렇다고 비리를 만들어야 한다는 건 승부수를 던진다는 것이다. 샘오도 승부수를 던질지를 가늠했다.

대통령의 마음은 알 수가 없다. 하지만 누구를 선택하든 상관없다. 전혀 상상할 수 없는 생각 밖의 사람만 아니면 되었다.

샘오는 정혁과 실랑이를 하고 헤어졌다. 정혁의 뜻에 따르겠다고 말했다. 겉보기에는 백기를 들었다. 샘오는 성가시기는 하지만, 그냥 백기 청기 게임 정도로 생각했다. 부지런히 기를 들고 내리면 되었다. 어느 기를 들어도 샘오가 갈 길은 정해져 있었다. 오늘의 정혁과 내일의 정혁은 같을 수 없었다.

*

샘오가 세라가정의학과의원에 나타났다. 정장 차림이었지만 어딘지 보헤미안 느낌은 여전했다.

"어서 오세요. 처음이세요? 어디가 안 좋으시죠?"

"아… 예. 속이 더부룩하고 메스꺼워서요."

"그럼, 여기 주민번호하고 성함, 전화번호 적어 주시겠어요?"

샘오는 대기석에 앉아 순서를 기다렸다. 병원은 깨끗하고 심플하게 꾸며져 있었다. 한낮이라 고객들은 대부분 나이가 든 어르신들이었다. 간호사들은 샘오의 독특한 분위기에 힐끗거리며 관심을 가졌다.

샘오는 벽에 걸린 자격증을 쳐다봤다.

'전문의 자격증. 정세라. 911215-2××××××. 가정의학과전문의. 의료법 77조…'

무료한 대기 시간이 지나고 있었다.

"오세오 님, 진료실로 들어가세요."

오세오라는 이름과 야릇한 눈빛에 간호사들이 '큭큭' 거렸다. 아무리 봐도 이름과 외모가 재미있다는 반응이다.

정세라가 샘오를 보자 자신도 모르게 미소 지었다. 마치 잘 아는 사람을 본듯한 반응이다.

"오세오 님, 어서 오세요."

샘오도 옅은 미소를 흘렸다.

"안녕하세요."

샘오는 정세라와 마주 앉았다.

"어디가 불편하세요?"

"속이 메스꺼워서요."

정세라는 샘오의 말씨와 독특한 분위기에 고개를 갸웃거리며 유심히 봤다.

"혹시 샘오 님? …맞으시죠?"

샘오가 웃으며 고개를 끄덕였다.

"정확하게 맞추셨네요. 한 번도 본 적이 없을 텐데요."

"아빠한테 워낙 말씀을 많이 들었거든요. 흔치 않은 이름이기도 하고. 사진보다 실물이 훨씬 매력적이신데요."

정세라가 진료를 시작했다. 장염이었다. 호흡에서 약간 거친 숨소리가 들렸지만, 문제는 없었다. 진료 중 정세라는 알 수 없는 기의 흐름을 느껴졌다. 정세라는 살짝 당황했다. 청진기로 샘오의 신체 정보를 얻는 순간, 샘오도 청진기를 통해 정보를 뽑아가는 느낌이 들었다. 샘오의 뉴런과 정세라의 뉴런이 청진기를 통해 이어진 듯 묘한 느낌이

들었다. 알 수 없는 전기적 미세진동은 진료를 마치고 악수할 때도 여전했다.

샘오가 가고 난 뒤 정세라는 알 수 없는 기분에 휩싸였다. 샘오에게서 전해지는 저릿한 느낌은 무엇일까? 예사롭지 않은 외모 특히 곱슬머리 사이로 보이는 눈빛은 섬뜩하면서도 치명적이었다.

*

"샘오가 세라의원에 다녀갔다는 말이지? 그 멀리 연신내까지 갔다는 건 단순 진료 때문은 아닐 거야. 그렇다면 정혁, 샘오, 정세라가 함께 움직일 수 있다는 얘긴데…"

현세현은 영부인 후보군을 관찰하고 있었다. 그 가운데 가장 활발한 후보는 정세라였다. 첩보에는 정세라 영부인 만들기 프로젝트가 가동되고 있다고 보고되었다. 부친인 정혁이 주도하고, 조세붕 총리가 뒤를 밀고 있다는 것이다.

세라의원에 샘오가 다녀간 것은 관심 끌 만한 대목이다. 그 사실을 정혁이 알았다면 좋아하진 않았을 것이다. 샘오에 대한 추적을 하면 할수록 복잡하고 종잡을 수 없는 일들이 하나둘 드러나기 시작했다.

현세현의 샘오에 대해 의구심이 깊어졌다. 샘오가 움직이는 것을 단순히 정세라 영부인 만들기 프로젝트로만 보기에는 미심쩍은 것이었다. 현 원장은 네 사람에 대해 곰곰이 분석해봤다. 그들이 뭉친 공통점은 세라의 영부인 만들기였다. 그러나 생각하고 있는 것은 모두 달라 보였다. 조세붕은 대권을, 정혁은 대통령의 장인을, 정세라는 영부인을, 샘오는 무엇으로 그들과 함께하는 것일까? 대통령실의 여인 주변을 맴돈다는 첩보가 있기는 했지만, 무슨 이유인지 드러난 것은 아직 없었다. 그런 그가 갑자기 세라를 찾아간 것은 무슨 까닭인가?

정혁도 샘오가 세라를 찾아간 것에 의구심을 가졌다. 민서린과 우현의 비리를 잡아 달라 했었다. 그런데 정작 샘오는 세라를 찾아갔다. 연신내까지 갔다는 것은 우연은 아니다.

'세라에게 무슨 일을 벌이지는 않을까? 비밀스런 일은 아닐 것이다. 방문했다는 건 금방 알려질 텐데 말이야. 신경 쓰이는 친구군.'

정혁은 샘오에게 민서린과 우현 뒷조사에 관해 물었다.

"잡히는 게 있던가?"

정혁이 샘오를 떠보듯 물었다.

"아직 나온 것이 없습니다."

대답이 시큰둥했다. 날카로울 정도로 정확했던 샘오의 평소 모습은 아니었다.

"잘 챙겨 보게."

"그러죠."

정혁은 봉투를 꺼냈다.

220

"활동하려면 돈이 들 텐데 데, 보태게."

샘오는 아무런 거리낌도 없이 봉투를 받아 넣었다. 얼만 지는 관심이 없어 보였다.

*

"이게 무슨 책이죠?"

남자는 여자에게 낡고 오래된 고서 한 권을 내밀었다.

"읽어봐. 어렵진 않을 거야. 귀한 책이니까 소중하게 다 뤄야 해."

여자는 책을 읽기 시작했다. 책은 용비어천가 같은 느낌 이었다. '무신년 동방에 세 마리 용이 깨어나 세상에 나르 시어…'로 시작되었다. 동방의 세 마리 용은 각각 황룡, 청 룡, 홍룡으로 무신년에 세상을 개벽한다는 이야기였다. 시 대착오적인 황당한 이야기 같으면서도 스토리 전개가 솔깃 했다. 아직 세상에 알려지지 않은 판도라 상자를 연 듯 기 분이 아련했다. 민서린은 몇 장만에 책 속으로 빠져들었다.

"용이 누굴 것 같아?"

남자가 물었다.

"만약에 있다면 말이지요?"

여자는 상상의 용을 생각했다. 하지만 남자는 현실의 용 을 물었다.

"아니 현실 속의 용 말이야. 황룡, 청룡, 홍룡 각각 궁금하지 않아?"

"용은 천자, 왕을 뜻하는데 그게 누군지를 묻는 건가요?"

"그렇지. 아주 가까운 사람일수록 잘 살펴봐야 할걸."

여자는 내년이 무신년이란 말을 듣고 순간 무춤했다. 한국에서 세 마리의 용이 있다면 내년인 2028년 무신년에 큰 싸움이 벌어진다는 뜻일 것이다. 물론 뜨악한 고서 내용대로 된다는 전제하에서다. 그럼 박한 대통령이 한 마리 용이고 나머지 두 마리 용은 누구란 말인가? 여자의 눈빛이 남자와 마주쳤다.

남자가 갑자기 껄껄거리며 몸이 꺾일 듯 웃기 시작했다.

"너무 심각하게 빠져드는군. 장난삼아서 해본 소리야. 다음에 소설 한 편 써보라고."

여자는 개운치 않았다. 표지가 뜯겨 제목도 알 수 없는 고서적에 적힌 문구가 께름칙하고 마음에 걸렸다. 그것은 그의 세계관과 관계있다고 생각했다. 그의 말대로 한국에 세 마리의 용이 있다면 내년에 무슨 일이 벌어질까? JDZ에서 한·중·일 3국이 각각 한 마리 용이 되어 싸운다는 뜻일까?

'내가 지금 무슨 생각을 하고 있지?'

여자는 상상을 접었다. 작가적 관점에서 이야기를 만들려고 하면 끝이 없다. 다만 책 속의 내용이 쉬이 사라지지 않았다. 어느덧 이야기는 까만 목활자가 되었다. 잊을 만

222

하면 머릿속 하얀 화선지에 '꾹꾹' 이야기가 각인되었다. 그 이후로 '동방에 세 마리 용이 깨어나 세상에 나르시어' 와 '두견이 슬피 울며 태평성대를 노래하면 세상이 뒤집힌 다.'라는 글자 하나하나를 깎고 어르는 상상 속의 각수가 되었다.

*

강남 H빌딩에 비상이 걸렸다. H빌딩은 오랜 공사를 끝 내고 오픈했다. L빌딩보다 8층이 높은 131층에 높이는 601m인 대한민국 최고 높이의 건물이었다. 특히 건축 외 관이 용이 하늘을 오르는 듯한 모양으로 '용오름빌딩'이라 는 별칭이 벌써 붙었다. 검은 양복을 입은 남자들이 하루 전부터 타워를 관리했다. 직원들은 직감적으로 VIP가 온 다는 걸 알아차렸다.

오전 11시 30분 봉황문양 차가 도착하고 박한이 내렸 다. 박한은 차에서 내리자 개막식에 참석한 한국 대표 기 업인들과 일일이 악수했다. 그 가운데 JS그룹의 이웅회장 도 있었다. 이웅회장이 대통령과 악수를 하자 대통령은 그 짧은 순간에도 회장을 알아봤다.

"이 회장님. 예닌 러시아 대통령께서 반하신 모양이던데 요? 회장님을 어찌나 자랑스러워하시던지…"

"예닌 대통령께서도 대통령님에 대한 기대가 크신 거로

알고 있습니다. 크세니아 의원도 멋진 분이시라고 대통령님을 칭찬하셨다고 하더군요."

박한은 인사를 나누고는 자리를 옮겼다. 사진기자들과 방송 카메라 기자가 박한의 동선을 따라 쪼르르 몰려다녔다. 취재하던 취재진 속에는 샘오도 있었다. 그 광경을 샘오가 흥미롭게 지켜보고 있었다.

박한은 테이프 커팅을 끝내자 간단한 인사를 하고 자리를 떠났다.

H빌딩 스카이라운지에는 김순애 여사가 먼저 와있었다. 그 옆에는 수행비서처럼 정세라가 함께했다.

"조금 늦었지요? 죄송합니다."

박한과 정세라가 눈인사를 나누며 활짝 웃는다.

"어서 오시오. 아드님."

김 여사는 아들을 보는 것만으로도 행복했다. 얼굴에 주름이 깊게 팰 정도로 활짝 웃었다.

"어서 오세요. 대통령님."

정세라는 김 여사를 의식해서인지 심플한 차림이었다.

"세라 원장님 앉으시죠. 그리고 경호는 좀 물려 주시지요? 옆에 경호원이 서 있는 것에 세라 씨가 익숙지 않을 것 같아서요."

박한은 경호원들을 멀찌감치 물렸다.

정세라는 박한의 '세라 씨'라는 호칭에 가슴이 콩닥거렸다. 세라가 메뉴판을 찾느라 두리번거렸다.

"세라 씨, 정식 오픈 전이라 메뉴가 따로 없습니다. 어머니도 함께하는 자리라서 부담 없이 먹을 수 있는 한식을 부탁했습니다. 비밀리에 진행하다 보니 부실하더라도 이해하세요."

"저는 좋습니다. 우리나라에서 제일 높은 곳에서 제일 높으신 분과 더 높은 분하고 함께 식사하는 것만으로도 이미 만족한걸요."

세라가 김순애 여사를 치켜세웠다. 김 여사는 그 모습이 깜찍한지 흐뭇한 표정이다.

"나보고 대통령보다 더 높은 분이라고 하는 건가요. 세라 원장님? 우리 세라 원장님은 어찌 말도 이리 잘할꼬. 뭐라더라? 그래 대통령실 대변인 하면 잘하겠다."

'우리 세라'라는 말에 벅찼다가 '대변인'이라는 말에 세라의 눈빛이 살짝 흔들렸다. 우현을 떠올린 것이다.

박한은 화제를 돌렸다.

"시간 내기가 이렇게 어려운 줄 몰랐습니다. 그동안 어머니 보살펴준 것 감사합니다. 미안하면서도 어머니를 케어해 주실 땐 마음이 편합니다."

"미안하실 것 없습니다. 여사님이 워낙 격의 없이 대해 주시는 분이라 저도 편안하게 모시고 있습니다. 말씀도 재미있게 하시고요."

박한은 웃음 지었다.

"어머니 혹시 저 지질했던 시절 얘기까지 하신 것은 아니겠지요?"

김 여사는 '글쎄?' 하는 표정을 지으며 웃는다.

"아뇨 자랑스럽고 고맙다는 말씀 많이 하셨습니다. "

식사를 마치자 김 여사는 얼른 자리를 비켰다. 두 사람이 이야기할 수 있도록 자리를 멀찌감치 옮긴 것이다. 김여사를 대동한 것은 언론의 추측 보도를 피하기 위한 요식행위였다.

박한과 정세라는 차를 마셨다. 정세라는 명랑소녀 같이 조잘거리며 박한과의 대화에 녹아들었다. 그런 정세라의 머릿속에는 민서린이 남아 있었다. 저도에서 박한이 짝사랑했었다던 민서린에 대해 궁금증을 떨칠 수 없었다. 민서린과 박한 사이에는 얼마만큼의 틈이 있기라도 한지 알고싶었다.

박한은 정세라를 결혼 상대로 가정하고 앞일을 생각해본 적이 있었다. 대통령의 결혼은 정치 행위가 된다. 정략적 결혼이 아니라도 어떤 사람과 결혼하느냐 자체가 정치적 해석을 낳게 된다. 만약 결혼한다면 정세라의 아비인 정혁 비서실장은 정치를 떠나야 할 것이다. 정혁 실장이 동의할지는 아직 미지수다. 한편 어머니를 모신다는 것이 정세라의 본심인지 결혼을 위한 포석인지 아직 알 수 없다. 어차피 대통령 관저를 떠날 때까지 정세라가 어머니를 모실 일은 없을 것이다.

8

여자 연예인

다음날 언론에서는 '대통령의 여인'이라는 제목으로 기사가 떴다. 대통령이 H빌딩에서 묘령의 여인과 식사했다. 식사 자리에는 대통령의 어머니가 함께 합석한 것으로 확인되었다. 여인은 신붓감으로 조심스레 예측된다. 대통령과 여인은 1시간가량 함께 있었다. 분위기는 화기애애했고 웃음소리가 여러 번 흘러나왔다. 여인은 의료인이라고 했다.

기사 폭발력은 대단했다. 본 기사와 함께 후속 기사들이 쏟아지고, 개인방송들도 덩달아 춤추었다.

현세현 원장은 여유로운 모습으로 기사를 정독했다. 대통령의 동선이 읽혔다는 것이 오히려 다행이었다. 상대가 누군지는 그림이 그려졌다. 그들의 의도만 파악하면 된다.

마침 김철 처장으로부터 전화가 걸려왔다.

"원장님 기사 보셨지요?"

"예! 처장님!"

"좀 냄새가 나지 않습니까?"

"김 처장님 보시기에도 그렇게 보이시죠?"

서로 생각하는 사람이 있었다.

"원장님이 생각하시는 그 친구 아니겠습니까? 기술적으로 파고들고 흘리는 능수능란함."

"대통령께서 어떻게 생각하실지 모르겠어요. 남녀 간의 일이라 조심스럽습니다. 심기 경호는 김 처장님이 능력자이시니까 잘 부탁드립니다."

"별말씀을요. 자세한 것은 오늘 '정동진클럽' 모임에서 말씀 나누시죠?"

"그곳에서 7시에 뵙겠습니다."

현세현은 샘오에 대한 의구심이 일었다. 정혁이 대통령의 장인뿐만 아니라 대권에도 관심이 있다는 것이 서서히 드러나고 있었다. 샘오가 정혁과 자웅동체라도 된 것처럼 붙어 다니는 의도가 모호했다. 분명 샘오의 노림수가 있을 텐데 아직 가늠하기 어려웠다. 이번 '대통령의 여인' 기사도 극비의 만남이 노출됐다. 정혁과 샘오가 개입했을 가능성이 컸다. 의도적으로 정세라와 박한 대통령을 엮기 위해 기사를 흘렸을 개연성은 충분했다. 박한의 움직임을 알고 있는 정혁과 언론인인 샘오가 기사를 흘린다는 것은 어렵지 않은 일이기 때문이다.

"흠… 재미있어지는군…"

현세현은 정보 보고를 들여다봤다. 샘오의 동선에 대한

보고였다.

"프레지던트 오피스텔, L타워…"

현 원장은 동선 중에 두 곳에 집중했다.

*

한편 샘오는 오피스텔에서 정혁 총리와 연락하고 있었다. 샘오는 영부인 후보를 정리하는 대신 언론을 통해 정세라를 홀로 우뚝 세웠다. 영부인 자리에 오르듯 용오름빌딩 꼭대기에 올라서 대한민국의 용을 만났다는 걸 의도적으로 흘린 것이다. 홀로 우뚝하면 타깃이 되기도 하지만, 순식간에 상황을 정리하면 된다.

샘오는 정혁의 정치적 입지를 한껏 키울 기회라고 생각했다. 그러기 위해서는 먼저 조세붕부터 정리되어야 했다. 비서실장이라는 폐쇄되고 수동적인 자리에서 개방적인 자리로 옮겨 존재감을 드러내야 했다. 국무총리 자리를 만드는 것은 조세붕을 쳐내는 것뿐이었다.

샘오는 움직일 때가 되었다고 정혁에게 알렸다.

"기사를 좋아하기만 할 것이 아니라 대비를 해야 합니다. 지금부터 시작입니다."

정혁은 기분이 한껏 올랐다.

"알았네. 무엇부터 시작해야지?"

샘오는 걱정하지 말라고 했다. 그동안 조세붕이 스스로

에게 쳐둔 그물에 갇혔다고 말했다.

"이제 조세붕 총리가 움직일 겁니다. 오늘 언론 기사로 영부인 후보 가문에서 조세붕을 가만두지 않을 겁니다. 그동안 영부인을 만들어 주겠다는 약속이 공수표가 되게 생겼는데 관련된 재벌과 정치인들이 가만히 있겠습니까?"

"그럼 일단 지켜보자는 건가?"

고개를 끄덕였다.

"총리가 한바탕 홍역을 치르게 내버려 두었다가 진이 빠지면 그때 단칼에 쳐내면 됩니다."

정혁은 수긍했다.

"알겠네. 알았어. 그런데 자네 생각대로라면 우리 세라는 어떻게 되는 건가?"

"그건 실장님이 용이 되느냐, 아니면 용의 장인이 되느냐의 문제 아니겠습니까?"

"이 사람아! 내가 언제 용이 된다고 했는가? 대통령이 알면 큰일 날 소리!"

정혁은 여전히 대권에는 관심이 없다며 속에 없는 말을 했다.

"실장님 마음 단단히 먹어야 합니다. 조세붕을 치지 못하면 용도, 용의 장인도 다 어려워집니다."

"그나저나 요즘 조심해야겠어. 자네하고 나하고의 관계를 지켜보는 눈들이 있는 것 같아."

"당연합니다. 아무튼, 마음 단단히 먹어야 합니다."

정혁은 샘오의 기획력을 믿고 있었지만, 그의 행실이 마음에 걸렸다. 최근 세라와의 만남이 의심스럽기도 했다. 세라의원을 찾아간 것도 굳이 연신내까지 장염을 치료하러 간 것도 예사롭지는 않았다. 민서린과 샘오의 관계도 소문으로 들은 바 있었다. 최근에는 우현과 접촉이 있다는 소문도 있다. 그런 샘오가 세라까지 접촉한다는 것은 찜찜했다. 샘오가 영부인 후보에게 접근한다는 것은 무슨 꿍꿍이일까? 그렇더라도 세라에게 무슨 일이야 있겠나. 정혁은 마음을 애써 다잡았다.

*

브리핑 룸에 우현 대변인이 나타났다. 주황색 슈트 차림이다. 우현은 브리핑할 때면 두 가지 패션 유형을 입고 나타나곤 했다. 슈트 정장과 투피스 차림이었다. 출입 기자들은 우현의 복장만 봐도 브리핑 분위기를 어느 정도 가늠했다. 슈트는 논리적인 브리핑, 투피스는 감성적인 브리핑을 의미했다.

"오늘은 외교에 대해 발표하겠습니다. 먼저 대한민국과 러시아 간의 한러정상회담 개최 합의가 있었습니다. 박한 대통령께서는 러시아 예닌 대통령과 함께 한국과 러시아 간에 정상회담을 하시기로 합의하셨습니다. 시기와 장소는 실무협의를 통해 조율하기로 했습니다. 다음으로 저희 대통령께서는 외교라인을 통해 한일정상회담을 공식 제의하셨습니다. 지난번 취임식 때 제의하신 적이 있었지만, 아직 화답이 없는 상태입니다. 대통령께서는 가까운 시일 내에 만나기를 기대한다고 말씀하셨습니다. 가능하면 방문과 답방으로 상호 방문하는 것이 좋겠다고 덧붙이셨습니다. …질문 있으면 질문하시지요."

"러시아와의 정상회담에 실무진은 정해졌습니까? 일부에서는 크세니아 의원이 양국 정상 간의 가교역할을 하고 있다고 하던데 크세니아 의원이 실무 대표를 맡게 되는 겁니까?"

"그건 러시아에서 정할 문제로 지금은 확인해 드릴 수 없습니다."

기자들이 궁금한 것은 항간에 떠도는 소문에 대해 알고 싶어 했다. 소문으로는 크세니아 의원이 박한 대통령과 어떤 관계를 형성하고 있다는 것이다. 젊은 남녀 사이의 염문을 궁금해했다.

"크세니아 의원이 한국에서 모델 일을 겸하고 있다고 하던데, 방송이나 CF 노출이 많아지게 되면 실무 대표를 맡더라도 문제가 생기지 않을까요?"

기자들의 질문은 크세니아에 집중되었다. 엠바고를 조건으로 걸고 귀띔 정도라도 할 수 없냐는 질문도 있었다.

"그건 너무 나가신 것 같습니다. 크세니아 의원의 사적인 영역까지 알 수도 없을뿐더러, 대통령실에서 의견을 낼

사안도 아니라고 생각합니다. 러시아 정상회담 건은 이것으로 정리하시는 것이 좋겠습니다."

우현 대변인은 크세니아에 대한 기자들의 질문을 마무리했다.

"일본과 현안이 많은 거로 알고 있습니다. 일본보다는 한국이 회담을 더 원하는 것이 아닐까 하는데, 일본에서 응하지 않을 경우는 어떤 대안이 있으신지요?"

"두 번째이기는 합니다만, 이제 회담을 제의했는데 벌써 안 될 것을 걱정하고 있다는 것은 외교상의 결례라고 생각합니다."

"JDZ 문제에 한국이 적극적이라고 알고 있습니다. 문제 해결을 위해 2025년 이후 한국에서 국제해양재판소에 수차례 제소한 거로 알고 있는데, 이것이 양국의 회담 성사에 걸림돌이 되지는 않는지 궁금합니다."

"정상회담은 모든 논제에 대해 오픈되어 있다고 생각합니다. 정상회담은 문제를 풀기 위해서 만나는 것입니다. 문제가 전혀 없다면 회담이 필요하지 않겠지요."

우현은 적당히 질문을 끊을 때가 되었다고 판단했다. 들고 온 서류 뭉치를 간종그렸다.

"오늘 브리핑은 여기까지입니다. 감사합니다."

"아! 잠깐만요! 며칠 전 있었던 대통령과 여인의 만남 기사에 대해 국민들이 궁금해합니다. 아시는 데로 설명 부탁드립니다."

우현은 연단에서 내려오며 찡긋 웃었다.

우현은 브리핑을 마치자 대통령 집무실에 들렀다. 당분
간 사전 논의와 피드백을 함께 하기로 했기 때문이다.

박한은 흡족한 듯 웃었다.

"역시 잘 어울립니다. 아무리 생각해도 배우보다는 이쪽
이 더 잘 어울리는 것 같은데요."

정작 우현은 감독의 사인에 따라 배역에 집중하는 배우
같이 대답했다.

"지침을 주시는 대로 저는 그냥 제 할 몫을 할 뿐입니
다."

"다음 브리핑은 일본이 회담에 답을 주는 데 시간이 걸
릴 것입니다. 그때는 좀 강한 어조를 준비해야 합니다."

"그리고 대통령님! 아… 아닙니다."

우현은 대통령에게 하고 싶은 말을 꺼내려다 도로 주워
담았다.

"말해보세요. 또 그 대통령 결혼 문제 질의가 있었던 모
양이군요? 우현 대변인도 나와 그 여인과의 관계가 궁금한
지요?"

우현도 궁금한 일이기는 했다.

"예?… 아니, 아닙니다."

"그러실 필요 없어요. 대변인 아닙니까? 궁금하시겠지
요. 질문에 답을 하셔야 하는데 아무것도 몰라서야 하겠습

니까? 하지만 조금 기다려 주세요. 아직 말할 단계는 아닙니다."

우현의 눈빛이 흔들렸다. 박한이 곧 결심한다는 뜻이었다. 마음에 두고 있는 상대가 누구일까? 우현도 대변인이기 전에 여자인 것을 어쩔 수 없었다.

"예. 그렇게 알고 있겠습니다."

"주변에 우현 대변인을 견제하는 사람들이 있는 것으로 알고 있습니다. 대통령과 무슨 꿍꿍이가 있는지 궁금해하는 사람들이 있지요? 특히 비서실장이 그럴 것이고, 홍보수석도 당연히 궁금해할 거고, 그 외에 사람들도…"

박한은 우현에게 미안함을 표했다.

"걱정해 주셔서 감사합니다. 하나 여쭤봐도 되겠습니까?"

우현 대변인은 자신의 역할에 대해 주변의 이야기가 마음 쓰였다.

"비서실장과 홍보수석을 젖혀두고 저에게 직접 오더를 주시는 이유를 묻고 싶습니다. 그분들과의 인연이 깊으실 텐데, 그분들을 제외하고 이제 막 함께 일하기 시작한 저를 더 배려한다는 것이 불편하기도 합니다. 그 두 분이 불만을 품지나 않을지 우려스럽습니다."

박한의 표정이 되려 밝아졌다.

"신뢰는 꼭 물리적 오랜 시간을 요구하진 않습니다. 오히려 어떤 신뢰는 시간이 지날수록 엷어지고, 때로는 훼절

235

하여 반대편에 서 있기도 하지요. 두 분을 신뢰하지 않아서라기보다는 그와는 별개로 우현 대변인을 신뢰하기 때문이라고 생각하세요."

"감사합니다. 대통령님!"

*

한러정상회담 합의 발표가 언론에 다뤄지면서 회담 기사만큼 박한과 크세니아의 기사도 크게 다루어졌다. 이런 기사에 반색하던 야당 반응이 어쩐 일인지 미적지근했다. 야당은 대통령의 여인을 공격 수단으로 여기는 시기는 지났다고 판단했다. 국민은 새로운 이야기에 관심을 가진다. 재탕기사에는 관심이 식어 간다는 것이다. 그런가 하면 오히려 여당에서 적절한 시기에 대통령 결혼 스캔들을 흘리며 불리한 사건을 묻어버리거나 희석하는 물타기로 활용한다고 의심했다.

그 와중에 새로운 기사가 뜨면서 관심이 집중되었다. 한 인터넷 방송에서 대통령과 크세니아 관계를 자극적으로 조명했다. 그 둘 사이에 한국의 젊은 남자가 끼어있다는 기사였다. 남자의 이름은 밝히지 않았으나, 남자는 크세니아를 밀착 경호하는 남자라고 했다. 흥미진진한 애정의 삼각관계 구도를 만들어 낸 것이다.

대통령실은 사실관계를 알고 있는 누군가가 정보를 준

것으로 생각했다. 문제는 인터넷 방송이라도 국가 외교에 문제를 일으킬 수도 있는 기사를 다뤘다는 사실에 주목했다.

스캔들은 순식간에 증폭되고 입소문을 타기 시작했다. 기사 제공자는 대통령과 크세니아를 이어주기 위한 것이 아니라 갈등을 유발하고 대통령과 크세니아 사이를 벌려 놓으려는 의도로 보였다. 예닌 대통령이 불쾌하게 생각하면 한러정상회담에도 영향을 미칠 수 있었다. 그럼 그 일을 작정한 사람이 누구일까? 박한을 고립시키고, 크세니아가 영부인이 되는 걸 막고 싶은 사람은? 조세붕 총리, 정혁 실장, 오세길 회장…

*

특수본 장 팀장의 한숨이 잦아졌다. 국민의 관심은 여전했고 수사는 더디기만 했다. 경찰청을 드나드는 언론사 사회부 캡부터 새내기 기자까지 연신 특수본을 기웃거렸다. 그도 그럴 것이 명색이 연예인 사건이었다. 인기는 크게 얻지 못했지만, 젊은 여자 연예인이 관련된 사망 사건이다. 언제나 그랬듯이 첫 관심은 폭발적이었다. 아이러니하게도 살아서 얻지 못했던 실시간 검색 순위를 죽어서야 차지하곤 했다. 으레 확인되지 않은 루머도 돌았다. 정계와 재계의 인사들이 지라시를 통해 들먹거려졌다. 특히 연이어 발생한 동일범이나 동일 수법으로 보이는 변사 사건에는 관심이 몇 배 높기 마련이었다.

"장 팀장, 보고서 다됐소?"

"다되어 갑니다. 그런데 어디로 보고하실 겁니까?"

"그건 왜? 물론 김 청장 드려야지."

"이왕 보고서 만드는 김에 청장님 스타일에 맞게 제대로 만드는 것이 좋지 않을까 해서요."

문태준 본부장은 움찔했다. 까칠했던 장 팀장이 특수본에 온 이후로 다른 사람처럼 굴었다.

"장 영감~ 이제 철드셨소? 갑자기 친절하고 그러니까 괜히 무섭잖아."

문태준은 장호출의 예전 같지 않은 태도가 반갑고 놀랍다는 듯 놀렸다.

"국민적 관심. 특히 한강 주변 주민, 윗분들도 관심이 많은 사건입니다. 공무원으로서 밥값은 해야지요."

그건 사실이었다. 단순한 자살이나 살인 사건이 아니었다. 다소 엽기적인 시신의 모습에 불안감이 증폭되었다. 장 팀장은 여전히 공통점을 파고들었다. 모두 칼과 물에 관련되어 남녀가 함께 죽은 건이다. 칼은 복부를 찌르거나 갈비뼈 아래에서 상향 30도 각도로 파고들었다. 시신이 발견된 곳은 욕조든 한강이든 모두 물에서 발견되었다. 칼은 임산부 건을 제외하면 발견할 수 없었다. 변사체가 물에 떠내려온 탓에 장소도 특정하지 못했다. 주저흔이나 저항흔이 없다는 것은 자살이나, 타살로 보기에도 모호했다. 행복해 보이는 표정도 상식적이지 않았다.

"본부장님, 아무래도 종교와 관련됐을 거란 생각이 드네요. 가장 성가신 수사가 될 가능성을 대비해야 할 것 같습니다."

배후가 종교라는 쪽으로 점점 무게가 실렸다. 특수본에서는 경기도 남한강과 북한강 주변 종교 시설 실태를 조사시켰다.

"차량 추적은 마무리되었소?"

"오후에 자료가 도착할 겁니다. 자료가 오면 보고서를 마무리해서 올리겠습니다."

"아 참! 혹시 예전에 있었던 사건 임산부 말이오. 태아성별이 뭐라고 했었소?"

문태준 본부장은 뭔가 떠올랐다는 표정으로 태아 성별을 물었다.

"아들입니다. 굳이 분류하자면 모자간 자살이자 타살이죠. 상식적이지는 않지만."

"우연일까요? 남녀 성별이 맞아떨어지는 건? 남자와 여자, 엄마와 아들…"

모자간의 자살은 흔치는 않지만, 생활을 비관하거나 정신질환이 있을 때 종종 있었다. 특히나 태아를 가진 산모의 경우는 음독하거나, 익사, 투신이 일반적이었다. 유독 그 임산부와 태아는 칼에 찔려 죽었다. 칼에 찔린 것인지 스스로 찌른 것인지는 여전히 의문으로 남아 있다. 자상의 각도가 두 경우 모두 가능한 각도였기 때문이었다.

"그리고 당분간 언론사 사스마리(경찰출입기자)엔 브리핑 하거나 취재에 응하지 말도록 하지."

문태준은 수사 정보 관리가 필요하다고 판단했다. 친절이 오보를 만들고, 수사에 방해되는 경우를 흔히 보아왔기 때문이었다.

김청수 경기남부경찰청장은 현세현 국정원장을 만났다. 현세현은 수사보고서를 유심히 살펴보았다.

김 청장은 시간이 지날수록 수사의 표적이 정철이 아니라는 생각이 들었다.

"원장님 국정원에서 변사 사건에 관심을 가지는 이유가 궁금합니다."

"김 청장, 엽기적인 연예인 사망 사건이지 않소. 속도를 좀 내야겠어요. 사회가 혼란스러운 건 좋지 않아요."

"정치적인 연관성이 깊다는 뜻이군요?"

"김 청장! 지금 내가 말씀드릴 수 있는 것은 사건이 제대로 해결되면 본청 청장으로 추천한다는 것뿐이오. 열심히 해주시고, 궁금한 건 차차 알게 될 거요."

김 청장의 눈빛이 반짝였다. 역시 정철 경찰청장과 관련된 무언가가 있다는 것으로 생각되었다. 김 청장은 그제야 뭔가 실마리가 보인다고 생각했다. 정철 청장은 직접 관여

됐든 누군가의 부탁이나 지시를 받았든 수사를 의도적으로
방해하려는 것이 분명했다. 국정원장은 단순히 변사 사건
만으로 수사하려는 것은 아닐 것이다. 연관된 무엇 그 시
작에 정철이 있으리라.

*

"우현 대변인, 오늘은 택시를 이용하는 게 어때요? 와인
이라도 한잔하시지요?"

퇴근 시간이 되자 민서린이 기다리고 있었다. 순간 우현
은 깜짝 놀랐다. 약속한 날이 오늘인지 잊고 있었다. 이미
두 번이나 연기했기에 더는 연기할 수가 없었다.

두 사람은 택시를 타고 강남을 향했다. 집이 혜화동이었
던 우현은 강남을 향하는 기분이 남달랐다.

"역시 강남은 강남입니다."

우현은 강남의 낯섦을 즐겼다.

"분위기가 다르긴 하지요."

"분위기도 그렇지만 역시 많이 막히네요."

우현이 웃자, 민서린도 웃었다.

"역시 우문현답! 한 방 맞았네요. 참! 별명이 우문현답
이신 건 아시지요?"

"아뇨? 못 들었는데요? 제 별명이 우문현답이라니 기분
은 좋은데요."

둘은 L빌딩 라운지에 올랐다. 우현 대변인은 선글라스를 썼다. 자신을 알아보는 사람을 피하기 위해서다. 예약해둔 좌석은 한강과 강북이 내려다보이는 곳이었다. 주문을 마치고 나자 저녁노을이 물들기 시작했다. 그 사이 땅거미는 L빌딩 밑동을 타고 꼭대기로 밀려 올라왔다.

"노을이 아름답네요. 인생도 저렇게 아름답게 마무리될까요?"

난데없이 흘러나온 인생론에 우현은 선글라스를 살짝 내려서 노을을 봤다.

"그렇네요. 정말 아름다운 노을이네요. 인생은 누구에게나 아름다워야 하지요. 하지만 마무리를 짓는 건 누구나 같진 않겠죠?"

"제가 식사를 하자 했을 때 이상하지 않았습니까?"

민서린도 우현의 생각이 궁금했다.

"급작스러운 제의라서 잠시 비틀했지요. 너무 티 났습니까?"

"그건 아니고요. 같은 직장 기간제 동료로서 서로 소통하고 지냈으면 해서 오늘 모셨습니다."

우현은 기간제라는 말이 귀에 꽂혔다. 대통령실이라는 권력에 취해 기간제 근무라는 걸 잠시 잊고 있었다. 민주주의의 권력에는 기한이라는 괴물이 있다는 것을 권력을 잡는 순간 잊어버린다. 그런 권력자의 말로는 늘 불행했다.

"기간도 제대로 정해지지 않은 기간제 동료긴 하군요."

쓸쓸해하는 우현을 보고 민서린이 제안을 했다.

"그럼 우리 기간이 먼저 끝나는 사람에게 밥을 사는 건 어떨까요? 위로도 할 겸…"

"나쁘진 않을 것 같네요. 만약 동시에 끝나면요?"

"음… 그럼. 한 번씩 사죠. 서로 위로도 하고."

"좋습니다."

민서린은 와인을 몇 모금 마셨다. 취기 때문이었을까. 자연스레 자신에 관해 이야기를 꺼냈다.

서울에서 태어났고 아버지는 판사여서 부유하게 산 편이었다. 초등학교를 들어가면서 운명적인 두 남자를 만났다. 한 사람은 전남편 다른 한 사람은 박한 대통령이었다. 전남편은 부친이 3선 국회의원이었다. 양가는 초등학교 어머니회를 통해 일찍부터 알았고, 자연스레 두 사람의 결혼은 반대 없이 성사되었다. 전남편은 멋쟁이였다. 대학에 다닐 때도 오픈카를 타고 다녔다. 여학생들에게 인기도 많았다. 그땐 멋있는 남자로 생각했는데 막상 결혼생활은 그렇지 않았다. 자상하다고 생각되었던 성격은 무책임하고 의존적인 성격이었다. 재력은 부모의 재력일 뿐이었다.

그러다 친정 부모가 보트사고로 세상을 뜨자 상황은 급반전되었다. 시집은 태도가 바뀌었고, 남편은 여전히 무책임한 소모적 인간일 뿐이었다. 뒤늦게 안 사실이지만 남편은 자유분방한 성격대로 빚과 여자를 끼고 살았다. 시집은

243

은근히 정신적 학대를 해왔다. 결국, 이혼으로 세상에 홀로 내버려졌다.

그리고 다시 만난 인연은 박한이었다. 박한은 시아버지의 지역구인 광진구에서 맞대결했다. 민서린은 대학 동기 추천으로 박한 캠프에 들어가게 되었고, 박한이 광진구에서 당선되었다. 자신을 버린 시집에 죽마고우인 박한의 칼을 빌려 복수한 셈이다. 박한이 대통령이 될 때도 마찬가지로 캠프에서 일했다. 결국, 박한의 연설비서관이 되었다. 그렇게 해피 엔딩이 될 것 같은 인생사도 늘 굴곡이 있기 마련이다. 미처 몰랐던 사실이 인생의 발목을 잡을 줄 몰랐다. 대통령실에 입성하자 자신의 정치적 멘토를 자처하던 정혁 비서실장이 언제부턴가 견제에 나섰다. 대통령 주변에 친한 여성 참모가 있다는 걸 참지 못했다. 자칫 자신의 꿈이 흔들릴 수도 있다고 생각한 것이다. 자신의 정치와 정세라에 큰 걸림돌이 된다고 판단한 정혁은 비밀 경로를 통해 민서린의 흠결을 찾기 시작했다.

"그래서 우현 대변인도 조심하셔야 할 겁니다. 특히나 지금은 딸 세라 문제까지 겹쳐있으니 공격이 간단치 않을 겁니다."

우현은 민서린이 이혼녀라는 사실에 놀랐다. 그런 비밀스런 이야기를 거리낌 없이 꺼내준 민서린이 놀라웠고, 고맙기도 했다.

"그런 일이 있었군요. 감사합니다만 그런데 이런 얘길

나에게 해주시는 이유라도?"

"서로 돕자는 거지요. 그것이 대통령을 위하는 것이기도 하고요. 우현 대변인 이야기도 들어보고 싶네요."

얼마 전부터 미행을 당하는 느낌을 받았던 우현이었다. 민서린의 말에 그 해답이 있을 법도 했다. 누군가가 자신을 지켜보고 있다는 것은 오싹한 일이었다. 미행이 사실이라면….

때마침 메인 스테이크가 나왔다. 둘은 싱크로나이즈 선수처럼 거의 비슷한 동작으로 스테이크에 와인을 마신다. 서로 그 모습을 보고 웃는다.

우현도 이야기를 시작했다.

우현은 부산에서 늦둥이로 태어났다. 어릴 때부터 영화광이었던 그녀는 서울 최고의 명문 한국대학 미학과를 나왔지만, 결국 배우의 길로 들어섰다. 각오는 했지만, 배우의 길은 만만치 않았다. 오디션에 합격해도 실제 출연하지 못하는 경우도 허다했다. 대부분 대사 한마디 없는 몸 배우 역할이 고작이었다. 생활고는 그림자처럼 따라다녔고 아르바이트는 톱니바퀴처럼 정확하게 돌아갔다. 뒤늦게 찾아온 기회는 굴욕적이었다. 여배우가 하기 힘든 역할이 돌고 돌아 자신에게 오게 된 것이었다. 작품성은 있어 보이지만 흥행성은 찾아볼 수 없는 작품들이었다. 삭발, 누더기, 거친 욕설, 매춘… 그보다 더 가장 힘들었던 것은 꾀죄죄하거나 짙은 분장으로 배우의 얼굴을 알릴 수 없다는 것이었다. 그래도 기회라고 생각했다. 욕이라도 대사 있는 배우가 돼야 한다고 스스로 최면을 걸었다. 예상한 대로 흥행에는 참패했다. 흥행참패 속에서도 그녀에게 최면이 걸린 한 사람이 있었다. 그는 영화감독이자 시나리오 작가인 이병헌이었다. 그녀의 진가를 알아본 이 감독이 영화 작업을 함께하게 되면서 얼굴이 알려졌다. 존재감도 날로 커졌다. 그녀가 박한 대통령 후보 캠프로 간 것은 그때였다. 이 감독은 아쉬워했지만, 다시 돌아올 것을 약속하고 정치로 나선 것이다.

"명문대학 미학과를 나와서 그런 연기를 하기 쉽지 않았을 텐데 대단한 열망입니다."

"비서관님은 소설가이자 시인으로서 명성만 생각했지 그런 아픔이 있었는지는 몰랐습니다. 다들 대통령의 동창으로서 부러워했었는데 말 못 할 비하인드 스토리가 있었군요."

"그러니까 정혁 실장을 조심하세요. 정세라도 조심하고요. 곧 비수를 들이댈 겁니다."

"정세라가 메스를 사람 살리는 수술이 아닌 비수로 쓴다니 아이러니하군요."

우현은 스테이크를 썰던 나이프를 치켜들며 호러 영화배우처럼 섬뜩한 표정을 지었다. 민서린은 순간 놀란 듯 눈이 커지다 재미있다고 깔깔대며 웃는다.

나이프를 든 우현의 모습이 라운지 유리창에 고스란히

비쳤다. 공포영화의 영화 포스터 스틸 같았다.

*

L빌딩 101층으로 여자가 들어왔다. 민서린이었다. 창
가에서 휴대폰을 만지작거리던 남자가 등 뒤로 왁킹 동작
처럼 빠르게 손을 들어 인기척을 냈다.

"갔어?"

"예. 갔어요. 택시 타고 강북으로… 샤워할게요. 마스터."

"아! 아니 이리로 와."

민서린이 다가가자 남자는 여자의 팔을 당겨 끌어안았
다. 그리고는 한동안 가만히 있었다. 민서린에게서 우현의
흔적을 채취했다. 남자의 다음 타깃은 우현이었다. 한동안
남자의 타깃은 민서린이었다. 그리고 정세라이기도 했다.

그는 대통령의 여인이 될 여자만을 공략했다. 남자는 얼
마 전까지 민서린을 강력한 영부인 후보로 생각했었다.

영부인을 내 여자로 만들려는 남자의 꿈은 위험하고 무
모해 보이기도 했다. 그 무모한 꿈속으로 민서린이 홀린
듯 빨려들어 갔다. 여자를 거부할 수 없게 만드는 힘. 그리
고 한번 잡힌 대상을 철저하게 복속시키는 치밀함도 가지
고 있었다.

"그만."

민서린의 입술이 남자의 목덜미에 닿자 남자는 거부한

다. 거부라기보다는 명령에 가깝다.

"왜 요즘은 별다른 이야기가 없지?"

"무슨 얘기요?"

"대통령실의 대통령 그리고 그의 여자 이야기가 없는 거지? 질투심인가?"

"쿠쿠마스터 왜 그렇게 민감하게 생각하세요. 별스러운 일이 없는 걸 어떡해요?"

남자는 거짓말 탐지기라도 장착한 듯 민서린을 뚫어져라 바라봤다.

"준비해."

남자는 민서린이 가져 온 탁자 위 컵 두 개를 가리켰다.

"제대로 채워 놨겠지?"

"얼음물과 뜨거운 물 모두 준비해뒀어요."

"뭐부터 시작할까? 뜨거운 것?"

남자는 뜨거운 물을 입안에 채웠다. 그리고 민서린의 목에 입을 댔다. 피부를 뚫고 뜨거운 욕망이 스며들었다. 순간 희열이 퍼져나갔다. 남자의 뜨거움은 가슴으로 타고 내려갔다.

쿠쿠마스터! 민서린은 남자를 만나면서 이혼의 아픔을 지우기 시작했다. 그와 함께 있을 때면 초월적 몽환 세계에 빠져들었다. 그러다 어느 날 문득 현실을 인식했다. 자신도 모르게 돌아갈 수 없는 강을 건너왔다는 걸 알아차렸다. 강남으로 그를 만나러 건너올 때부터 남자를 소유하려는 욕망은 움트고 있었다. 버림받음과 지독한 외로움 앞에 커다란 품이 되어 나타난 남자. 그 품에 안기면 평온했다. 남자는 능력자였다. 따사로운 말, 포근한 가슴, 지겨울 겨를이 없는 변화무쌍함. 그는 특이한 섹스관과 능력을 갖췄다. 천부적일지도 모른다. 민서린은 그가 로맨틱한 카사노바로 시작해서 러시아 황실을 현혹한 요승 라스푸틴의 능력까지 갖췄다고 생각했다.

민서린은 어느 순간 자신이 거미줄에 걸린 나비라는 걸 알아챘다. 체액에 영혼마저 흡입해버리는 거미 같은 존재 쿠쿠마스터. 처음엔 그가 대통령실 여자를 노리는 줄로만 알았다. 그것도 아니었다. 대통령과 관계있는 여자만 노렸다. 영부인이 될지 모르는 여자만 노리는 데에는 그만한 이유가 있을 것이다. 남자는 그 이유를 말하지도 않았고, 묻지도 못하게 했다. 새로운 가능성을 두고 정세라와 우현과도 함께하려는 의도가 분명해 보였다. 정확히 말하자면 가능성 있는 모든 여자에게 치명적인 그루밍 촉수를 쏠 준비를 하고 있었다. 촉수에 쏘인 여자는 도취되어 아바타처럼 움직일 것이다. 민서린은 어렴풋이 '여불위'를 떠올렸다.

갑자기 차가운 얼음이 젖꼭지에 닿았다. '하앗'

*

아침 뉴스에 대통령의 결혼 상대 적합도 조사 기사가 뜨면서 대통령실이 뒤숭숭해졌다.

"누가 이런 짓을 한단 말이야! 출처를 밝혀서 처벌해야지. 이런 불경스러운 일이 있나?"

정혁 비서실장은 대통령의 여인 기사에 잔뜩 흥분했다.

복도에서 만난 박강희 홍보수석이 맞장구를 쳤다.

"그러게 말입니다. 대통령께 보고는 하셨습니까?"

"아! 아직입니다. 내가… 아니 같이 보고하러 갑시다. 박 수석."

두 사람은 대통령 집무실로 향했다. 분을 삭이지 못하고 씩씩거리는 비서실장을 본 박한은 자리에 앉으라 권했다.

"두 분께서 어쩐 일이십니까?"

"대통령님 보셨습니까?"

"제 결혼 문제로 나라가 온통 시끄럽다면서요?"

박한은 느긋한 표정이었다. 마치 나라가 시끄러운 걸 즐기기라고 하는 사람 같았다. 박한은 늘 하던 대로 차를 한 잔 씩 권했다.

"모바일 득표율이 시시각각 변한다고 하던데 너무 신경 쓰지 마세요. 제 잘못 아닙니까? 제가 처신을 잘했으면 이런 투표도 없었을 거고요. 그래도 대통령 하야 찬반투표가 아니라서 천만다행입니다."

정혁 실장은 하야 운운하는 대통령 앞에서 자신이 너무 흥분한 게 아닌가 생각했다. 세라의 아비로서 민감한 반응을 보일 수는 있지만 지나쳐서 좋을 건 없다고 판단했다.

사건은 지난 새벽에 일어났다. 어떤 사이트에서 '대한민국 영부인 추천'이라는 계정을 만들었다. 사이트는 외국의 것으로 추적됐다. 참여 방법은 직접 후보를 추천하여 투표하는 방식과 기존 후보를 선택하는 방법이었다. 최초로 사이트에서 내놓은 후보는 다소 충격적이었다. 대통령실에서 벌어지고 있는 일을 잘 알고 있는 자의 작품으로 보였다. 후보는 오나리, 정세라, 민서린, 우현, 크세니아, 슈코… 사이트에는 순식간에 투표가 시작되었고 실시간 조회 수가 급상승하면서 광고가 붙기 시작했다.

순서 프리미엄인지 실시간 1·2위는 오나리와 정세라가 차지했다. 그렇게 순식간에 한국의 출근 시간을 깜짝 뒤흔들었던 실시간 투표는 정보기관의 긴급 블로킹으로 정지되었다.

"대통령님, 범인을 잡아야 하지 않겠습니까?"

"그만둡시다. 우리에겐 더 큰 문제가 있지 않습니까. 다만 관련국들이 어떻게 생각할지는 관심을 가지고 봐야겠습니다."

예상대로 반응이 들어오고 있었다. 러시아와 일본의 반응이다. 러시아는 가십 정도로 생각했다. 일본은 달랐다. 극우를 중심으로 심각하게 받아들였다. 일본의 천황이 될

지도 모를 슈코 공주를 거론한 것은 불경하다는 반응이다. 화족[13]도 아닌 한국의 신출내기 대통령의 신부감 운운하는 것이 불쾌하다는 뜻이었다. 가문도 제대로 없는 젊은이가 대통령이 되었다고 해서 일본의 오랜 역사와 전통 권위를 갖춘 황실과의 혼인을 넘보는 것은 격에 맞지 않는다는 것이다. 그런가 하면 한국과의 선린우호 관계의 새 장을 열기 위해서는 나쁘지 않은 생각이라는 주장도 조심스레 흘러나왔다.

*

김청수 경기남부경찰청장은 문태준 본부장을 불렀다. 수사 진척이 더디기도 했지만, 정철 청장 쪽에서 냄새를 맡기라도 할까 염려스러웠다. 경찰 내부에 광범위하게 퍼져서 요직을 차지하고 있는 정철 패밀리의 눈을 피하는 것은 녹록지 않았다.

"문 본부장! 미사리건 속도를 내야겠소!"

김청수 청장의 목소리에는 조급함이 배어 있었다.

"예. 그러겠습니다."

---

13) 화족(華族, 카조쿠): 메이지 2년 1869년부터 1947년까지 존재했던 일본 제국 귀족계급을 하사받은 사람들을 말한다. 당시 화족들은 정부로부터 백작, 자작 등의 서양식 귀족계급을 받았다.

김 청장은 문 본부장을 물끄러미 바라봤다.

"좀 나온 게 있소?"

"미사리 건과 두물머리 건, 또 하나는 가수 가을 건 모두 공통점이 있습니다…"

공통점이 있다는 것은 동일범일 가능성이 크다는 것이다. 동일범이라면 어딘가에 단서를 남겼을 가능성이 크다는 것을 의미했다. 공통점은 여자 셋 모두 연예 활동을 하던 사람들이었고, 큰 인기는 얻지 못했다. 같이 죽은 남자 중 둘은 매니저였고, 하나는 태아였다.

"공교롭게도 남녀가 함께 죽었습니다. 심지어는 태아까지도. 물론 우연일 수도 있기는 합니다만…."

그녀들이 몸담았던 기획사는 각자 달랐다. 우선 밝혀진 것은 로리타의 가을은 하이소사이어티, 두물머리 배우 구라희는 카멜레온, 가수 하나림은 블루루프라는 기획사 소속으로 서로 겹치는 기획사는 없었다. 다만 기획사를 여기저기 옮기는 경우도 많아 계속 탐문 중이다.

"그래 본부장이 직접 챙겨봐! 요즘 여론이 좋지 않아, 가능하면 조기에 종결해야 하오."

"여론? 그 이상한 소문 말입니까?"

김 청장이 여론을 걱정하자 문 본부장은 이상한 소문을 들먹였다.

"이상한 소문? 들은 게 있으면 말해보게."

"옛날 사이비 종교에서 나올법한 이야기가 떠도는 모양

이던데요."

종교라는 말에 김 청장은 귀가 쫑긋했다. 애초부터 종교 관련성을 염두에 둔 사건인 터라 관심이 쏠렸다.

"그럼 우리 정보국에서 보고를 왜 안 했지?"

"아직 보고할 만큼의 사안은 아니라고 판단했겠지요."

김 청장은 소문을 듣고는 의아했다. 사이비 종교는 대중의 불안 심리를 파고든다. 힘들고 어려운 현실을 벗어나기 위해 종교에 빠져드는 것이 일반적이다. 그런데 보고에 따르면 소문은 무성한데 실체가 없다. 종교를 퍼뜨리고 모이는 장소가 없다는 것이다. 이상세계를 가려면 어딘가에 있어야 할 종교 시설이나 집합 장소도 없이 소문만 무성했다.

"과거 증거장막도 과천이라는 곳에 모여서 하늘로 간다고 했고, 휴거도 교회라는 특정 장소에 모여야 하늘로 간다고 했는데, 모이는 곳도 신도도 불확실하다면 거참! 알수 없군. 그러니까 소문이겠지."

"그래서 정보국에서 보고를 안 했는지도 모르겠군요."

김청수 청장은 현세현 국정원장에게 떠도는 소문에 대해 알렸다. 실체는 아직 알지 못했지만, 무언가 점점 진실에 다가가고 있다는 느낌이었다.

"원장님! 이상하지 않습니까? 신도를 모으고 교세를 늘리는 것이 일반적인 종교의 움직임인데 어느 것도 갖추고 있다는 증거가 없으니까요?"

"그렇긴 합니다. 사이비 종교가 판칠 정도의 사회적 혼

254

란이 온 것도 아닌데, 어떤 세력이 의도적으로 불안 심리를 부추기는 소문을 낸다? 글쎄요."

현 원장은 김 청장에게 소문의 진원을 파악해 보라고 했다. 국정원은 국정원대로 소문을 추적하기로 했다. 양측의 정보가 크로스 되는 어디쯤엔가 답이 있을지 몰랐다.

*

D-188일, 이제 6개월 남짓 남았다.

'정녕 무력 충돌 말고는 답이 없는 것일까?'

해를 넘기면서 조급함이 일었다. 박한은 집무실 탁상에 올려놓은 D-데이 달력을 유심히 봤다. 문득 외로움과 함께 두려움이 몰려왔다. 퇴로가 없는 좁다란 골목에 서 있다. 그 끝에 외나무다리가 있다. 위기감은 점점 목을 조여 왔다. 이따금 악몽을 꾸기도 했다. 여론도 조금씩 대통령의 JDZ 공약 이행 의지를 의심하기 시작했다. 박한은 특단의 조치를 마련할 수밖에 없었다.

일본은 한일대륙붕협정 31조 3항에 따라 만료 3년 전인 2025년에 JDZ 협약 만료 통보를 이미 해왔다. 한국이 일본에 통보한 협약 50년 연장과 배치되었다. 박한은 국제해양법재판소에 계속 제소를 하는 동시에 국제적인 매체를 통해 대대적으로 일본의 회피를 지적하는 선전전을 펼쳐왔다. 목적은 일본을 압박할 사전 포석이었다. 상황 개선이 되지 않으면 군사적인 충돌도 불사한다는 압박 카드도 준비했다.

박한의 반짝이던 능력과 인기는 빛이 잃어갔다. 장래는 점점 어둡게 다가왔다. 그러던 가운데 정동진클럽에서 한 가닥 빛을 안겼다. 처음엔 황당한 이야기로 치부해버렸었던 건이었다. 정상 국가가 확인되지 않은 이야기에 관심을 가지는 것 자체가 정치적 불륜일 수도 있었다.

박한은 마음이 급해서였을까. 솔깃했다. 신봉기 해수부 장관을 불렀다. 신봉기 장관은 '황당할지는 모르겠지만'이라는 전제를 달았다.

"제가 3년 전 해수부에 해양정책실 실장으로 있을 때였습니다. 투발루에 해안방재사업 지원 차 파견되었다가 돌아온 해양개발과장이 이런 말을 하더군요."

신 장관은 파견 과장의 말을 전했다. 태평양 키리바시에 인공적으로 '섬을 만드는' 사업가가 있다는 것이었다. 그는 인공섬을 만드는 원천기술을 가지고 키리바시로 왔다. 그가 오자 위기에 빠진 태평양과 인도양의 수몰위험국들은 그를 메시아처럼 생각하기 시작했다. 그리고 확실한 건 그가 만든다는 섬은 토목공사에 의해 섬을 만드는 것이 아니었다. 섬은 해저지각으로부터 융기시킨다고 들었다는 것이다.

"그 사업가를 만나보고 싶습니다. 자리를 만들어 보세요."

박한은 신 장관이 했던 말을 허투루 듣질 않았다. 황당한 일이기는 하지만 시도를 할 수도 있다고 생각했다. 다만 그 모양새가 무책임한 굿판으로 보여선, 안된다고 판단했다. 이도 저도 안 되어서 던지는 카드가 아니라 제대로 부딪쳐보고 싶었다.

'바다에 섬을 만들어 주는 원천기술을 가진 사업가'라는 것이 존재 가능할지 의문스럽기는 했다. 우선 검토부터 해보고 판단할 문제였다. 만약에 6월 22일이 되기 전에 JDZ 한가운데 섬을 만들 수만 있다면, 그리고 기습 점령을 한다면, JDZ를 한국의 영토로 만들 확실한 기회가 된다. 단, 바다 한가운데 섬을 불쑥 만들어 놓는 것이 과연 가능한 일인가였다.

9

하렘의 여인

JJ방송 사장실에서 큰소리가 흘러나왔다.

"이걸 만든다고, 제작비도 안 나오는걸! 왜 이래. 김 본부장! 이걸 누가 본다고! 좀 솔깃한 것 좀 만들어봐! 무슨 자선사업도 아니고, 그만두고 싶어? 아니면 때려치우든가!"

제철주 사장은 디스 랩을 하듯 김동조 본부장을 격하게 몰아붙였다.

"그래도 요즘 트렌드가 그렇습니다."

"참 가지가지 하십니다. 김 동 조 본부장님!"

비서실은 잔뜩 움츠리고 있었다. 모르는 척 일하고 있었지만, 마음속으로는 김 본부장이 나올 타이밍을 재고 있었다. 다음 불똥은 비서실이었기 때문이었다.

사장실 문이 벌컥 열린다.

김 본부장이 붉으락푸르락해서는 밖을 나왔다.

이어서 제 사장의 목소리가 들렸다.

"김 비서! 경나리 작가에게 점심 약속 내일로 땡길 수 있는지 확인해봐! 내가 직접 나서야지 되는 일이 없어, 제기랄!"

제 사장은 경영에 어려움을 겪고 있었다. 광고수익은 줄고 마땅한 콘텐츠를 찾질 못해 사세마저 내리막이었다. 제 사장은 사장 나름대로 모기업 회장의 등쌀에 하루하루가 쉽지 않았다. 제 사장은 스트레스를 비서실에 고스란히 토해냈다. 그 횡포에 비하면 비서실 직원들은 잘도 버티는 편이다.

"사장님! 경 작가가 내일 가능하다고 합니다."

"그래, 그럼 내일로 잡아주고, 장소는 시청 앞 프라자호텔로 해주지."

"예, 사장님. 12시로 잡아 두겠습니다."

"그래, 아! 그리고 미스 유 잠깐 들어오라고 해."

밖에서 흘러나오는 대화를 듣던 미스 유의 표정이 일그러졌다. 제 사장의 거친 언사와 손버릇은 벌써 여러 명의 비서를 갈아 치웠다. 미스 유도 회사를 그만둘까 고민했지만, 당장 돈을 벌지 않으면 안 되었다. 제 사장은 그 점을 교묘하게 파고들었다. 형편이 어려운 비서를 뽑아 월급은 적게 용돈을 많이 주는 독특한 방식으로 여비서들을 길들였다.

*

제 사장이 프라자호텔에 들어섰다. 경나리가 먼저 나와 있었다.

"경 작가 먼저 나오셨군. 내가 늦은 건가?"

경나리는 보이시한 복장에 화장기 없는 모습이었다. 제 사장의 여자를 보는 끈적한 눈빛이 싫었던 것이다.

"아뇨, 아직도 12시 되기 전입니다. 사장님께서 저보다는 시간을 정확히 지키신 겁니다."

제 사장은 경나리를 슴벅 훑어봤다. 제대로 차려입고 화장하면 배우를 해도 될 얼굴인데 쟨 왜 저래? 하는 표정이다.

"자 앉지. 내가 그래도 업계 선배라고 먼저 연락해줘서 고마워. 설마 두 번째는 아니겠지?"

의심병은 여전했다.

"그럴 리가요. 후배라고 관심 가져 주셔서 감사합니다."

경나리도 건성건성 인사치레했다.

"그나저나 요즘 작품이 뜸하던데, 좋은 작품 쓴다고 두문불출한 모양이지?"

"그냥 도를 닦았어요. 백조 생활하다 이제 활동할까 해서요."

까탈스런 제 사장과 거리를 둘 요량으로 경나리는 말을 툭툭 던졌다.

"그래서 말인데, 좋은 아이템이란 게 뭔가?"

"너무 급하세요. 천천히 말씀 나누지요."

"밀당하지 말고 풀어봐, 물건이 좋으면 가격은 충분히 쳐줄 거니까."

경나리는 박한 대통령의 결혼을 아이템으로 드라마와 시사 기획을 동시에 할 것을 제안했다. 대통령의 결혼 이야기를 기본 틀로 드라마를 만들고, 시청자의 반응에 따라 스토리를 만들어 가는 것이다. 이와 함께 시사 기획으로 대통령 주변의 여자들을 추적하는 프로그램을 방영하는 아이템이다. 그렇지 않아도 얼마 전 모바일을 뜨겁게 달구었었던 대통령 신부감 투표 사건으로 국민들의 관심이 잔뜩 올라있는 터여서 콘텐츠가 솔깃했다.

"그래! 그래 바로 그거야. 우리 JJ가 한방에 수직상승할 수 있는 절묘한 신의 한 수일세. 아니 '경나리의 한 수'가 어울리겠어!"

크게 웃는 그를 보며, 경나리는 목적을 위해서는 앞뒤 가리지 않는 제 사장을 경계했다.

"다만, 정치적인 문제가 생길 수 있는 부분이 있으니 잘 조절하셔야 할 겁니다."

제 사장은 여전했다.

"무슨 소리! 우리 JJ 존재감을 올리려면 툭툭 튀어야 해. 쟤들 뭐야? 할 정도로 말일세, 그런 차원에서 최적 아이템이라 판단하네. 그리고 가격은 서운하지 않게 제시할 거고, 그러니 타 방송에 넘길 생각은 말고."

"그럼 모레까지 기다리겠습니다. 참! 조건이 있습니다. 콘텐츠 제공자는 비밀로 해야 합니다. 계약서에도 콘텐츠 제공자를 밝히지 않는다는 조항을 넣을 겁니다. 그리고 더는 시간을 드릴 수는 없습니다. 모레까지입니다. 모레!"

JJ방송 신작 제작 회의에서는 여전히 결론을 내지 못했다. 김 본부장은 도끼눈을 해서 제작진을 닦달했다. 제 사장을 욕했지만, 자신도 배운 그대로 그 짓을 반복했다.

"그러니까 제작 기획 보고서를 올리라니까? 서둘러! 스폰서하고 광고주를 잡으려면 빠르게 움직여야 해. 그리고 총무팀은 고문 변호사에게 연락해서 대통령실과의 법률 검토해서 보고서에 첨부하고 알았지! 그리고 서브 작가 외주 섭외 시작하고."

"서브 작가와 배우는 어떤 등급으로 할까요?"

"싼데 알아봐! 얼굴 알리고 이름 알리고 싶어 안달 난 애들 있잖아. 저비용에도 투지! 열정! 노출! 이런 거 예술 정신이 넘치는 애들 말이야. 서둘러 그러다가 대통령 장가라도 가면 드라마고 기획이고 날 샌다. 날새!"

회의에 참석한 직원들이 킥킥대며 웃었다. 말은 맞는데 웃긴 것도 어쩔 수가 없었다. '장가가면 날 샌다.'라는 표현에 팽팽하던 회의실 긴장감은 자동차 강화유리 으스러지듯 와르르 무너졌다.

JJ 제 사장이 이번 작품에 몰두하고 집착하는 데에는 더 큰 그림이 있었다. 드라마 방영을 계기로 정치계에 발을 들여놓을 심산이다. 대통령실에서 수위를 놓고 협상해올 가능성도 염두에 두었다. 시청자의 주목을 받으면 모기업 대표는 고수익에 쾌재를 부르겠지만, 제 사장 나름의 탄탄대로가 열리는 것이다. 제 사장은 마음속으로 드라마 제목을 정했다. 그가 생각한 가 제목은 '그의 여자들'이었다.

제 사장은 문득 경나리가 왜 다른 방송을 젖혀두고 JJ방송을 찾아 왔는지 의문이 들었다. 자본력이 튼튼한 경쟁사 미래방송과도 접촉이 있지 않았을까? 이틀의 여유를 줬다는 건 여차하면 그곳으로 넘길 생각이겠지? 시놉시스나 원작을 경나리에게 바랄 것이 아니라 직접 써보는 건 어떨까? 이미 경나리가 대화를 녹음해놨겠지? 그것도 시끄러우면 노이즈 마케팅은 되겠지만 득이 된다고 확신할 수 없다. 한편으로 제 사장은 경나리의 능력에 의구심을 가졌다. 그동안 눈물이나 짜내는 막장 멜로 전문 작가였다. 그런 그가 대통령실을 상대로 한 드라마와 시사프로그램을 만들 만큼은 아니라고 생각했다. 누군가 숨은 기획자가 있을 것이란 생각이 들었다. 어쨌든 대어를 놓칠 수는 없다. 경나리는 원작자에 관한 비밀조항을 넣겠다지만, 기획자가 누군지는 시간이 지나면 알 수 있을 것이다.

경나리가 JJ방송에 조건을 제시했다.

"기본 원고료 15억에 시청률 3%부터 런닝개런티로 계산합시다."

제 사장은 깜짝 놀라는 시늉을 했다.

"15억이면 너무 센데, 조정 좀 해."

경나리는 직접 협상하는 것을 다행으로 알라는 뜻을 내비쳤다. 협상의 달인인 대행사가 개입하면 금액은 커진다. 대행료를 떼면 서로 간에 득이 될 게 없다는 뜻이다.

"선배님. 저도 부담이 많은 작업입니다. 15억 원에 JJ와 선배님의 미래를 포기하시렵니까?"

제 사장은 읍소형으로 나왔다.

"워낙 회사 사정이 좋지 않아서 그렇지."

"그래서 일시불이 아니라 런닝개런티로 조정했지 않습니까? 여기서 더 조정하실 생각이라면 제 작품이 별로라고 판단하신 거로 알고 이만 접죠."

경나리가 배팅하려 하자 제 사장은 살짝 흥분했다.

"어허! 이 사람 하루만 좀 기다려 주게, 나도 보고해야 할 곳이 있지 않은가?"

*

경나리가 콘텐츠 납품 거래가 있었던 미래방송사에 나타났다. 미적거리는 제 사장 압박용이기도 했다. 여차하면 콘텐츠를 미래방송으로 넘길 생각이었다.

미래방송 이광민 본부장은 신중하게 작품에 접근했다.

"'하렘의 여인' 제목에서 히트 느낌은 분명 있는데… 그런데 너무 셀 것 같은데?"

"그런다고 가격을 내리진 못합니다. 선택은 빨리하셔야 합니다. 지금이라도 타 방송에서 연락 오면 그걸로 협상 끝입니다."

"제목부터 너무 선정적이잖아. 확인도 어려운 걸 다루려면 날카로운 대통령실 담장 위를 곡예 하듯 넘나들어야 하는데 너무 한쪽으로 넘어갔어. '대통령에 숨겨진 여인이 있다.'라는 것에 당장 문제를 제기하면 책임은 누가 지냐고? 개인방송도 아니고 말이야. 엄한 방송국 쑥대밭 만들고 싶지는 않아."

"본부장님, 요즘 친여 성향이시네요. 용산에서 콜 사인이라도 받으셨던 것 같아요. 차기 대변인 정도로."

"경 작가, 제발 그렇게 좀 만들어 주시오. 나도 이 짓거리 털어버리게."

경나리는 JJ의 제 사장을 빗댔다.

"참 딱하기도 하십니다. 이 콘텐츠가 용산으로 갈 수 있는 프리패스 카드가 될지도 모른다는 생각 안 해보신 모양입니다."

경나리의 말이 솔깃하긴 했다. 이 본부장은 잠깐 흔들렸던 마음을 다잡고 정중히 거절했다.

"아무리 창작이라고는 하지만 그래도 증거가 확실하든

지, 아니면 근거라도 명확하든지 해야지 이걸 어떻게 케이
블도 아니고 공중파 방송으로 쏘냐고? 원작자도 누군지 모
르게 한다며?"

"그럼 타방으로 갑니다. 나중에 딴소리하면 안 됩니
다."

"어딜 가실 건데?"

"미래방송이 안 되면 JJ방송에 가야죠."

"'제일좋아방송' 거긴 좋아하겠지. 자극적인 맛에 중독
된 곳이니까. 요즘 친일 프로그램을 많이 다뤄서 '재팬좋
아방송'이라고 놀리기도 하긴 하드만."

경나리는 방송국을 빠져나왔다. 거래는 다시 원점으로
돌아갔다. 교활한 제 사장이 먼저 미래방송에 손을 써 놨
는지도 모를 일이다. 이 본부장에게는 솔깃한 콘텐츠였을
터였다. 그렇게 쉽게 포기하는 걸 보면 그럴 수도 있다고
생각했다.

'젠장 결국은 JJ하고 거래해야 하나. 12억에 러닝개런
티, 헐값이지만 시청률에 기대를 걸어봐야지 별수 있겠어.
없는 년이 버텨봐야 배만 곯지.'

경나리는 미래방송에서 나왔다. JJ방송으로 가기 위해
차를 타려는데 전화가 왔다. 모르는 번호다. 전화를 받지
않고 끊어 버리자 전화는 다시 걸려왔다.

"경나리 작가 되시지요?"

바리톤 발성의 젊은 남자 목소리였다. 살짝 관심이 생겼다.

"그렇습니다만. 누구시죠?"

"경나리 작가님 작품에 관심이 있어서 전화 드렸습니다. 전 이곤이라고 합니다."

이곤이라고는 이름은 기억에 없었다.

"이곤? …그런데 제 전화번호는 어떻게 아셨습니까?"

"불쾌했다면 사과드립니다. 워낙 유명 작가셔서 번호를 아는 건 어렵지 않았습니다."

유명 작가 표현에 마음이 누그러졌다. 이곤이란 남자는 면식은 없었지만, 느낌이 훈훈했다. 남자의 목소리와 태도에 관심이 생겼다. 좀 더 큰 거래가 될 것 같은 생각도 들었다. 작품의 가치를 높이 평가한다면 누구와 거래하더라도 상관없다고 생각했다.

*

S요원이 경나리를 추적하고 있었다. 경나리의 움직임이 박한의 추문과 비슷하게 시작되었기 때문이었다. 박한의 추문은 사생활과 연관되었다. 박한이 밤이면 은밀하게 대통령실을 빠져나간다는 것이었다. 그리고 묘령의 여자들과 밤을 지새운다는 것이다. 소문은 날개를 달게 마련이다. 날개를 펼치기 전에 관리되어야 한다. 비슷한 소문이 이미

한번 돈 적이 있었지만, 윤색 버전이 또다시 돌기 시작한 것이다.

"김 처장님, 소문의 출처가 어딜까요?"

현세현 원장은 걱정스러운 얼굴로 김철 처장을 바라봤다.

"글쎄 말입니다. 이른바 작가적 시점에서 만들어 낸 창작이라고 하기에는 너무 생생하지 않습니까?"

김철 처장도 상대가 예사롭지 않다고 느꼈다.

"대통령의 사생활도 국가 기밀입니다. 사생활이 부풀려서 세간에 떠도는 것은 좋지 않습니다."

"미혼 대통령의 연애야 문제 될 게 없지만…"

김철 처장은 말을 흐렸다.

"여자관계가 난잡하다는 식으로 소문이 났다면 자칫 문제 클 수 있습니다."

현세현 원장의 생각은 미사리에 가 있었다. 미사리 변사 사건이 자칫 연예인과 정치인 프레임으로 흘러가면 복잡해진다. 지난 두물머리 변사 사건은 전 정권의 사건이었지만, 미사리 사건은 이미 박한 대통령과의 연관 흥문이 되어 돌고 있었다.

"화살이 현 정부의 실력자나 대통령을 향하고 있어요. 사건 해결을 빨리하지 않으면 권력자의 조직적인 은폐설이 나오지 않는다는 법이 없습니다."

현세현의 우려는 현실적이었다. 김철은 한숨을 내쉰다.

답답하지만 마땅한 방법이 없다. 그렇다고 옛날처럼 대충 한 놈 죄를 만들어 감방에 넣을 수도 없는 일이다.

"허어, 문제로군요. 어찌하면 좋겠습니까?"

잊을 만하면 생산되는 루머를 잠재우는 가장 확실한 방법은 하나뿐이었다.

"결혼을 빨리하는 것이 가장 확실한 방법이긴 한데…"

현세현의 말에 김철은 허탈한 듯 대꾸했다.

"그렇다고 소문이 안 좋으니 어서 결혼하셔야 합니다. 이렇게 할 수도 없질 않습니까?"

"그건 그렇지요. 그나저나 처장님 보시기에 마음에 둔 사람은 있어 보입디까?"

"글쎄요…"

김철은 잠깐 생각에 잠겼다. 그 누구보다도 박한을 잘 아는 그였다. 가장 오랜 시간 밀착 경호를 하는 유일한 사람이다. 본의 아니게 대통령의 사생활을 알게 되기도 하고, 본만큼 비밀도 지켜야 했다. 그런 김철도 확신할 수 없기는 매한가지였다. 대통령의 여자 중에 가장 두드러진 사람은 누구일까?

*

경나리는 제 사장과 만날 때와 달리 섹시한 원피스에 빨간 하이힐을 신고 나타났다. 호텔 로비는 한산했다. '또각

269

또각' 그녀가 라운지로 들어서자 창가 쪽에서 이곤이 일어나 목례를 했다. 경나리를 기다리는 남자는 생각보다도 훨씬 젊고 훤칠했다.

"작가님 안녕하세요. 이곤이라고 합니다."

경나리는 명함을 받아들고 슬쩍 훑었다. 그리고는 주섬주섬 자기 명함을 꺼내 건넨다.

"경나리라고 합니다."

"'벌레구멍'이란 작품 재미있게 봤었습니다."

경나리는 목례로 고맙다는 뜻을 표하며 살짝 웃었다. 이곤의 외모가 회사원 같기도 했고, 배우 같기도 했다. 어쩌면 회사를 때려치우고 배우가 되려는 젊은 남자일지도 모른다고 생각했다.

"JS그룹 과장님이시군요. 근데 저는 어찌 보자고 하셨는지요?"

눈빛이 살아있는 스마트한 청년. 아직 어렸지만, 그룹 과장급이라는 사실에 관심이 생겼다. 살짝 긴장을 조이듯 무릎을 붙이고 척추를 곧추세웠다.

"사실 저의 의뢰인께서 경 작가님의 정보력을 높이 사고 있습니다."

"의뢰인이라 하면 어떤 분이시죠?"

"그건 말씀드릴 수 없습니다. 다만 작가님의 정보를 얻고 싶습니다. 작가님의 정보를 다른 곳에 유출하거나 팔거나 하지는 않을 겁니다."

"그걸 어떻게 믿게 해주실 겁니까?"

"저희 JS그룹을 어떻게 알고 계시는지는 모르겠지만, 저희 의뢰인께서 책임을 지실 겁니다. 저희 그룹은 국내보다 국외에서 활동이 많다 보니 국내 인지도는 떨어질지 모르지만 책임지지 못할 말을 함부로 할 정도 그룹은 아닙니다."

의뢰인은 JS그룹의 고위직으로 판단되었다.

"그럼 궁금하신 것이 무엇입니까?"

"용산 여주인 얘기입니다. 물론 작가님 전문분야이기도 하지요."

경나리는 야릇한 웃음을 흘렸다.

"그런데요?"

"최근 주변의 여성 편력에 대해 취재하신 것이 있다고 들었습니다. 정리되신 자료가 있으면 받고 싶습니다. 그리고 업그레이드될 때마다 연락을 주셨으면 합니다. 보상은 충분히 해드리겠습니다."

경나리는 슬쩍 거리를 두었다.

"대통령 주변에 대한 정보를 준다는 건 좀 생각해 봅시다. 특히나 사생활에 대해서 공개되는 것은 문제가 커질 수 있지요."

이곤은 한 번 더 충분한 보상과 철저한 보안 유지를 약속했다.

이곤 과장은 이동하는 차 안에서 JS그룹 이웅 회장에게 전화했다.

"아버지. 접니다. 경나리 작가를 만났습니다. 예상대로 의심이 많은 것 같습니다. 나름 축적한 정보는 있는 것으로 보였습니다. 그런데 그 정보의 원천은 또 다른 누군가가 가지고 있는 것 같았습니다. 누군가가 경나리를 통해 정보를 넘겨주고 작품을 쓰게 하는 것 같다는 것이지요."

이곤의 눈매가 마음에 들었는지 이웅은 껄껄 웃었다.

"그건 중요하지 않다. 정보가 팩트면 된다. 가져오는 데 문제가 있겠더냐?"

"금액만 맞춰 주면 될 것 같습니다. 모르긴 해도 이틀 정도면 연락이 올 겁니다. 다시 연락드리겠습니다."

"그래, 그리고 홋카이도는 언제 갈 거냐?"

"경나리 작가 연락 오는 걸 보고 갈 생각입니다. 아마도 3~4일 뒤가 될 것 같습니다."

"그리고 요즘 너무 혹사하는 것 같구나, 쓸 만한 놈 하나 붙이는 건 어떻겠냐?"

"은밀한 일인지라… 손이 모자라면 말씀드릴게요."

"그래 알았다. 한국에 있는 동안 휴식도 취하고, 친구도 만나는 건 좋은 데 클럽 가는 건 좀 줄여라. 몸 축난다. 몸을 너무 굴려서 손주 못 볼까 봐 걱정돼서 그런다."

이곤은 바쁘게 몸을 움직일 수밖에 없는 상황에 대해 불평은 없었다. 그렇다고 힘이 들지 않는 것은 아니었다. 한국과 러시아 블라디보스토크, 일본 홋카이도를 오가는 이른바 동해 삼각 벨트를 수시로 오가는 일을 하고 있었다. 갓 서른 나이였지만 회장은 일찍이 경영 수업을 시키기 위해 밑바닥부터 일을 가르치고 있었다.

*

"장 팀장님 사건 공통 사항 분석을 메일로 보냈습니다. 확인해 보시지요."

장호출 팀장은 피곤한 몸을 일으켜 세우며 기지개를 켰다. 잠을 제대로 자지 못한 데꾼한 눈에 핏발이 섰다.

"그래 뭐 있던가?"

"몇 가지 있긴 합니다."

장 팀장은 메일을 열었다.

'공통 사항 1. 연예인, 2. 기획사 출신, …스쿠버다이빙 자격증.'

장 팀장은 스쿠버다이빙 자격증에서 스크롤을 멈췄다. 죽은 여자 모두가 스쿠버다이빙 자격증을 가지고 있었다. 흔치 않은 일이었다. 스쿠버다이버라면 물과 친근한 사람들이다. 그런데 공교롭게 모두 물에서 죽었다. 물이 가득 찬 욕조, 한강 수초에서 죽거나 발견되었다. 물론 스쿠버를 하다 죽은 것은 아니었다. 그렇다면 왜 모두 스쿠버다이빙을 했을까? 연예 활동을 시작하면 그럴만한 시간을 내

273

기에도 한계가 있었을 것이다.

"김 형사! 자네 좀 움직여 줘야겠어."

"죽은 여자들 말이야. 기획사가 다 다른 것 같은데 이전에 소속된 기획사나 주요 스폰서가 있는지 파악해봐, 쓸 만한 인원 지원해 줄 테니. 서둘러야 해. 알았지!"

장 팀장은 무언가 연관 관계가 있을 것으로 생각했다. 그 연관 관계가 사건을 풀 스톤키가 될지도 모른다고 추측했다.

수사는 활기를 띠었다. 수사관들은 마지막 기획사를 시작으로 그녀들의 행적을 역으로 쫓기 시작했다.

장 팀장은 대한스쿠바협회를 찾아갔다. 자격증 수업 당시의 강사를 찾기 위해서였다. 어렵게 강사 중에 한 사람을 만났다. 그는 헬스트레이너로 이직해 있었다. 그는 가을을 정확하게 기억해냈다.

"처음에는 연예인인지 몰랐지요. 데뷔하기 전이었으니까요. 깜찍하고 예쁜 애였지요."

그는 리프트를 하면서 대화를 나누었다. 벌크업을 한 큼직한 승모근이 쫄티 속에서 불끈 돋보였다.

"헬스트레이너로 이직한 것은 가을 양이 죽은 뒤였나요?"

장 팀장은 그와 가을과의 사적인 관계를 슬쩍 물었다.

"무슨 뜻이지요?"

장 팀장은 재빨리 상황을 되돌렸다.

"혐의 때문에 물어본 것은 아니니까 오해는 마세요."

트레이너의 얼굴이 잔뜩 일그러졌다. 남은 힘을 얼굴로 짜내듯 마지막 리프팅을 끝냈다.

"궁금하신 게 뭐죠?"

"가을 양은 스쿠버를 왜 배우려 했는지 아는 게 있으신지요?"

그는 잠깐 생각에 잠겼다. 그리고는 주섬주섬 새 티셔츠로 갈아입었다.

"담배 태우세요?"

옥상으로 올라온 그는 담배를 피워물었다. 그리고는 뜻밖의 말을 꺼냈다.

"가을은 스쿠버를 싫어했어요. 물을 싫어했었거든요."

"그런데 왜. 스쿠버를 배웠을까?"

"기획사 대표가 의무적으로 시켰대요. 그때 다른 연습생들도 함께 배우기도 했고요."

그는 기획사 대표를 본 적이 있었다고 했다. 긴 곱슬머리에 머리를 풀었다가 묶었다가 하는 남자였는데 재미교포라고 들었다고 했다. 그 기획사에는 주로 가수 위주로 훈련생을 모집하고 데뷔를 시켰다고 기억했다.

"기획사 이름이 기억나세요?"

"글쎄요? 푸… 른집 엔터… 던가 그랬던 것 같은데…"

대표는 연습생뿐만 아니라 기획사 식구들 모두 스쿠버 훈련을 시켰다고 했다. 그중에 가수와 배우 지망생들은 프리워터 보다 단계가 높은 어드벤스 과정까지 시켰다고 했다. 그는 스쿠버를 시킨 이유를 들은 대로 말했다.

"긴 호흡을 강조했대요. 노래하거나, 연기하거나, 또…"

*

장 팀장은 국과수 정밀부검과 DNA 결과를 다시 꼼꼼하게 확인했다. 미사리 남녀 시신은 함께 죽은 것으로 이미 특정되었다. 여자의 손톱 아래에서 남자의 피부가 발견된 것에 이어 질에서 발견된 정액이 죽은 남자의 정액으로 확인되었다. 섹스 중이거나 직후에 죽은 것으로 시점이 좁혀졌다.

'알 수 없는 일이군. 서로 사랑을 나누면서도 어떻게 상대의 같은 부위를 같은 각도로 찔렀을까? 주저 흔도 저항 흔도 없이 말이야. 제정신으로 상대방을 주저 없이 찌르고 찔리는 것이 상식적으로 가능할까? 상대를 찌르고 자신도 찔렀을까?'

장 팀장은 여전히 이해할 수 없었다. 엽기적이기도 하고 지고지순하기도 하다.

"장 팀장! 뭘 그리 열심히 분석하나?"

"본부장님! 부검 결과를 다시 보고 있습니다. 참 이해가 되질 않습니다."

"어느 부분이? 어디 보세."

문 본부장은 부검소견서를 읽는다. 고개를 갸우뚱거렸다.

"본부장님은 이해되십니까?"

"범죄는 그 자체가 상식적이지 않은 것 아닌가? 범죄가 장 팀장을 이해시키는 것이 아니고 장 팀장이 범죄를 이해해내는 것이 수사 아니요? '누가 그랬을까?'가 아니고 '무엇 때문에 그렇게 죽었을까'가 중요해지는 사건은 흔치 않은데 이번 사건이 그렇군."

본부장도 장 팀장도 같은 생각이었다. 사건의 범인이 누군가에 관한 관심보다 '왜 그렇게 죽었을까?'에 더 몰입되었다.

장 팀장은 의심 차량의 이동 경로 정보를 찬찬히 살폈다. 47조 48XX, 87조 52XX…

'죄다 무슨 재벌들 차량이야. 47조, 87조 꿈의 숫자군. 대포 번호답다. 대포 번호!'

장 팀장의 눈에 띄는 차량이 있었다. 25파 15XX번 차량이었다. 장 팀장의 눈에 차량 바퀴가 들어왔다. 유독 흙이 많이 묻어 있었다. 다른 차량과는 달리 비포장길을 달렸다는 뜻이다. 그것도 흙의 양으로 볼 때 물기가 많은 곳을 출입했을 가능성이 컸다. 장 팀장은 즉시 의심 차량을 수배했다. 그리고 차량 조회를 집중시켰다. 미사리 변사체의 사망 추정 시간을 기준으로 일주일 전까지의 행적을 역순으로 조회했다.

"팀장님, 시신 발견 2일 전인 2028년 3월 21일에 찍힌 사진입니다. 팔당대교를 건너는 모습이 찍혔는데요. 이 승합차입니다. 계속 따라가 보겠습니다."

모니터는 자동으로 의심 차량의 이동 경로를 나타냈다. 차량은 조안 IC에서 마재성지 쪽으로 가다 폐역인 능내역 근처에서 사라졌다. 그리고 다시 CCTV에 나타난 것은 하루가 지난 2028년 3월 22일 오전 7시였다. 그리고 다시 역순으로 조안IC-팔당대교-하남시-고덕동-명일동을 지나갔다.

갑자기 화면이 끊겼다.

"뭐야? 화면이 왜 이래!"

"팀장님, 경찰청에서 전화 왔습니다."

"경찰청에서?"

장 팀장은 전화를 받았다.

"나 경찰청 교통운영과장이오."

위세가 느껴지는 목소리 톤이었다.

"예! 과장님 경기경찰청 특수본 장호출 팀장입니다."

"오늘 25파 15XX 차량 조회를 하셨는데, 그 차량은 본청에서 관리하고 있으니 추적은 그만 하세요."

과장은 명령조로 단호하게 말했다.

"과장님. 저희도 수사 중인 차량이라 확인이 끝나야…"

"장 팀장! 그만 중단하시라 하지 않습니까? 척! 하면 알아들으셔야지! 그리고 조회를 해도 자료가 뜨질 않을 거니까 그렇게 아세요."

딸깍 전화가 끊어졌다.

"아니 씨발! 경찰이 수사하겠다는데 무슨 이런 경찰 새끼가 다 있어! 이런 개 같은 경우가 어디 있냐고!"

장 팀장은 전화를 끊고 한동안 씩씩거렸다.

*

경나리는 강남 테헤란로 JS그룹으로 찾아 왔다. 지난번 만남 때 보다 과감한 옷차림이다. 원피스의 옆트임이 눈에 띄었고 화장은 진해졌다. 로비 안내 데스크에서 이곤 과장을 찾자 안내 데스크 여직원이 반갑게 안내를 했다.

"저를 따라오시지요."

여직원 안내에 경나리는 잠깐 머뭇거린다.

"제가 찾아가죠. 출입증만 주시면 알아서 가겠습니다. 몇 층이죠?"

"아닙니다. 직접 안내하라는 지시가 있어서요. 함께 가시면 됩니다."

엘리베이터는 28층에 섰다. 문이 열리자 임원실 비서가 대기하고 있었다. 뭔가 중압감이 느껴진다. 마치 구중궁궐을 들어가는 느낌이다. 혼자서는 도저히 빠져나올 수 없는 깊숙하고 내밀한 곳으로 들어가는 분위기다. 기획조정

실 접견실은 하얀 바탕에 파랑, 빨강 원색으로 여러 문양이 그려져 있다. 어디선가 본적이 있는 것 같은 문양이긴 하지만 딱히 떠오르지는 않았다. 소파 측면 탁자에는 태극문양이 휘감긴 대한제국에서나 썼을 법한 태극기와 러시아 국기가 걸려있었다. 사전에 알아본 대로 JS그룹이 러시아 사업에 집중하고 있다는 정보가 다르지 않았다. 그런데 이곤 과장은 어떤 인물이기에 임원 접견실을 쓰고 있는 것일까? 로비에서부터 안내하던 여직원, 비서들의 움직임으로 볼 때 실세임에는 틀림이 없어 보였다.

"기다리게 해서 죄송합니다. 급한 일 마무리를 하다 보니 결례를 했습니다."

이곤이 접견실로 들어왔다.

"아닙니다. 여기저기 볼 것도 많고, JS그룹이 대단하다고 하긴 하던데, 제가 상상한 이상입니다."

경나리가 소파에 앉자 원피스 옆트임으로 허벅지가 드러났다. 갸름한 얼굴에 비해 덜퍽진 다리 선을 가졌다. 트인 허벅지 사이에 까만 점이 눈에 띄었다. 프랑스의 사교계 무쉬[14]처럼 점은 묘하게 시선을 끌었다.

"연락 주셔서 감사합니다. 저희와 함께 일해보시겠다는

---

14) 무쉬(mouche): 곤충 파리. 프랑스 사교계에서 여자들이 얼굴에 붙이는 애교점. 하얀 백자 같은 피부에 파리가 앉아있듯 매력 포인트를 줌. 귀부인은 비단을 가난한 부인은 종이를 태워 재를 붙였음.

거로 해석해도 되겠지요?"

"조건만 맞는다면요."

"말씀해보시지요."

"정보를 쪼개지 않는 조건으로 1장이었으면 합니다."

이곤은 나쁘지 않은 조건이라 생각했다.

"물론 여러 개로 쪼개는 건 하수들이나 하는 짓이고, 작가님의 이미지도 있으신데 그렇게는 안하리라 처음부터 생각했습니다. 주변 여성 정보는 중요도가 다르겠지만 그 정도면 되겠습니다. 물론 가치 있는 정보가 추가로 생기면 비용도 추가할 용의가 있습니다."

경나리도 만족한 눈치였다.

"역시 거래가 시원해서 좋습니다. 하나 물어볼까요? 과장님은 실례지만 회장님과는 어떻게 되시지요?"

경나리는 이곤이 실세임이 분명하다고 생각했다. 의외의 거래로 인생 대어를 낚을 수 있을지를 가늠해보고 싶었다.

"아! 충성도가 높은 그래서 특별히 총애를 받는 직원이라고 생각하시면 됩니다. 저도 하나 물어봐도 되겠습니까?"

"예! 말씀해 보세요."

"대통령실 정보를 직접 취재하는 데는 한계가 있다고 생각합니다. 벽에 부딪혔을 때는 어떻게 극복하시는지 궁금하군요?"

눈치 빠른 경나리는 이곤의 의도를 읽었다.

"그건 영업비밀입니다."

경나리가 이곤을 향해 웃음을 보이며 말했다.

"역시 그렇군요."

머쓱해졌다. 대화가 잠깐 끊겼다.

"그런데 여긴 보안 검색은 따로 안 하십니까? 다른 그룹은 녹음을 대비해서 검색하는 것이 일반적이지 않습니까."

"저희는 따로 하지 않습니다. 녹음하는지는 이미 체크되고 있고요. 자동 삭제 기능이 있어 녹음 재생은 안 됩니다. 다른 보안은 기기의 도움을 받고 있습니다. 직접 보안 요원이 보안 검사를 하면 불쾌하게 생각들 하셔서."

"아하! 그렇군요."

이곤은 봉투를 내밀었다.

"자 그럼, 여기. 선금 1억 원입니다."

"계약서는?"

"계약서는 쓰지 않습니다. 서로에게 코를 꿰일 필요는 없지 않겠습니까? 정보는 언제까지 주시겠습니까? 의뢰인은 내일까지 받았으면 하십니다."

"선금에 대한 보답으로 이것만 우선 말씀드리지요. VIP의 마음에 있는 주변 여성은 3명으로 확인하고 있습니다. 그럼 내일 오전 10시에 연락드리겠습니다."

이곤은 오전 회의 때문에 시간을 늦췄으면 했다.

"시간을 좀 바꾸면 안 되겠습니까? 오전보다는 저녁 시간으로요?"

경나리는 난처한 표정을 지었다. 저녁 자리를 마다할 경나리가 아니었지만, 그럴 수가 없었다.

"제가 내일 저녁에는 한국에 없을 거라서요."

이곤은 1억을 받고 보란 듯이 한국을 뜨지는 않을 것으로 생각했다.

"여행을 떠나시나요? 작품 들어가기 전에?"

"어머! 센스 있으세요. 필리핀 멘티구이에 가서 따듯한 바다에 몸을 담가보려고요."

"멘티구이? 멋진 곳인 모양이지요?"

멘티구이 이야기를 하는 경나리의 얼굴이 환하게 밝아졌다.

"외진 곳이기는 하지만 그런 만큼 스쿠버들의 천국이라고나 할까. 아무튼, 그 맑고 푸른 바다에 몸을 담그고 있으면 온몸에 드라마 시나리오 피가 돈다고나 할까요. 작품 세포가 깨어나는 느낌이 듭니다."

"스쿠버를 하시는 모양이지요?"

"예! 과장님도 한 번 가보세요. 돌아오고 싶지 않을걸요. 아니면 한번 제가 안내해 드릴까요? 스쿠버도 가르쳐 드리고…"

경나리는 웃으며 말끝을 흐렸다. 스쿠버 얘기로 시설거리던 경나리가 휴대폰에서 사진을 찾았다.

"여기가 멘티구이인데 한번 보시겠어요?"

이곤이 받아든 화면에는 멘티구이의 풍경과 함께 경나리

의 사진도 있었다. 스쿠버 모습이 몇 장 지나자 노출이 심한 수영복 차림의 화보용 사진이 나오기 시작했다. 눈결이곤은 당황스러웠다. 보기와는 다르게 균형감 있는 글래머였다. 의도된 것일까?

경나리가 떠난 뒤 이곤은 조용히 생각에 잠긴다. 경나리 작가는 '하렘의 여인들'을 소화할 만큼의 역량은 가지고 있지는 못하다고 결론지었다. 그녀에게서는 단지 문학적인 소양이 느껴질 뿐이었다. 대통령실을 이해할 만큼의 능력은 여전히 감지하지 못했다. 그리고 사진 속의 경나리 노출 컷과 눈을 슴벅거리며 했던 말이 뱅뱅 돌았다. '스쿠버를 배우면 할 수 있는 일이 생각보다는 많아요. 내가 남자라면 스쿠버를 할 줄 아는 여자 친구를 만나겠어요.'

*

"제이제이 방송에서 새로 준비하고 있는 드라마가 심상치 않을 것 같습니다."

정보 보고를 듣던 현세현 원장이 1차장을 보자 계속해보라고 손짓했다.

"대통령실 소재 드라마를 만든다고 하는데, 알아본 바로는 대통령의 사생활을 다룰 것 같습니다."

예상했던 일이었다.

"대통령의 사생활을 폭로하는 것이 아니라면, 드라마를

만드는 걸 무턱대고 탓할 수는 없지 않을까?"

"문제는 경나리 작가가 집필했다고는 하지만 원작자가 엑스오라는 자인데 정체가 아직 밝혀진 것이 없습니다."

"오엑스가 아니라 엑스오란 말이지? 흥미로운 이름이군."

현세현 원장은 정치세력이 개입했을 것이란 촉이 왔다. 상대는 용산을 잘 아는 것은 물론이고, 언론 플레이도 수준급이었다. 대통령에게 결코 유리한 드라마는 아닐 것이다.

"뭔가 캐면 있을 것 같지 않습니까?"

현세현은 끄덕였다.

"알아보라던 그 해양시추 전문가는 어떻게 됐소?"

"여기 보고서입니다."

현세현은 보고서를 한번 쓱 훑어본다. 제목은 '국가간척 사업보고서'로 되어있다. 작전명: 큐티뷰티, 개요…

"누가 접촉을 하는 게 좋겠소? 사안이 만만치 않은데, 차장이나 국장급이 움직여야 할 것 같은데 어떻소?"

"안 그래도 해외정보국장과 협의했습니다. 우선 국장이 접촉하는 것이 좋겠다는 결론입니다. 그런데 말입니다. 그 주변에서 CIA가 작전 중입니다."

"어떤 작전 말이오?"

"미국에서 그를 주의할 인물로 분류하고 있는 것 같습니다. 어쩐 일인지 일본의 CIRO도 움직임이 있어 보이고요. CIRO활동은 필리핀해 셰일가스 개발과 관련해서 일본과 사이가 틀어진 것 때문으로 보입니다. 확인은 안 되었지만 스탠딩오더가 난 게 아닌가 싶습니다."

"오더 내용은 뭔 것 같소?"

"예감으론 고강도 오더일 수도 있습니다."

현세현은 고강도 오더라는 말에 깜짝 놀란다.

"고강도라면 최대 참수일 수도 있다는 얘긴가? 근거 있는 첩보인 게요?"

"CIA 요원 움직임으로 볼 때 보통 수준을 넘었다고 판단됩니다."

"그렇다면 이러고 있을 때가 아니군. 즉시 움직이셔야겠소. 나는 용산을 다녀와야겠군."

10

뮤의 역습

현세현 원장은 용산 대통령실에 가는 길이었다. 차 안에서 보고서를 꼼꼼하게 읽어 내려갔다. 이름 마르띤, 스페인 안달루시아 타리파 출생, CPM 대표, 해양시추 전문회사, 부동산개발, 유전 및 천연가스개발업… 2015년부터 수몰위험국가협의회 국가재건위원장. 해양시추 전문가… 지각변형 원천기술 보유(본인 주장)… 미국 CIA 추적 의심(제거 가능성 있음) CIA 암호명 'Q'… 가족 부인과 딸 1명… 저서 '뮤의 역습'…

미국에서 제거 대상으로 판단했다면 국가 이익과 배치된다는 것이다. 일개 사업가를 테러리스트를 대하듯 미국이 쫓고 있다면, Q의 능력을 인정한다는 의미와 함께 목숨을 보장할 수 없다는 것이다.

"그렇다면 서둘러야겠습니다."

박한은 생각보다 상황이 급하게 돌아간다고 느꼈다. 그

의 안전을 확보하는 것이 우선이었다.

"접촉할 요원은 이르면 오늘 저녁 출발할 겁니다."

"몇 명이나 보내실 겁니까?"

"한 명입니다."

국정원에서는 은밀한 접촉을 위해 많은 인원이 움직일 수 없었다. 간부를 보낼지, 비밀 요원을 보낼지도 고민이었다. 간부를 보내면 CIA에서 알아차릴 수도 있다. 비밀 요원을 보내면 CIA를 속일 수는 있지만, Q 역시 한국 요원인지를 확신하지 못해 의심할 수 있었다.

박한은 잠깐 고민했다. 어차피 스탠딩오더가 떨어졌다면 CIA 앞에서 보란 듯이 Q를 데리고 올 수는 없지 않은가? 그렇다면 비밀 요원이 가서 접촉하는 것이 마땅했다.

"미국이나 일본에서 눈치채지 못하도록 은밀하게 움직여 주세요."

박한은 Q의 능력에 대해 의구심은 여전히 남아 있었다. Q의 능력을 아이러니하게도 미국 정보기관에서 간접 보증하고 있었다. 만약 그럴 능력이 없다면 미국이 제거할 이유가 없지 않은가.

"미국에서 그를 제거하려는 이유는 역시 그의 능력을 인정하기 때문이겠지요? 그렇지 않다면 스페인 국적의 세계적 기업가를 무리해서 처리하지는 않을 테니까 말입니다."

현세현도 생각이 같았다.

"어쩌면 잠재적 경쟁자라고 보고 있을 수도 있고요."

"미국의 잠재적 경쟁자?"

미국은 이미 지각조작 원천기술을 확보하고 있다는 가정 하에서 Q가 경쟁자로 나타났다면 눈엣가시일 것이다. 미국은 국격을 생각해서 실행할 수 없는데, Q는 기업가로서 국가만큼의 도덕성을 가지지 않아도 된다는 논리였다.

"하긴, 그럴 가능성이 있을 수도 있겠군요, Q의 사업 근황은 어떻습니까?"

"현재 스페인 본사 일은 부인인 이사벨라에게 맡겨두고 본인은 2015년경부터 키리바시를 중심으로 남태평양에서 활동하고 있습니다. 참! 딸이 있는데 릴리아나라고 합니다. 딸도 미국 컬럼비아대학에서 지진학을 연구했다고 합니다. 평소 세비야 본사와 시추현장을 오가는데 지금은 스페인 세비야에 있는 것으로 파악됩니다."

박한은 Q가 남태평양에서 활동하며 그곳에 머무는 진짜 이유는 무엇일지 궁금했다. 수몰대책위원회도 그에게 사업성이 있어 보이지는 않았다.

"키리바시가 어머니의 나라이기도 하고, 남태평양이 바다 아래로 가라앉는 것을 막아야 한다는 사명감이 높은 것 같습니다. 특히 그의 저서 '뮤의 역습'에서 보면 사라진 뮤제국에 대한 애착이 깊어 보입니다."

"뮤의 역습?"

현세현은 Q의 저서 '뮤의 역습'에 대한 요약을 박한에게 건넸다. 지금으로서는 그의 생각이 가장 잘 나타나 있는 것이 저서라고 판단했기 때문이었다.

*

1년 전, 할리 미국 지질조사국장과 그레고리 CIA 국장은 Q를 놓고 별도 회의를 했었다.

"할리 국장님의 판단은 어떻습니까? Q는 선입니까 악입니까?"

할리 국장은 Q의 상상과 재능을 놀라워했다. 실현 가능성은 차치하더라도 상상력과 아이디어에 경의를 표했다. 그는 선이자 악이었다. 삶의 터전 파괴를 막고 평화로운 삶을 영위하려는 자에게는 선일 것이고, 그 이웃들에게는 악이 될 것이다.

"아까운 인재인 것 같습니다만, 그보다도 우선 급한 건 환태평양 불의 고리 문제가 시급합니다. 지구 보존 차원에서 결단을 내려야 할 때가 되었습니다."

Q를 대하는 지질국 할리 국장과 CIA 그레고리 국장의 생각은 서로 관점이 달랐다. 할리 국장은 지구를 불안하게 만들 수 있다는 것에 대한 방점을 찍었고, 그레고리 국장은 범죄 차원에서 국가안보와 이익을 바라본 것이다.

"할리 국장! 안전한 지구 문제는 국가안전보장회의에서 거론하도록 하겠소. 그러니 오늘은 Q에 대해서만 집중해 주시면 고맙겠소."

할리는 Q 주장대로 수몰위험국을 시작으로 섬을 만들기 시작한다면 지구가 곰보가 되는 것은 시간문제라 예측했다. 그 근거로 지질국 연구진과 시카고대 레이먼드 야마시타 박사의 연구 시뮬레이션에서도 그렇게 될 가능성이 큰 것으로 나타났다.

"그럼 Q가 갖고 있다는 원천기술은 앞서 말씀하셨듯이 지각에 흠집이나 충격을 가해서 마그마를 지표 위로 뽑아낸다는 겁니까? 그것도 내륙이 아닌 수심이 낮은 해저에서 발생시켜 마그마가 식으면서 섬이 만들어진다는 것이고…"

할리는 그것이 문제라고 지적했다. 그 방법은 지구 지각판의 안정성에 위협을 줄 가능성이 컸다. 그리고 만약에 지각조작 원천기술이 성공한다면, 섬 만들기가 지구 전체에 광범위하게 진행될 것으로 예상했다. Q의 성공은 지각 불안정과 신생 섬으로 인한 국가 영토 분쟁이라는 대혼란이 생길 것이다. 자신은 수몰 국가를 회생시킬 절대 선이라고 주장하지만, 지구 전체에 영향을 주는 부분이라서 지질학자로서 선이라기보다는 악으로 해석했다.

*

미 백악관 벙커에서 국가안보회의가 시작되었다. 펠튼 대통령은 빠듯한 일정으로 지친 기색이 역력했다. 50대의 비교적 젊은 지도자였고 체력 또한 남달랐지만, 지옥 일정을 완벽히 소화하지는 못했다.

대통령은 주위를 둘러보더니 '그럼 시작해 봅시다.'라는 눈빛으로 보냈다. 첫 번째 의견을 개진한 사람은 셀레나 DNI 정보장이었다. 셀레나는 자료를 펼치며 스크린을 통해 설명을 시작했다.

"첫 번째 보고사항은 Q에 대한 보고입니다. Q는 그동안 보고 드린 바와 같이 이른바 지질조작 청부업자입니다…"

모니터에 Q의 자료가 소개되었다. 셀레나의 설명은 계속되었다.

"Q의 위험성을 확인하기 위해서 할리 지질조사국장을 연결했으면 합니다. Q가 하는 행위가 미국과 지구의 안전에 어떤 영향이 있는지는 국장의 의견을 듣는 것이 좋으리라 생각됩니다."

"연결해 보세요."

펠튼 대통령이 승낙하자 할리 지질조사국장이 화상으로 연결되었다.

"할리 국장 의견을 명확히 밝혀주시기 바랍니다. 여기 국가안전보장회의가 어떤 결정을 내려야 할지 조언을 주시기 바랍니다."

할리는 그레고리 국장과의 논의했던 사항을 지질 전문가 시각에서 설명했다.

"Q가 하는 행동은 창의적이긴 하지만 대단히 위험한 일입니다. 결론부터 말씀드리자면 지구를 파괴할 수도 있는 일입니다. 성공하더라도 처음 한두 건은 큰 문제가 아닐 수도 있지만, 반복될 가능성이 농후하고, 그렇게 되면 결과는 끔찍할 것입니다. 그가 가지고 있다는 원천기술은 이럴 것으로 예상합니다."

할리 국장은 자료화한 동영상을 보여줬다. 동영상에는 자연지진과 인공지진이 줄 수 있는 영향에 대한 자료들이었다. 그리고 지구과학자들의 의견도 함께 모아 놓았다. 인공지진이 대단히 위험하다는 주장과 그리 크진 않다는 의견도 있었지만, 대부분은 위험성에 대한 경고의견을 냈다.

동영상이 끝나자 펠튼은 위원들을 둘러봤다.

"역시 생각했던 대로입니다. 대부분 학자의 의견과 일치하는군요. 그렇다면 결론은 났다고 생각하는 데 여러 위원님의 생각은 어떻습니까?"

그레고리 국장이 추가 설명을 곁들였다. 할리 국장에 따르면 Q의 원천기술 대로 섬을 만드는 것에 성공하더라도 대부분 그렇게 솟은 섬은 수년 안에 다시 침강할 가능성이 크다는 것이다. 즉, 섬을 만들 수가 있다손 치더라도 다시 침강한다면 소용이 없는 일이었다. 그것은 자칫 먹튀가 될 수 있었다. 용역 성공보수를 받은 다음 얼마 후 섬도 Q도 감쪽같이 사라질 수도 있다는 것이었다.

펠튼은 끄덕였다. Q를 제거할 명분 하나가 더 만들어졌다.

"돈을 준 나라는 눈 뜨고 당하는 꼴이 된다는 것이군

요."

"국제적인 사기꾼이 될 수도 있다는 것이기도 하고요."

조용히 경청하던 해밀턴 국가안보좌관이 자신의 의견을 꺼냈다. 해밀턴은 Q를 제거해야 한다고 주장했다. 기술이 너무 위험하고, 지구의 안전에 영향을 준다는 것, 그것은 미국을 중심으로 한 국제 질서가 무너질 수 있다는 걸 들었다. 미국의 역할이 줄어들면 분쟁과 전쟁을 제어할 힘의 균형이 무너질 수 있다. 결국, Q는 국익에 도움이 되지 않는다.

알폰소 국무장관의 의견 달랐다. 물론 미국의 권위가 줄어들 수도 있지만, 분쟁과 전쟁은 미국으로서는 정치·경제적으로 이익을 얻을 기회기도 했었다. 미국이 2차 세계대전 이후 한시도 분쟁과 전쟁은 수행하지 않은 적은 없었다. 미국의 존재감은 역설적으로 평화가 아니라 분쟁과 전쟁에 있었다. Q는 그런 차원에서 미국의 영업 첨병이 될 수도 있다. 일정 수준까지 분쟁을 일으킬 만큼 헤집고 다니도록 내버려 두는 것이 실익이라는 것이다.

헤밀턴은 여전히 반대 의견을 피력했다.

"도움이 될 수도 있지만 지금 우리는 올림픽과 대통령선거라는 중대 행사를 앞두고 있습니다. 어떤 식으로든 올림픽은 성공적으로 치러져야 하는데, Q가 계속 활동하고 있으면 성공의 장애 요인이 될 수도 있습니다."

알폰소는 여전히 제거에 소극적이었다.

"그렇다면 Q를 올림픽과 대선이 끝날 때까지 활동을 못 하도록 하는 방법도 있질 않습니까?"

"감금이라도 불사하겠다는 겁니까?"

"협상해야지요. 감금은 나중에 문제가 될 수도 있고, 스페인을 비롯한 유럽에서 반미 정서가 생길 수도 있어요."

"겉으로는 협상에 응하고 실제로는 그렇지 않을 땐 누가 제어하지요?"

제거하거나 감금하기도 쉽지 않았다. 하루하루가 급한 수몰위험국에서는 Q가 재빠르게 움직여 주길 바라고 있었다. 그들은 자신의 국운을 Q가 쥐고 있다고 생각하고 있었다. 일부 촌로는 옛날 뮤제국의 전설을 꺼냈다. Q가 전설 속에 뮤제국을 재건하러 나타난 메시아라고 믿고 있다.

"실현되지 않은 위험을 실현될지도 모른다는 이유로 예방적으로 제거하거나 감금한다는 건 미국 정신에 맞지 않습니다."

의견은 엇갈렸고 팽팽했다. Q가 미국에 도움이 될 것인가? 아니면 위해를 가하는 존재가 될 것인가. 'Q의 존재는 미국이 패권국으로서의 기간을 단축하게 할 것이다.', 'Q를 잘만 활용하면 미국에 엄청난 부와 기회를 줄 것이다.' 격렬한 토론 끝에 거수하기로 정했다.

*

    Q의 처리 문제는 장애물을 만났다. 영국 M16에 스페인과 모로코, 한국의 국정원까지 뒤엉켰다. 그즈음 Q의 거처가 자주 이동되기 시작했다. 그도 어떤 낌새를 차린 것이다. 그러다 홀연 남태평양에서 사라졌다. 모든 정보기관에서 타깃을 놓치는 초유의 사태가 일어났다.

    그런 그가 다시 다시 나타난 것은 지난 3개월 전이었다. 타깃을 놓친 것이 어쩌면 Q의 운명을 재촉할지도 몰랐다. 그동안 동선을 지켜보던 CIA가 신속한 제거 작전 필요성을 들고 나왔다. Q의 최근 모습은 사업가로서의 행적보다는 신생국가 창업자가 되려는 조짐을 보였다. 막대한 자본력과 지각조작원천기술로 남태평양에 독립된 자신이 왕국을 만들고 싶어 한다는 것이 CIA의 보고였다. 그것은 또 다른 의미의 국제 질서 위험 요소였다.

    Q의 기술에 적극적인 관심을 보인 나라는 투발루였다. 투발루는 이미 국토 포기선언을 한 나라였다. 남태평양과 인도양을 중심으로 결성한 수몰위험국가협의회 4개국 중에서도 상태가 가장 심각했다. 협의회는 지구온난화로 해수면이 계속 차오르자 긴급하게 만든 국가 간 공동 운명체이다. 협의회는 'I don't want to drown.'(익사는 싫어요)을 기치로 활동을 시작했다.

    투발루에서 해저면 융기에 관한 연구를 시카고대학에 의

뢰한 사실이 있었다. 연구 담당 교수인 셀시우스 교수는 의아했다. 그를 찾아온 오키나이 티닐로 투발루 국토부장관은 해저면 상승 검토라는 생뚱맞은 내용을 의뢰했기 때문이었다.

오키타이 티닐로 장관은 의뢰 이유를 설명했다. 해수면 상승으로 절망적인 상태에서도 하나의 희망을 보았다고 했다. 2018년 국토 면적을 측정한 결과 지난 40년 동안 2.9%가 넓어졌다는 것이다. 섬은 점점 가라앉고 있지만 아이러니하게도 국토 면적은 늘어났다. 이미 국토 포기 선언을 했지만, 미련 없이 포기할 수 없는 이유였다. Q의 원천기술이 통한다면 국가 재건도 가능하다는 결론이었다. 다만 그의 원천기술이 실현 가능한가를 알고 싶었다.

"교수님의 연구가 우리 수몰 위험국에 희망이 될 수도 절망이 될 수도 있습니다."

오키타이 티닐로 장관은 기대감을 숨기지 않았다.

"해저면 상승이란 혹시 인위적인 것도 염두에 두고 계십니까?"

"예, 그렇습니다."

"위험할 수도 있을 텐데요."

"투발루의 운명이 걸린 문제입니다. 무슨 일이라도 가능한 건 다해봐야죠."

셀시우스 교수는 고민했다. 인위적인 해수면 상승이란 단순한 상상력이 아닌 것 같다는 생각이 들어서였다. 셀시우스는 인위적인 해저면 상승 방법에 대해 구체적으로 들은 것이 있는지를 물었다. 장관은 들은 적은 있지만, 방법은 말할 수 있어도 그가 누구라고는 말할 수 없다고 했다.

"좋습니다. 어떤 방법을 제시했는지만 말씀해 주시죠."

그가 제시한 것은 해저 면을 자극하여 새로운 섬을 만들어 내는 방법이라고 했다. 본인은 지표상승의 원천기술을 자신만 가지고 있다고 확신했다고 했다. 장관도 그것이 사업가의 허세인지 가능한 기술인지를 확신하지 못했다.

"자신의 능력을 증명할만한 자료가 있던가요?"

"2013년에 태평양에서 실험했다 하더군요. 자료를 찾아보니 일본 오가사와라 제도 니시노시마 동남쪽에 해저화산으로 만들어진 섬이 있었는데 그걸 자신이 만든 첫 작품이라고 주장하는 것 같기도 하고⋯물론 일본 정부는 듣지도 보지도 못한 낭설이라 일축했지만 말입니다."

"요구 조건은 뭐든가요?"

장관은 한숨을 내 쉬었다.

"사실 제시하는 금액이 너무 커서 우리나라 예산으로는 감당하기 어려운 수준입니다. 그래서 이 방법이 가능하다면 수몰위험국가협의회에 상정하여 공동 참여를 논의할 예정입니다."

"그런데 말입니다. 해저면 상승에 성공했을 경우 지구환경에 문제가 없다손 치더라도 국제법상 문제가 되진 않겠습니까?"

장관은 정색했다. 그리고 단호한 어조로 주장했다.

"국제법상 문제 될 건 없습니다. 설령 문제가 된다고 하더라도 우리에겐 생존의 문제입니다. 생존을 무시하는 반인류적인 국제법은 가치가 없다고 생각합니다."

셀시우스 교수는 그 위험성에 대해 고민을 했지만, 실행 여부를 떠나 연구해볼 가치가 있는 의뢰라 결론 내렸다. 셀시우스 교수는 우선 투발루 지질연구를 시카고대학 지질연구소에 의뢰하고, 자신은 인위적인 지표상승 연구에 매달렸다.

셀시우스 박사는 지질조사국에 자료를 요청했다. Q가 자신의 활동이라고 주장한 것으로 알려진 화산폭발을 확인하기 위해서다. 일본 동경시 기준 2013년 11월 20일 10시 20분경에 오가사와라 제도에서 지진 기록이 있는지를 확인했다. 인공지진이 감지되었다면 그의 주장이 맞겠지만 그렇지 않으면 거짓을 말했을 수도 있는 것이다.

*

키리바시에서 블랙요원으로부터 연락이 왔다. 우려한 대로 Q는 아직 거취에 대해 마음을 정하지 못하고 있었다. 여전히 한국의 국정원 소속인지, CIA나 CIRO의 첩보원인지 확신하지 못하는 눈치였다.

"그럼 Q가 믿을 만한 사람을 대통령실로 모시세요. 그럼 그가 믿지 않겠습니까?"

"부인과 딸이 있다고 얘기는 들었습니다. 그럼 그렇게 진행하도록 하겠습니다."

"신속하게 진행해 주세요. 왠지 불안하게 느껴집니다. 그리고 보안에 특히 신경 써 주세요. 미국이나 일본에서 우리가 움직이고 있다는 걸 알게 되면 모든 계획을 실행도 못 해보고 끝날 수도 있습니다."

현 원장은 즉시 주스페인 한국대사관에 연락했다. 한편으로는 키리바시로 Q를 보호할 한국 요원을 파견했다. Q는 막대한 재력가답게 키리바시에 오기 전까지 주변에 경호원들을 대동하고 다녔다. 경호원이 전직 미국 그린베리와 코만도 출신이었다. 최근 미국 CIA와의 연계 가능성을 의심해 해임한 것으로 알려졌다. 이후 영국 SAS 출신으로 교체하고, 네팔 구르카 용병을 경비병으로 채용했다. 키리바시에서는 최소 수행원만 대동하는 것으로 알려졌다. 파견된 요원들은 원거리에서 경호 업무를 수행했다. Q는 여전히 한국의 대통령이 자신과 만나려는 것인지 CIA나 유사 조직에서 자신을 유인하기 위한 것인지 확신하지 못하고 있었다.

만약 Q를 확보하지 못하고 JDZ에 대한 해법마저 없다면, 박한의 입지는 급속도로 흔들릴 것이다. 야당을 비롯한 견제세력이 그때를 노리고 있다. 입지가 확고하지 못한 30대 대통령을 흔들고 쓰러뜨릴 음충한 음모는 현재 진행 중이었다.

*

　강남의 번화한 뒷골목으로 승용차가 들어갔다. 승용차가 멈춘 곳은 전통 음식점인 '요순각'에서였다. 요순각은 외형과는 달리 고객의 비밀을 최우선으로 하는 구조를 지녔다. 출입부터 타인의 동선과 겹치지 않게 만들었다. 방과 방 사이는 철저한 방음과 도·감청 센서가 달려있었다. 당연히 정·재계 인사들이 들락거렸다.

　노장언이 먼저와 대기하고 있던 정혁과 반갑게 인사했다.

　"이렇게 좋은 곳에 불러줘서 감사합니다. 실장님!"

　"대표님을 제대로 모셔야 하는데, 마음에 드신다니 다행입니다. 저도 이곳이 마음이 편하더군요. 디지털 시대에 아날로그가 살아있어 좋고, 특히 로봇이다 뭐다 해서 음식을 나르는 건 왠지 께름칙하거든요. 지난번에 강남 테헤란로의 어느 집에 갔더니 AI가 립서비스 시중을 들더군요."

　노장언이 관심을 보였다.

　"AI는 어떻게 시중을 듭디까?"

　"아주 발칙합니다. 애교도 간드러지고, 어찌나 순발력 있게 말을 재미있게 하던지 집에 하나 들여놨으면 하는 생각이 들더군요."

　"그랬다가 사모님한테 큰일 날 수도 있습니다."

　두 사람은 마주보며 크게 웃었다.

마침 여사장이 방으로 들어왔다. 여사장은 40대 중반으로 보였다. 환한 웃음을 머금고 들어온 여사장은 허리를 깊숙이 접으며 인사했다.

"도다혜입니다. 두 분 모시게 되어서 영광입니다."

"도도해 사장이 우릴 모신다고? 난 반댈세!"

도다혜의 인사에 노장언이 웃으며 농담을 던지자 도다혜는 양손을 허리에 붙이고 모델 포즈를 취했다.

"저도 아직은 쓸 만 하답니다. 너무 가까이만 하지 않으면, 5m 미녀 정도는 되지 않습니까. 대표님! 그럼 음식 들이겠습니다. 좋은 시간 되십시오."

여사장이 나가자 음식과 함께 20~30대로 보이는 여종업원이 들어왔다.

"흠. 맛있겠는 걸."

들어온 여종업원들이 노장언의 말에 옴씰했다.

"아니 음식 얘기야, 오해 말어."

노장언은 조용히 중얼거렸다.

'그래도 맛없다는 것보다는 나은 것 같은데…'

정혁은 술잔을 들었다. 그리고는 노장언과 잔을 부딪쳤다. 술잔이 돌고 분위기는 부드러워졌다. 분위기가 무르익자 여종업원을 내보냈다.

"잠깐 자리를 비워주지? 나중에 다시 부를 테니까."

여종업원이 나가자 노장언이 입을 열었다.

"조 총리가 혼쭐이 나고도, 요즘도 국혼위원회 운운하며 다시 움직인다면서요?"

"그렇다고 들었습니다."

노장언은 걱정스럽다는 듯 말을 이었다.

"그러다가 세라 양에게 기회가 오지 않으면 어쩌시려고요?"

"노 대표님이 밀어주면 별문제야 있겠습니까? 이미 조총리의 국혼위원회는 깨졌다고 소문이 나질 않았습니까?"

정혁의 자신감이 느껴졌다.

"하긴 그 사람 얼마 남지 않은 것 같아요."

"아쉬운 것 같으십니다."

"측은지심. 정적이라도 떠날 때 뒷모습은 쓸쓸하기 마련입니다."

정혁은 노장언의 눈이 매섭다고 생각했다. 자신과 샘오의 계획을 알고 있기라도 하듯 툭 내뱉는 말에 찔끔했다.

"실장님 지난번 대통령 대선공약 중에 JDZ 건 말입니다. 요즘 진척이 있습니까? 대선 승리의 결정적인 한 방이었지 않습니까? 나 역시도 그 한방에 나가떨어졌고요."

노장언도 박한의 빈틈을 노리고 있었다. 그리고 정혁의 반응을 보려 했다.

"일본이 그리 호락호락한 나라가 아니지 않습니까? 좀 기다려 주시지요? 대통령의 최대 공약 사항이니 어떤 식으로든 성과를 내려 하지 않겠습니까?"

정혁은 두루뭉술하게 대답했다.

"제가 야당이라서 헐뜯는 건 아니고, 보기에 쉽지 않아요. 중간의 협상 지점이 마땅찮아서 협상도 쉽진 않을 것 같고, 만약 성과가 없거나 시원치 않으면 대국민 공약 사기극으로 탄핵 얘기가 나올 겁니다. 신중하셔야 할 겁니다."

"대표님이라면 어찌하는 것이 좋겠습니까?"

정혁은 노장언의 생각을 슬쩍 떠봤다.

"어차피 박한 대통령의 공약이었는데 지키셔야지요. 쉽지는 않겠지만, 실장께서도 정치적인 뜻이 남아 있으시다면 거취를 잘 정해야 할 겁니다."

정혁은 노장언에 쿡 찔린 기분이었다.

"거취라면 어떤 말씀이신지?"

노장언은 실룩 웃었다.

"실장께서 뜻을 몰라 물으시는 건 아니라고 생각합니다. 일이 터지고 움직이면 너무 늦습니다. 실직 위험이 있을 때는 투잡을 하셔야지요."

노장언의 충고는 계속되었다. 조세붕 총리처럼 자기 죽을 짓을 해서는 안 된다는 것이다. 권력은 강하지만 유한하고, 재력은 권력에 비해 약해 보이지만 영원한 것이다. 권력을 가졌다고 재력 위에 군림하면 한순간 쪽박 차게 된다는 걸 까먹으면 안 된다. 재벌들은 언제라도 방향전환, 태세 전환이 가능하다. 재벌은 혁명이 일어나도 국외자본이 있어 쪽박은 차지 않지만, 권력은 정권이 바뀌면 고스란히 쪽박 차야 한다.

정혁의 반응을 보던 노장언은 슬그머니 대통령의 탄핵 얘기를 꺼냈다. 정혁은 순간적으로 주춤했다. 그 순간도 노장언은 정혁을 읽고 있었다. 탄핵 정국에 대한 간을 보려는 것도 있었지만, 다른 의미도 함축되어 있었다.

*

노장언은 시치미를 뚝 떼고 조세붕을 만났다.

"조 총리 터놓고 이야기해봅시다. 나도 정치판에 발을 들인지도 30년이 넘었는데, 마지막 꿈은 펼쳐봐야 하지 않겠소? 그런데 박한 대통령이 만약 JDZ 공약을 제대로 해결한다면 기회는 오지 않을 것이오. 그렇지 않소?"

조세붕은 말없이 웃었다. 노장언에 말리면 안 된다고 생각한 것이다.

"그렇긴 합니다만, 그건 대통령을 위험에 빠뜨리지 않으면 기회가 없다는 뜻 아닙니까? 대통령과 함께하는 국무총리로서 듣기 거북합니다."

노장언은 작심하듯 직설적으로 말을 던졌다.

"총리도 꿈이 있지 않소?"

찌릿한 선공에 조세붕은 슬그머니 발을 뺐다.

"그건 대통령을 배신하라는 것인데 그건 제 정치적 입지를 한꺼번에 잃을 수도 있다는 것을 뜻합니다. 배신자라는 주홍글씨를 죽을 때까지 달고 싶진 않습니다."

노장언은 조용히 귓속말했다.

"총리님! 정치인에게 배신은 없습니다. 기회를 이용할 뿐입니다. 이미 공인, 비공인 여론조사에서 박한 대통령 정권이 성공하지 못할 것이란 조사 결과가 나오기 시작하지 않습니까? 박한 대통령을 배신하는 것이 아니라 국민에 충성하는 겁니다."

조세붕의 귀가 움찔거린다. 귀를 움직일 만큼 솔깃한 이야기라는 뜻이다. JDZ가 생사의 갈림길이었다. 성공하면 박한은 탄탄대로를 걷게 될 것이고 실패하면 나락으로 떨어지게 될 것이다. 그 기회를 날리면 정치적 기회는 사라지게 된다.

"저는 대통령을 모시는 사람으로 그것은 옳지 않다고 판단합니다. 저보다는 노 대표께서 마지막 불꽃을 태우시는 것이 좋을 것 같습니다."

조세붕은 노장언의 의도를 의심했다.

"총리, 내가 나설 것 같으면 제안을 하지도 않았을 것이오. 총리는 이미 우리와 한배를 탔다고 생각하지 않으시오?"

조세붕은 화들짝 놀랐다.

"한배라니요?"

노장언은 집요했다.

"총리의 꿈이 무엇인지는 잘 알고 있어요. 정치는 조직

놀음입니다. 홀로 뛰는 데는 한계가 있는 법이질 않소? 내가 조직이 되어드리리라. 한번 움직여 봅시다."

"대표께서는 무엇을 생각하고 계시는지요?"

"난 조세붕 총리와 함께 국정을 운영해 보고 싶소. 여권 대통령 조세붕과 야권 대통령 노장언 말이오. 총리가 당적을 옮기는 것이 아니라 당적을 그대로 가지고 대통령이 되시고, 나는 정치적 반대 세력으로서의 권력자가 되고 싶소."

"외람됩니다만 그게 가능하겠습니까? 권력은 부자간이라도 나눌 수 없다는 것 아닙니까?"

"그것은 전제군주 시절에나 통할 얘기지요. 실세 총리와 허세 대통령의 나라도 있고, 중국처럼 집단지도체제를 가진 나라도 있습니다. 새로운 시대를 열어보는 겁니다. 우리나라도 이제 공동정권, 연합정권 이런 걸 해볼 때가 되지 않았습니까?"

조세붕은 집으로 돌아오는 길에 만감이 교차했다. 노장언의 대범한 이야기가 놀랍기도 했지만 그렇다고 불가능한 이야기도 아니라고 생각했다. 다만 함정일 수도 있다는 생각은 떨칠 수가 없었다. 대통령 하야 이야기가 나왔고 같이 들었다는 것은 서로가 서로에게 올가미를 씌운 것이다. 노장언이 그런 모험을 할 이유가 무엇일까? 평소 치밀한 성격에 비해 무모한 제언이라고 생각되었다. 노장언이 꺼냈던 말을 다시 곱씹었다.

'대통령이 JDZ 해결을 위해 최종적으로 전쟁을 불사하게 만든다. 반대로 JDZ가 일본에 넘어가면 책임을 물어 탄핵하고, 전쟁을 불사하면 전쟁으로 인한 폐해를 부각해 탄핵을 밀어붙인다. 그리고 탄핵에 따른 대통령 권한 대행을 조 총리가 맡으면서 실력을 보여 주고 대선에 출마한다….'

노장언은 전쟁이 박한을 하야시킬 것이라고 하지만, 전쟁은 통치자의 지지율을 높이기도 한다. 하물며 그 대선 후보에 노장언이 끼지 않는다는 보장은 없지 않은가? 노장언이 자신을 만만하게 생각한다면, 여당 후보 조세붕과 야당 후보 노장언 구도를 만들어 승리를 가져가려 할지도 모른다. 조세붕 총리의 머릿속은 가능성과 음모 사이를 오가며 혼란스러웠다.

*

"비공인 여론조사를 규제하는 법안을 만들어야 합니다."

박강희 홍보수석은 잔뜩 열이 올랐다. 대통령의 입지를 흔든다는 것은 국가를 흔든다는 것과 다를 바 없다. 국민의 참뜻인지도 모르는 정체불명의 여론조사가 횡횡하는 걸 내버려 둔다는 건 직무유기다. 자칫 불순한 의도를 가진 세력이 정국 흔들기로 이용되고 있지 않다고 누가 보장하겠는가?

허훈 안보실장도 동의했다.

"충분히 의도가 있는 것 같습니다. 여론조사 서버가 국내도 아니고 조사 주체도 전혀 알 수 없습니다."

연초부터 조금씩 시작된 대통령 관련 여론조사가 우후죽순처럼 나타나기 시작했다. 대통령의 배우자, JDZ 문제 해결 가능성, 박한 정권의 완주 가능성… 정치적으로 매우 민감한 사안들을 거침없이 드러냈다. 문제는 게릴라식 모바일투표는 시간과 장소에 구애를 받지 않는다는 것이다. AI를 통한 자동제어 발동으로 불특정 조사가 발견되면 재빨리 차단하고 있지만, 대상이 광범위해졌고 제목을 교묘하게 만들어 필터링을 빠져나갔다.

"국정원에서 일본과 중국에서 개입한 흔적을 발견한 모양입니다. 그렇다면 우리도 일본과 중국을 흔들어야 하지 않겠습니까?"

허훈 안보실장의 말에 박강희 수석은 생긋 웃으며 농담을 던졌다.

"농담처럼 들리겠지만 일본은 이미 흔들리고 있습니다."

올해 들어 지진과 화산이 확실히 늘긴 했다. 불안 심리로 일본 국내 여론이 좋지 않다는 것이 오히려 문제라고 꼬집었다. 일본은 여론을 돌리기 위해 한국을 집중적으로 공략할 가능성을 염두에 둔 해석이다 중국도 요즘 국내 문제로 시끄러웠다. 고도 경제 성장기가 지나면 나타날 것이라고 했던 문제가 불거진 것이다. 성장이 느려지자 불만이 여기저기서 나오고 있었다. 빈부 격차와 권력 싸움, 국영경제 한계가 드러난 것이다. 홍콩, 티베트, 신장웨이우얼의 독립 투쟁이 격화되고, 남부 묘족과 북부 지린, 랴오닝도 독립하려는 움직임이 감지되고 있었다.

"그래서 중국은 미국과 한국을 의심하고 있습니다. 아직은 아니지만, 남북한이 어떤 식으로든 통일을 하게 되면 지린성과 랴오닝성을 한국이 합치려 할 것이라는 판단에서입니다. 일본도 일본대로 일본위기설을 한국이 퍼뜨리고 있다고 주장하고 있습니다."

"3국이 서로를 물어뜯지 않으면 안 되는 동북아의 아픔이군요."

*

Q의 딸 릴리아나가 비밀리에 한국에 들어왔다. CIA나 CIRO의 추적을 따돌리기 위해 스페인 세비야에서 모로코 라바트로, 다시 튀르키예를 거쳤다가 홍콩을 찍고 제주도로 들어왔다. 릴리아나는 친구를 가장한 유럽계 보안 요원과 함께 여행 가는 관광객처럼 움직였다. 사흘 동안 제주도에 머무르는 동안 추적 요원이 있는지 확인했다. 동북

아시아계로 보이는 남녀요원이 주변을 계속 살피고 있다는 걸 파악한 국정원에서 그들의 신원을 파악했다. 그들은 싱가포르 사업가로 신분을 세탁한 CIA 블랙 요원으로 추측되었다.

사흘 동안 제주에서 미행을 따돌리고 서울로 온 릴리아나는 비밀리에 대통령 접견실을 방문했다.

릴리아나는 여행객 복장으로 대통령을 맞이하는 것이 쑥스러웠는지 주춤거렸다. 릴리아나는 통역 브루투스를 낀 채 접견실에서 대통령을 기다렸다. 젊고 활기찬 모습인 박한 대통령이 나타나자 지쳤던 표정이 환해졌다.

"어서 오세요. 고생하셨습니다. 박한입니다."

"안녕하십니까. 대통령님을 만나게 되어서 영광입니다. 릴리아나입니다."

"어려운 걸음을 하셨습니다. 복잡하게 길을 돌아오게 해서 미안합니다."

박한은 Q와의 거래가 잘되길 바란다고 설명했다. 그런 대통령을 보던 릴리아나의 눈빛이 맑게 빛났다. 그리고는 대통령이 아직 미혼이라는 사실에 깜짝 놀랐다.

"이런 옷차림으로 오는 게 아니었네요. 죄송합니다."

"무슨 말씀을요. 어떤 화려한 옷도 릴리아나 양의 아름다움에 묻혀버릴 겁니다. 지금도 아름다우시고요."

박한이 환하게 웃자, 릴리아나도 재미있다는 듯 웃었다.

"스페인이나 이탈리아에서 듣던 사교적 수사를 한국에

서 들으니 설렙니다."

박한은 과하다 싶을 정도로 한술 더 떴다.

"보석은 흙 속에서도 빛나는 법이 질 않겠습니까."

표현이 상투적이었지만, 릴리아나는 재미있게 받아들이는 표정이었다.

"감사합니다. 아빠한테 멋진 남자를 만났다고 하면 깜짝 놀라실지도 모르겠네요."

박한과 릴리아나의 대화는 화기애애했다. 그 모습을 지켜보는 정혁의 견제 눈빛에는 당황한 기색이 역력했다. '산 넘어 산' 대통령의 주변으로 영부인 후보들이 정리되기는커녕 점점 늘어만 갔다. 그나마 다행인 것은 크세니아나 릴리아나가 외국인이라는 것이었다. 대통령의 국정 철학과 김순애 여사의 취향으로 볼 때 영부인이 될 가능성은 상대적으로 낮았다. 다만 남녀관계는 그 누구도 확신할 수 없는 것이 아닌가. 릴리아나가 국정원에서 안내와 보호를 받는 것이 그나마 다행이었다.

전격적으로 국정원장과 Q의 통화가 이루어졌다. 미국의 이동 통신 감청을 피하고자 다채널 폰으로 서로 대화를 시작했다. 신분확인을 위해 우선 릴리아나가 통화를 하고 전화기를 현세현 국정원장에게 넘겨주었다.

릴리아나를 통해 쌍방 간의 신분은 확인되었다. 간단한 인사와 함께 실무협의가 시작되었다. 한국은 더는 시간을 끌 수 없었고, Q 또한, 신변 위험에 노출되어 있었다. Q가 가장 빠르게 한국에 와주길 바랐지만, 어쩐 일인지 머뭇거렸다. 한국에 와서 협상한다는 것은 혈혈단신으로 적진에 들어간다는 뜻일테다. 그 상황을 맞이하고 싶지는 않은 모양이었다.

"먼저 묻겠습니다. 시한이 6월 22일까지입니다. 그때까지 완성 가능합니까?"

"기본적으로 순수 세팅에 필요한 시간은 3개월에서 9개월입니다."

지질 조사 자료가 있으면 3개월도 가능하지만 불충분하면 6개월에서 9개월이 소요된다고 부연 설명했다. 시한은 4개월 남짓 남았다. 과거 조사한 자료를 쓸 수 있다는 전제로도 그나마 간당간당했다. 정작 더 큰 문제가 있었다. 세팅을 위해서는 JDZ에 시추선이 장기 시추작업을 해야 했다. 일본이 가만히 둘리가 없다. 수개월은 고사하고 단 하루도 허락할 리 없었다. 난제를 풀지 못하면 물리적인 시간에 의해 Q는 무용지물이 되고 만다.

Q만 데려오면 풀릴 줄 알았던 섬 만들기 프로젝트는 벽에 부딪혔다. 용역비 협상은 무의미했다. 양측은 시추선 문제를 해결할 방법을 찾기로 했다.

박한은 장고에 들어갔다. 현세현은 박한의 결단이 궁금했다. Q가 밝힌 스스로의 능력이 모호했었기 때문이었다. 심지어 해저지각변형에 대한 실적과 자료 공개를 거부했다.

사업가적 수완일까? 현세현에게 쐐기를 박듯 베팅했다.

"저의 원천기술은 비밀 사항으로 공개할 수 없습니다. 한국 정부가 필요하다면 저를 써주시고, 그렇지 않다면 없던 거로 하겠습니다."

현 원장은 웃었다. 베팅을 받고 다시 베팅을 걸 것인가?

"마지막으로 하나만 묻겠습니다. 이런 제의는 일본에도 했을 텐데, 일본이 거부했습니까?"

"그건 노코멘트하겠습니다."

그가 제시한 것은 엄청난 것이었다. 자신의 원천기술로 JDZ에 섬을 만들어 주겠다는 것이다. 사업비는 10억 달러에 계약착수금 5억 달러, 잔금 5억 달러를 제시했다. 잔금은 섬이 3년 이내에 침강하지 않으면 지급하는 조건이다. 성공만 한다면 영토 확보라는 실익과 국운 상승이라는 커다란 유무형 가치를 얻게 된다. 실패할 경우 대한민국의 위상 하락, 국제적인 조롱거리, 지구 파괴 주범이라는 비난을 감수해야 한다. 더불어 박한은 하야 요구에 직면하게 될 것이다.

"10억 달러는 너무 큰 액수 아닌가요? 섬은 어느 정도 크기를 예상하면 될까요?"

"섬 크기는 클수록 좋겠지요. 하지만 크기가 얼마큼이든 간에 바다 위로 돌출시키는 것이 중요한 것 아닐까요?"

"하긴 그렇기는 하지요."

통화를 끝내고 현세현은 대화 중에 Q가 꺼내든 바둑 이야기를 곱씹었다. '동양의 바둑이라는 스포츠에서는 돌 하나의 힘은 엄청나다고 들었다. JDZ라는 바둑판에 돌 하나를 누가 먼저 놓느냐에 따라 판세를 뒤바꿀 수 있다. 결국, 아무것도 없는 바다 한가운데에 놓인 돌 하나가 바다 전체를 차지하게 되질 않냐.'

한국 지질 전문가의 의견으로는 원천기술이 뭔지 명확히 알 수 없지만, 지표에 자극을 주어 섬을 만들어질 가능성은 아주 낮은 것으로 판단했다. 다만 핵무기급의 폭발력이면 가능할 수도 있다는 단서를 달았다.

박한은 은밀히 미국이 가지고 있는 Q 정보를 알아보라는 지시를 내렸다. 미국이 Q의 기술을 인정하고 있는지? 아니면 단순히 위험 요인을 제거하려는 것인지를 확인해야 했다.

박한은 국정원장을 집무실로 불렀다.

"원장님 Q에 대해서 추가로 나온 게 있습니까?"

"미국 쪽 첩보를 땄습니다. 아직은 우리와 접촉은 모르고 있는 눈칩니다. Q의 원천기술에 대해선 미국도 확신하지 못하는 것 같습니다. 가능성이 있다는 학설과 장사꾼의 근거 없는 이야길 일뿐이라는 학설이 충돌할 뿐 결론은 없습니다."

"그럼 Q를 쓰는 것은 도박이라는 겁니까? 미국도 그의 실력에 대해서 확신하지 못하고 있다는 얘긴데… 그런데도 Q를 제거하고 싶어 한다? 이해가 안 되는 대목입니다."

"그렇습니다. 미국지질학자들의 주장은 Q의 주장이 사실이든 아니든 지구에 커다란 위험을 줄 수 있다는 것을 지적합니다. Q의 행위는 중단시켜야 한다는 겁니다."

"우리는 어떤 스탠스를 취하는 게 좋겠습니까?"

국익을 위해 어떤 판단이 좋을지를 말해보라는 뜻이다. 현 원장은 잠깐 망설였다.

"시도해보는 것이 좋지 않겠습니까? 어차피 일본과 JDZ 싸움에 불리한 건 사실이지 않습니까?"

"마지막 카드로 Q를 써 본다?… 미국이 가만두진 않을 텐데. 그렇다고 성공이 보장된 것도 아니고 실패했을 땐 세계적인 조롱거리가 되겠지요? 대한민국이 장사치의 세치 혀에 놀아났다고 말입니다."

"하지만 대통령님의 대선공약이 JDZ를 수호하겠다는 것이지 않았습니까? 국민은 기대가 큽니다. 언론이 연일 비관적으로 관련 보도를 쏟아내는 건 역사적인 일을 만들어 내라는 반어법 아니겠습니까?"

박한은 K프로젝트와 Q를 놓고 저울질했다. 그랬던 박한이 계시라도 받은 것처럼 결단을 내렸다.

Q도 답례라도 하듯 기간 단축 해법을 찾았다고 연락해 왔다.

*

　박한은 현세현의 국내 첩보 보고를 받고 아연실색했다. 허탈과 분노가 함께 일었다. 사실이 아니길 바랐지만, 그것은 무책임한 일이었다. 결단의 시간이 점점 다가왔다. 시간이 지나면 사방이 온통 적으로 둘러싸일지 몰랐다.

　"결단을 내리셔야 합니다."

　조세붕은 중국, 정혁은 일본, 샘오는 미국과 연계된 것이 사실이라면, 그들을 정리해야 할지, 역이용할지를 선택해야 했다. 저마다의 정치적 계산으로 박한을 배신하고 든든한 배후를 꿰찬 것이다.

　'때가 온 것인가?'

　박한은 한동안 측근 정치를 고민했었다. 정치는 자신의 의지만으로 되는 것이 아니었다. 측근이 없으면 추진력이 떨어지고, 비밀 보장도 어려워진다. 지금까지 써왔던 탕평책은 동전의 양면과 같았다. 유능한 인재와 정적의 지지를 얻기도 했지만, 구심점은 약해졌다. 평시에는 정치에 훈풍을 불게도 하지만, 위기가 오면 원심력으로 쉽게 무너진다. 안다로 일어선 칭기즈칸이 카라코룸[15]을 꿈꾸었으나 결

---

15) 카라코룸: 몽골 제국의 두 번째 수도. 당대 세계 최고의 도시였다. 문화, 종교, 인종 모든 것을 차별 없이 수용한 도시였다. 지금은 폐허가 되어 유적만이 남았다.

국 모래바람 속으로 사라졌듯이…

박한은 고민 끝에 측근 정치를 구축하기로 마음먹었다. 여소야대의 정국. 탄핵을 이겨낼 동력을 얻기 위해서는 어쩔 수 없는 선택이었다. 박한은 평소 측근 정치에 회의적이었다. 견제되지 않은 권력은 부패를 낳는다. 시간이 지나면 측근은 부패한다. 부패한 정권은 국민에게서 멀어진다. 그리고 무너진다. 그래서 정치란 무서운 것이다. 정치는 필요악이라는 걸 잊어서는 안 된다. 없으면 불편하지만, 있어도 불편하다. 정치란 있는 듯 없어야 하고, 없는 듯 있어야 한다.

탕평책은 서서히 힘을 잃어갔다. 그 와중에 그 권력을 쥐기 위해 국내 세력이 외부 세력과 결탁하려는 움직임이 드러난 것이다. 대통령이 되기 전에 찾아갔던 노 정치철학자인 김남길 교수가 한 말이 생각났다.

'국민은 완전한 대통령을 희망하지만, 측근의 탈을 쓴 권력 사냥꾼은 그런 대통령을 오히려 꺼립니다. 혼잡질을 할 수 없으니까요. 측근이 모인다는 것은 자칫 국민이 불행해질 수 있고, 측근이 흩어진다는 것은 정치적으로 불행합니다. 국민의 지지와 측근의 지지는 좀체 양립할 수 없는 선택적 숙제인지 모릅니다. 국민만을 바라보는 대통령은 정적으로부터 무너지고, 측근만 바라보는 대통령은 국민에게 무너집니다. 권력을 주지 않으면 측근은 떠나고, 동력을 잃습니다. 권력을 나눠 주면 시간이 지날수록 부패

합니다. 두 개의 날개 중에 어느 하나에 집착하면 추락합니다. 대통령이란 커다란 바다에 떠 있는 배와 같습니다. 배는 민심에 의해 뒤집히기도 하지만, 잘못된 권력에 구멍이 뚫려 가라앉기도 합니다.'

현세현은 신중하게 제언했다.

"대통령님 이제는 인사로 국정 분위기를 쇄신할 때가 되었지 않나 생각합니다."

"좋은 방안이 있습니까?"

"구심점이 필요한 시기입니다. 피아를 확실하게 구분해야 하지 않겠습니까?"

현세현은 조세붕 국무총리와 정혁 비서실장 이야기를 꺼냈다.

조세붕 국무총리는 지난번 국혼위원회 파동에서 살아남아 여전히 활동 중이었다. 형식은 대통령의 결혼을 위한 가칭 국혼위원회 위원장 자격으로 명문가를 만나고 있다. 여전히 영부인을 만들어 주겠다고 이곳저곳을 찌르면서 대선 출마 기반을 다지고 있다. 박한의 결혼 팔이로 만든 기반으로 박한을 밀어내고 대통령이 되겠다는 뜻이다. 부도덕하고 염치없는 짓이다.

박한은 조세붕의 행동에 의아했다.

"그래도 명색이 정치판에서 산전수전 다 겪은 정치인인데, 총리가 그렇게 소문이 날 정도로 움직인다는 것은 앞뒤가 잘 안 맞지 않는 것 아닙니까?"

현세현도 같은 생각이었다.

"누군가 의도적으로 소문을 흘리고 있다고 봐야지요. 누굴까요?"

"조세붕을 제거하고 싶은 사람이겠지요."

김철 처장은 정철 비서실장과 노장언 대표일 가능성을 내비쳤다. 조세붕과 정혁은 정치적인 동지이기는 하지만, 정혁 실장은 조세붕 총리를 넘어서야 하는 대상으로 생각한다는 것이다. 노장언은 이미 박한과의 대선 전투에서 한차례 패했다. 권토중래를 꿈꾸는 처지에서 조세붕이 성장한다는 것은 위협적인 정적이 되어 간다는 뜻이다. 제거 대상으로 점 찍었을 법도 했다.

박한은 눈결 정세라가 생각났다. 조세붕과 노장언은 영부인으로 정세라를 미는 눈치였다. 정혁 실장이 왜 그런 우호적인 조세붕의 비밀 활동을 소문낸단 말인가? 그렇다면 정세라의 결혼보다도 더 큰 목표가 생긴 것이 분명했다. 그것은 스스로 대통령이 되겠다는 뜻이다. 노장언이 정적을 하나씩 쳐내듯이 정혁도 존재감을 높이려는 것이다. 탄탄대로에 돌출된 암반은 부수든 들어내든 해야 했다.

현세현은 조세붕이 그들 가운데 공공의 적이 된 것으로 판단했다.

"조세붕 총리가 너무 광폭으로 움직였습니다."

"첩보가 있습니까?"

"조 총리가 중국과의 거래에 그치지 않고 일본까지 외연을 더 확장한 것으로 보입니다."

박한은 생각에 잠겼다. 조 총리가 정혁의 텃밭인 일본에 발을 들이밀었다면 볼만한 싸움이 벌어질 것이다.

"본의 아니게 이이제이가 통할 수도 있겠군요. 탄핵 정국에 득이 될지 실이 될지….."

박한의 입에서 탄핵 이야기가 나오자 현세현 원장은 깜짝 놀랐다.

"대통령님 탄핵 정국이라뇨? 당치 않습니다. 노욕에 휩싸인 몇몇 정치인들이 꾸미는 꿍꿍이에 함께 반응할 필요는 없습니다. 그 전에 막겠습니다. 대통령님의 당부도 있고 해서 정치 개입을 하지 않으려 했으나, 정권 전복을 꾀한다면 당연히 국정원에서 막아야 하지 않겠습니까?"

현세현은 탄핵을 막아야 하지만 만약에 조짐이 보인다면 이를 잠재울 한방이 필요하다고 생각했다. 박한은 정략적인 결혼에 대해 다시 생각했다. 탄핵의 그림자가 어른거리는 정치판에서 정세라와 결혼한다면, 탄핵의 강을 건널 수 있는 건가?

11

스캔들

우려한 대로 조세붕은 박한을 정조준하고 있었다. 결국 노장언과도 정치적 결합을 한 것이다. 박한이 탄핵당하면 자신이 대통령권한대행이 될 것이다. 권한대행 프리미엄을 안고 대권에 도전하는 것이 빅 플랜이었다. 그러기 위해서 조세붕은 총리로서 넘지 말아야 할 선을 넘어야 했다.

익명의 녹음 제보가 국정원으로 들어왔다.

조세붕이 노장언과 은밀한 거래를 시작했다는 증거였다. 두 사람이 은밀한 만남을 가진 곳은 '춘래풍'이었다. 춘래풍의 보안시스템을 뚫고 녹음한 녹음 복사본은 익명으로 국정원으로 넘겨졌다.

"원장님, 잡혔습니다!"

"뭔 일인가?"

"조 총리 스캔들입니다. 이거 익명의 제보자가 보내온

것인데 조작된 흔적은 없습니다. 들어보시겠습니까?"

1차장이 녹음 파일을 틀자 남자들의 껄껄거리는 웃음소리가 나왔다. 그리고 조세붕의 목소리가 멀리서 들리다가 점점 가까워진다.

"그래, 아까 노래가 너무 좋았어. 한잔하지 그래. 밍키라고 그랬지?"

"밍키는 요술공주고, 전 미키랍니다."

"미키도 요술공주야. 눈을 감고 노래를 들으니까. 다른 세상에 갔다 온 것 같아. 그러니까 차원을 달리하는 요술공주지. 다른 요술도 잘 부릴 것 같기도 하고 말이야."

"어떤 요술요?"

노장언이 대화에 끼어들었다.

"총리님 그런 19금 발언하시면 큰일 납니다."

"노 대표님의 생각이 19금 아니신가요? 전 그런 뜻이 아닌데."

조세붕은 짓궂게 웃었다.

"그럼 두 분 말씀 나누세요."

미키가 방을 나갔다. 두 사람은 몇 마디 말을 주고받다가 목소리를 낮추었다.

"노 대표님 이제 정리할 때가 되지 않았습니까? JDZ 종료 전에 한 번 뒤집어놔야지요. 그리고 JDZ 만료를 기해서 확실하게…"

"방법이 있소?"

"지난번 말씀대로 물건을 준비 중인데, 생각처럼 효과가 있을지는 의문입니다. 워낙 철저한 도덕성을 가지고 있어서 말입니다."

"그건 상대가 누구냐의 문제지요. 천하의 서경덕도 황진이한테 홀라당 넘어가듯이 좋은 물건을 찾을 수 있느냐의 문제 아니겠소?"

조세붕이 슬며시 말을 이었다.

"그런 애들을 데리고 있는 놈이 있어요."

"그래요?"

"..."

그리고는 일정 구간 녹음이 들리지 않았다. 음향 작업을 거쳐도 무슨 말인지는 알 수 없었다. 이야기는 드문드문 들렸다.

노장언과 조세붕의 이야기는 조금 다른 듯했다.

노장언은 총선 얘기를 꺼냈다.

"이번 총선 승리로 한 방 날리고 의회를 장악하면 일이 쉬워지겠지요. 합법적이기도 하고요."

조세붕은 작전에 집중했다.

"승패는 작전에 달렸으니 집중합시다."

...

현 원장은 대화 속 작전이 무엇인지를 밝혀야 했다. 목적은 유추할 수 있었다. 미인계로 보였다. 미혼의 대통령에게 미인계를 쓴다는 것은 박한을 하야시키려는 음모다.

노장언은 합법적인 선거를 이용하려 했고, 조세붕은 음모를 꾸미려는 것으로 보였다. 정치적 기반이 탄탄한 노장언은 느긋하게 때를 기다릴 셈이다. 조세붕은 그렇게 기다릴 수가 없었다. 박한의 임기가 끝날 때까지 국무총리를 할 수는 없는 게 현실이었다.

이런 녹취 정보를 보낸 사람이 누굴까? 분석 결과 녹음이 조작된 흔적은 없는 게 분명했다. 조세붕과 노장언을 제거하려는 세력이 보내온 것은 분명해 보였다. 그들의 숨은 의도가 궁금해졌다. 작전은 시작된 것인가? 녹음 장소인 춘래풍은 녹음 감청이 불가한 비밀스런 곳으로 알려졌다. 그곳에서 녹음은 어떻게 한 것일까? 녹록지 않은 실력의 해커를 보유한 것으로 의심된다.

*

하나림은 기획사 'TCM엔터테인먼트'에서도 잠깐 활동하다 그만둔 것으로 확인되었다. 함께 죽을 당시 매니저인 감경태와 함께 기획사를 나갔고, 어떤 기획사와 계약을 했다는데 아는 사람은 없다고 했다. 다만 감경태가 이전에 블루루프엔터테인먼트에서 근무한 적이 있다는 사실만 확인했다.

"김 형사 블루루프도 폐업했다면서? 참 복잡하군. 연예계도 한국 정치판 못지않아. 이제 어떡한담. 차량 추적도 본청에서 막아버렸으니, 쩝! 청장님이 서울청에 수사협조 요청을 했는데도 감감무소식이고…"

정철 경찰청장과 김청수 경기남부청장의 권력 투쟁이 시작된 것이다. 정철은 김청수를 무력화시켜야 했고, 김청수는 정철을 능가해야 했다. 정철 세력이 경찰 주요 요직을 장악하고 있어 김청수는 쉽지 않은 싸움을 벌여야만 했다. 그 와중에 김청수에게 현세현 국정원장이 손을 내밀었다. 김청수 청장으로서는 하늘에서 동아줄이 내려온 것이다. 정철이 야당과 깊숙이 관련되어 있다는 루머가 경찰 안에서 은밀히 돌기 시작했다. 현 원장은 정철을 제어할 때가 되었다고 판단했다.

특수본에서는 탐문 수사를 하다 의외의 진술을 확보했다. 하나림이 과거에 블루루프 소속인 적이 있었다. 하나림은 블루루프에 있는 걸 싫어했었다. 갈등 끝에 블루루프를 떠나서 임신중절 수술을 받은 적이 있었다. 진술자의 기억에는 블루루프에 대단한 힘이 있었다고 했다. 그 힘은 대통령실에서 밀어준다, 누군가는 국회의원이 밀어준다는 소문이 돌았다고 했다. 정황으로 볼 때 블루루프의 뒤에 정치적인 힘이 작용한 것으로 보였다.

"본부장님 수사가 좀 이상한 쪽으로 흐를 것 같습니다."

"어떤 문제가 생겼소?"

"이것 보십시오. 아무래도 연예기획사와 정치가 결부된 사건 같지 않습니까?"

문 본부장은 보고서를 천천히 읽었다. 보고서 내용대로라면 장 팀장의 말대로 정치가 개입되었을 가능성이 컸다. 그렇다면 정철 경찰청장이 수사를 막고 있는 것도 일맥상통할 수 있다. 36주 된 태아와 자살한 '가을'도 그 범주 안에서의 사건일 가능성이 크다. 그 수사는 흐지부지 끝나버렸었다. 당시 서울지방청장이었던 정철 청장은 무슨 이유로 수사를 급히 종결지었을까?

*

정혁의 부친상이 났다. 정혁과 정철은 빈소에서 상주와 백관이 되었다. 빈소 입구는 순식간에 화원이 되었다. 망자가 살아생전 가져보지 못한 국화꽃밭이 만들어졌고, 오종종 늘어선 조화들 사이로 꽃길이 생겼다. 문상객들은 조화 숲길을 따라 종종거리며 움직였다. 정혁은 홀로 상주가 되어 문상을 받았다. 정세라도 까만 상복에 삼베 리본을 달았다. 샘오는 호상(護喪)이 되어 정·재계 인사들을 안내했다. 풍수에 밝았던 샘오는 상례도 잘 이해했다.

빈소 분위기가 바뀐 것은 경호팀이 들어서면서부터였다. 경호팀이 빈소를 순식간에 장악했다. 보이지 않는 경호는 통하지 않는 곳이 장례식장이었다. 조문객으로 복잡한 곳일수록 경호는 치밀하게 이뤄져야 했다.

대통령을 가장 먼저 맞이한 사람은 샘오였다. 샘오는 호상으로서 박한을 안내했다.

박한은 정혁에 조문했다.

"실장님, 상심이 크시겠습니다."

"대통령님 이렇게 어려운 걸음을 해 주셔서 감사합니다."

"아버님 잘 모시시도록 하세요."

박한이 조문을 하고 잠깐 자리에 앉았다. 박한이 자리에 앉자 상복 차림의 정세라가 다가왔다. 눈물을 흘린 자국이 화장 위에 남아 있었다.

"대통령님, 식사를 올릴까요?"

"아닙니다. 세라씨! 할아버지께서 손녀를 무척 아끼셨다고 들었습니다. 마음이 아프시겠습니다."

"평소 사랑을 많이 주셨습니다…"

세라는 울컥했다. 주변에 대기하고 있던 기자들이 몰려들었다. 경호팀은 기자들의 접근을 막아섰다. 자칫 접촉사고가 날 수도 있었다.

"조문 자리입니다. 양해바랍니다."

김철은 기자들을 막아서며 부드러운 어조로 경고했다.

"조문이 쉽지 않군요."

박한은 어수선한 장례식장을 떠나오면서 한차례 홍역을 치른 것처럼 입을 열었다.

"그렇습니다. 대통령님."

"기자들 말입니다. 불안하긴 합니다. 무슨 기삿거리가 터질지?"

박한도 정세라와의 만남이 기사가 되어 뜰지도 모른다고 생각했다. 누가 봐도 정세라와는 초면이 아닌듯한 대화였다. 친근해 보이는 모습을 보였다는 것은 스캔들을 일으키기에 좋은 거리가 된다.

"그러게 말입니다. 개인적으로는 샘오가 있어서 더욱 그렇긴 합니다."

박한은 장례식장이 마치 대통령실을 옮겨 놓은 것처럼 느꼈다. 정혁과 정철을 중심으로 주변에 이름깨나 날린다는 정·관계 인사들이 포진해있다. 박한 자신은 그런 방대한 조직에 섞여 있는 한 사람의 조문객일 뿐이었다.

"대통령실을 옮겨 놓은 것 같더군요."

"하긴 대통령실 사람들이 거의 다 장례식장에 모였으니까요."

김철은 장례식장에 있었던 민서린과 우현을 떠올렸다.

민서린, 우현, 정세라가 함께 자리한 모습이었다. 그곳에 샘오가 자리해 있었다. 박한이 앉아야 할 자리에 샘오가 대신 차지한 것 같았다. 대통령의 추문이 들리고 있는 와중에 세 여인과 샘오의 동석이 묘했다.

*

　장례를 마치고 돌아온 정혁 비서실장을 대통령 관저로 초대했다. 박한과 정혁 두 사람만을 위한 만찬이었다. 식사는 사찰음식처럼 단출했다. 밥과 시래깃국 그리고 김치 깍두기, 호박조림, 산채나물…. 단출한 식사를 마주한 정혁은 당황한 눈빛이다. 의미를 전달하려는 것인지? 평소 모습인지가 구분되지 않았다.

　"실장님, 너무 조촐하지요? 전 이렇게 먹는 것이 좋아서 그냥…"

　"아뇨. 좋습니다."

　"참! 한잔하시겠습니까? 안주는 따로 있으니 걱정하지 마시고요. 소주 안주로 깍두기 먹는 일은 없을 겁니다."

　박한이 웃었지만 불안감이 싸늘하게 엄습했다. 블라인드 면접을 보는 느낌이었다. 어두운 관객석 앞 무대 위에서 스포트라이트를 홀로 받는 느낌이었다. 배우의 스포트라이트는 행복한 빛의 향연이지만, 권력자 앞에서의 스포트라이트는 발가벗겨져서 해부당하는 느낌이다.

　"대통령님께서 잘하시는 거로 하죠."

　마른침을 삼키며 조용하게 대답했다. 불안함이 목소리를 먹었다.

　"그러지 마시고요. 오늘은 초청된 손님이시니까 골라 보세요."

수에 말리면 안 된다는 생각이 들면서 주춤거렸다. 생각이 많아진다. 그래도 골라야 할 순간이다.

"그럼… 소주. 소주가 좋겠네요."

박한은 소주를 한잔 따라주자 정혁도 박한의 잔을 채웠다. 그리고 줄곧 눈동자를 굴리던 정혁에 건배를 제의했다.

"한잔하시지요. 여긴 완전히 독립된 공간입니다. 도청도 감시도 할 수 없는 곳이지요. 그래서 말입니다…"

정혁은 침을 꼴깍 삼켰다. 긴장했다는 뜻이다. 대통령의 눈을 맞추는데 힘들어했다. 박한은 그것을 모를 리 없었다. 정혁의 잔이 곧바로 채워졌다.

"오늘 모신 것은 의논할 일이 있어서입니다. 그동안 저를 위해 열심히 애써 주신 것에 대한 감사를 먼저 드립니다. 이번에 내각과 비서실 개편을 할까 합니다."

"내… 각, 비서실 개편을요?"

너무 때가 빨리 온 것이 아닌가? 아무것도 실행되지 못한 상태에서 판이 뒤집힌다면 모든 것이 날아가 버릴 수도 있다. 정혁은 가슴이 우둔우둔 뛰기 시작했다.

"오늘은 적임자 추천보다는 실장님의 거취를 먼저 여쭐까 합니다."

"거취라… 하시면…"

거취라는 말에 '올 것이 온 것인가?' 엷은 미소를 머금은 입에서 무슨 말이 나올지 오싹해졌다.

"내각으로 자리를 옮기실 생각이 있으신지요?"

거리를 두겠다는 뜻인가? 아니면… 혹시 세라와 결혼을 대비해서…

"저야 대통령님의 뜻에 따라 움직여야죠. 내각으로 간다면 어느 자리를?"

자리도 자리지만 박한의 진의를 알고 싶었다.

"제 생각에는 장관과 부총리, 국무총리 어디라도 역량이 되신다고 생각합니다."

대통령의 제의는 뜻밖이었다. 파격적인 선택권을 던졌다. 불현듯 진심일지 확신할 수 없었다. 순간 마음이 드러났다.

"국무초~총리까지 말입니까?"

"다만, 전제 조건이 있습니다."

정혁은 상기한 표정으로 관저를 빠져나왔다. 대통령이 자신의 내밀한 움직임을 모르고 있다는 사실에 안도했다. 그리고 대통령의 제의에 고심이 깊어졌다. 박한은 정치적인 수사를 쓰지 않는 편이지만 마음을 읽기가 쉽지 않았다. 대통령의 장인이 되면서 모든 공직에서 내려올 것인가? 아니면 대통령의 장인을 포기하고 국무총리를 꿰찰 것인가? 점점 권력의 정점에 가까워진다는 생각이 들자 생각이 복잡해졌다.

정혁은 샘오를 만남으로서 정치적인 야욕을 얻게 되었다. 샘오가 말한 무신년이 되었다. 국무총리에 오른다는 것은 동방 삼용과 연관이 있다는 것인가? 그 야욕은 화악산에서부터 시작되었다. 당장 총리를 맡게 된다면 샘오의 예언대로 왕좌가 가시권에 들어온다. 화악산이 동방삼용의 왕기가 서렸든 아니든 그로부터 정치 역정은 시작되었다. 왕기는 과연 누구를 향해있는가? 그것은 자신일 수도 있고, 샘오 일수도 있다. 그 왕기가 자신에게 왔다면 정혁 자신일 수도 있고 세라에게 갔을 수도 있다. 아직 샘오를 버릴 수는 없다. 그의 영민함을 내 것처럼 써야 한다. 그리고 전략적 제휴를 맺어왔던 조세붕 총리를 날려버릴 때가 왔다고 판단했다.

*

조세붕 국무총리의 탄핵안이 기습적으로 발의되었다. 재산 부정 축재와 성 추문, 직위를 이용한 특정 국가에 고급정보를 유출한 것이 사유였다. 국기문란과 국가 이익에 반하는 이적행위를 했다는 것이다. 조세붕에게 위기가 찾아왔다. 대통령을 탄핵하기도 전에 자신이 탄핵당하게 생겼다.

조세붕은 노장언을 찾아갔다. 탄핵을 야당인 밝은미래당에서 발의한 사실을 따졌다. 자신의 탄핵이 부당하다고 항변했지만, 전세를 뒤집기에는 분위기가 좋지 않았다. 노장언이 이미 발을 뺀 것이다. '노회한 여우 같은 놈'

국민 여론도 좋지 않았다. 부정 축재와 정보 유출은 혐의 증명에 시간이 걸렸다. 성추행 행위는 파렴치하다는 이유로 여성 단체에서 즉각 들고 일어났다. 술에 취한 것도 아니고 대낮에 이루어진 성추행은 변명의 여지가 없어 보였다. 조 총리가 문화예술인 축제에 참석했다가 생긴 일이다. 사진 촬영 때 옆에 서 있던 여배우 연소라의 엉덩이를 만졌다는 것이다. 현장 모습은 CCTV와 현장 취재기자의 카메라에 찍혔다.

조세붕은 승부수를 준비했다. 정치판에서 쌓아온 내공을 펼칠 때가 왔다. 누군가의 음모에 빠졌다는 걸 눈치챘지만, 아직 상대가 누군지 불확실했다. 노장언 뒤에 숨은 그 누구일 것이다. 적도 모르고 전선을 펼칠 수는 없다고 판단했다. 그가 선택한 것은 시간벌기 여론전이었다.

기자회견장에 나타난 조세붕은 결심했다는 듯 입을 열었다. 부정 축재와 국가 이적행위에 대해서는 정치적 음모라고 핏대를 세웠다. 탄핵안 발의자에 대해서는 고발하겠다고 맞받아쳤다. 그가 사과한 것은 성 추문뿐이었다.

"우선 이런 일이 벌어진 것에 대해 깊이 사과드립니다. 하지만 제 의도와는 관계없이 벌어진 것입니다. 추행의 잣대가 너무 과하다고 생각합니다. 요즘 들어 추행의 범위를 너무 광범위하게 적용해서 두렵다는 남성들이 많습니다. 여성의 권익은 당연히 보호되어야 하지만, 그것 때문에 남성이 희생되고 젠더 갈등을 유발하는 것은 곤란하다고 생각합니다."

"그럼 성인지 감수성에 너무 엄격하게 적용한다는 근거가 있습니까?"

"주변의 일본과 중국만 하더라도 우리나라처럼 엄격하지는 않습니다. 심지어는 우리는 '예쁘다'라는 말을 가지고도 성적인 모욕을 주었다고 합니다. 홍길동전도 아니고 예쁜 걸 예쁘다고 하지도 못하는 건 법의 과용이라고 생각합니다. 세상은 다시 남녀칠세부동석 조선으로 되돌아갔습니다…"

조세붕의 의도는 분명했다. 사법적 판결이 나올 때까지 시간을 끌면서 젠더 갈등으로 여론을 혼란스럽게 만들어 돌파구를 찾아보자는 것이다.

"그리고 사실상 여배우의 키가 대단히 크다는 건 사실입니다. 별생각 없이 사진 촬영 때 허리를 감는다는 것이 키 차이로 손이 그리고 갔던 것입니다. 결과적으로 이것은 모든 남성을 잠재적 범죄자로 보는 시각으로 그것 또한 의도가 순수하지는 않습니다."

"법 해석의 문제가 있다고 주장하시는 거로 보면 되겠습니까?"

"대한민국에는 여성을 보호하는 법은 있지만, 남성을 보호하는 법은 없습니다. 남성들 사회에서 역차별이라는 볼멘소리에도 귀를 기울여야 합니다."

조세붕은 그동안 쌓아왔던 대권의 꿈을 이대로 접을 수 없다고 생각했다. 다시 기회는 오지 않는다는 걸 잘 알고 있었다. 상대는 조직적으로 일을 꾸몄다. 연소라는 이미 친분이 있던 여배우다. 잠자리도 가진 적이 있는 여배우 엉덩이를 조금 만졌다고 발끈할 계제도 아니었다. 그런데 연소라는 자신이 고소한 적이 없다고 하면서 만남을 피한다. 조세붕이 결정적으로 코너에 몰린 것은 노장언의 배신이었다. 그동안 한 몸처럼 호흡을 자랑했던 그들이었지만 정치는 태양을 좇는 해바라기처럼 권력과 이권에 따라 자전하는 법이다. 조세붕은 더는 버틸 수 없다는 걸 알아차렸다. 대권에 도전하기 위한 그간의 노력은 물거품이 될 순간이다. 그동안의 부정 축재와 성 추문을 조사하겠다는 협박이 올 때까지는 어떻게든 활로를 찾아봤지만 만만치 않았다. 잡음을 최소화하고 조용히 물러나 권토중래를 꿈꿀 것인가?

조세붕 국무총리의 탄핵이 거론되면서 정계는 다시 한번 요동쳤다. 계파마다 자신의 사람을 추천하느라 물밑으로 바쁘게 움직였다. 정계와 학계 법조계를 중심으로 후보자 세평은 동심원처럼 퍼져 나갔다가 돌아오기를 반복했다.

정혁은 여전히 갈피를 잡지 못하고 있었다. 그런 정혁에게 샘오가 결정적인 한 방을 날렸다. 길이 열렸을 때 그 길을 가지 않는 것은 대의를 가진 자의 행동이 아니라는 것이다. 정혁이 총리로 가는 것은 대의이고 상수이지만 세라가 박한과 결혼하는 것은 변수이기 때문에 선택을 고민할 이유가 없다는 것이다.

"세라의 결혼은 총리를 맡고 나서도 가능한 일입니다. 하지만 남녀의 마음이란 어떻게 변할지도 모르는 일인데, 거대한 크루즈를 타고 여행을 하셔야지 뗏목을 타고 멀고 거친 바닷길을 떠나려 한단 말입니까?"

정혁은 마음을 굳혔다.

"자네는 어떤 자리를 원하는가?"

"전 용산에 들어가고 싶습니다."

샘오는 자신의 생각을 드러내기 시작했다. 자신의 야욕은 누군가를 넝쿨처럼 타고 올라야 했다. 그 타고 올라야 할 누군가가 정혁이었고, 정혁이 타고 올라야 할 상대는 조세붕이었다. 시간이 지나자 조세붕의 눈앞에 정혁과 샘오의 움직임이 어른거렸다.

조세붕은 그제야 덫에 걸린 것을 알아차렸다. 노장언은 그렇다 치더라도 정혁과 그의 수하인 샘오가 만든 함정이라는 걸 알아차렸다.

*

"첫 방송 시청률이 5.5%라면 대박인데. 용산에서 당장 연락 오겠는걸."

JJ방송 제 사장은 흡족했다. 더군다나 셉톱박스 조사기준보다 모바일 스트리밍시청률이 높다는 것은 젊은 층에 제대로 먹히고 있다는 것을 의미했다.

"일단 좋은 일이기는 한데, 대통령실에서 방영금지 가처분 신청을 할 가능성을 대비하셔야 합니다."

"김 본부장! 이 사람아! 드라마는 잘 찍는데 사업성은 좀 배워야겠어."

"무슨 말씀이신지?"

"이 사람아! 대통령실에서 방영을 금지해달라고 하면 보상을 논의하면 될 거고, 아니면 관심을 등에 업고 시청률 계속 높여서 방영하면 될 텐데, 꼭 드라마 찍어야만 돈 버는 것 아니다 이 말이야. 어쨌든 우린 꽃놀이패 아닌가?"

"그래도 드라마를 중간에 그만둔다는 건 시청자와의 약속을 어기는 겁니다."

"거참! 귓구멍에 말뚝을 박았나? 대통령실에서 그만하라 해서 그만두었다고 하면 되지 약속은 무슨 약속!"

김 본부장은 사장의 기세에 눌려 제대로 저항 한 번 하지 못하고 사장실을 빠져나갔다.

"미스 유! 잠깐 들어와 봐!"

제 사장은 루틴처럼 김 본부장이 나가자 미스 유를 불렀다.

"미스 유는 그만두었습니다."

"그래? 언제? 왜 그만두었어?"

제 사장은 자신의 닦달을 못 견뎠다고는 생각지 못하는 눈치다.

*

같은 시간 박한은 고달후 비서실장과 함께 변재철 방송통신위원장을 만나고 있었다. '하렘의 여인들'이라는 드라마에 대한 논의 중이었다. 방통위원장은 제재를 가해야 한다고 주장했다. 박한은 대통령실 권력이 드라마를 중단시켰다는 비난을 받고 싶지는 않았다. 드라마의 역기능을 순기능으로 돌려놓을 방법을 찾는 것이 좋겠다는 의견이었다.

"그래도 JJ방송 제 사장을 만나야지 않겠습니까?"

변 방통위원장은 제 사장을 만날 생각이었다.

"제가 한번 만나서 얘기를 해보겠습니다. 그런데, 그 원작자 말입니다. '엑스오'라고 되어있는데 필명치고는 특이하지 않습니까? 누군지는 확인해 볼 필요가 있습니다. 의도가 있는 것으로 보이기도 하고요."

"오엑스가 아니라 엑스오라는 이름 특이하군요, 수학 공식 같기도 하고요."

박한은 '하렘의 여인들'이라는 드라마의 시놉시스를 보고 싶어 했다. 방송국에서는 드라마가 시청자 소통형 드라마이기 때문에 시청자 의견에 따라 기승전결이 달라지는 것이라고만 설명했다. 그것은 응답을 피하기 위한 변명이라고 생각했다. 원작자와 방송국이 어떤 의도로 드라마를 만들고 있는지 알아야 할 대목이다.

이혼한 40대 대통령과 주변 여인들의 이야기는 살짝 비틀었을 뿐 박한 자신과 다를 바가 없다고 생각했다. 대통령의 여인들을 드러내며 대통령의 인간적인 모습을 부각한다고는 하지만 곧이곧대로 믿을 수는 없었다. 인간이기에 드러내야 할 여러 추문을 흥미롭게 끄집어내는 것에 불과할 것이다.

드라마는 심의에 걸릴 듯 말 듯 경계선 위에서 줄타기하고 있었다. 정치 권력 이야기로 남성 시청자를 끌어들이고, 권력자의 여자 이야기로 여성 시청자를 끌어들여 시청률을 높이고 있다. 소통형이라는 구성으로 그 이야기를 끌어갈 권력을 시청자에게 쥐어 줬다. '당신의 참여가 드라마를 만듭니다!'라는 문구가 독자들에게 권력욕과 소유욕을 자극했다. 대통령과 그의 여인들을 아바타처럼 마음대로 움직여 보는 권력의 통렬함에 빠져들게 만드는 구조였다.

박한은 정치적인 위기를 체감하고 있었다. 정치란 위기라는 파도를 넘는 일의 반복이다. 유능한 정치인이 되기 위해서는 유능한 서퍼가 되어야 한다. 취임한 지 일 년도 되지 않아 대통령의 권력을 공격하는 예는 지금껏 한 번도 없었다. 무모하기 때문이다. 그런데도 대통령의 권력에 도전하는 대범한 일이 벌어지고 있었다. 그것은 용상을 탐내는 세력일 수도 있고, 거대한 배후가 있을 수도 있다. JDZ가 불편한 일본일 수도 있고 어부지리를 노리는 중국일 수도 있다. 가능성은 적지만 오랜 우방이라고 하는 미국이나

80여 년이나 반목했던 북한일 가능성도 배척할 수 없다. 대한민국 국민을 제외한 그 누구도 박한의 공격적이고 직선적인 정치를 좋아하지는 않는다. 그들 중 누군가가 박한의 정치적 입지를 좁히려 움직이고 있는 것은 분명했다.

*

2028년 3월 31일. 대한민국 제23대 국회의원 총선 선거운동이 시작되었다. 박한의 한국행복당은 총선에서 고전이 예상되었었다. 최초 여론조사부터 여당은 야당의 공세에 밀렸다. 야당은 대선이 아닌 총선임에도 미혼과 강성 이미지의 대통령을 공격했다. 그들은 우려한 어법으로 대통령을 위하는 듯 교묘하게 깎아내렸다. 전쟁도 불사한다는 위험한 대통령 이미지가 부각되었다. 평화를 위해서는 강력한 야당이 필요하다고도 역설했다. 그런가 하면 여성 편력을 입소문으로 퍼뜨리기도 했었다.

선거일이 다가오자 야당인 밝은미래당은 박한 대통령의 급진적인 정치철학으로 국가 위기가 올 수 있다는 국가 위기론을 꺼내 들었다. 행복한국당 정춘석 대표도 총선이 순탄치만은 않을 거라 예측을 하고 있었다. 정당 지지율은 여당인 행복한국당은 30%~33%에서 오르락내리락했다. 그런가 하면 야당인 밝은미래당은 36%~44%를 오르내렸다.

박한의 국정 능력은 또다시 시험대에 올랐다.

기다렸다는 듯이 드라마 '하렘의 여인들'에 이어 '시사 하렘'이 방영되었다. 제목이 말하듯 파급력은 대단했다. 티저 광고부터 자극적인 모습을 내보내며 시청자를 자극했다. JJ방송에서는 박한이 탄핵을 당하거나 결혼하기 전에 단물을 모두 뽑겠다는 태세였다.

"지금이라도 방영금지 가처분 신청을 하셔야 합니다."

김철 경호처장이 대통령에게 '하렘의 여인들'과 '시사 여인들'의 방송을 중지시켜야 한다고 제언했다. 그러자 정혁 비서실장은 조심스럽게 의견을 꺼냈다.

"이미 방영되고 있는 걸 가처분 한다는 건 역풍이 불지 않겠습니까?"

"그래도 태풍은 피해야지요! 이건 정치적이지 않습니까?"

김철이 버럭 흥분하자 정혁은 한발 물렀다.

"시사는 좀 그렇다 치고 드라마를 놓고 정치 개입이라고 한다면 논리적으로 궁색하지 않습니까? 다른 방도를 찾아보는 것이 좋을 것 같습니다."

드라마 스토리 또한 시청자가 보기에는 박한 대통령의 이야기라고 생각하기에 충분했다. 박한은 김풍곤 정무수석을 밝은미래당에 보냈다.

박한은 결혼 문제를 다시 고민하기 시작했다. 이렇게 정치적으로 밀리게 되면 더욱 조심스러워진다. 자칫 결혼이 정략적으로 비춰질 수 있기 때문이었다.

'궁지에 몰린 대통령 정치적 결혼을 선택하다.'

*

국정원은 샘오가 한때 엔터테인먼트를 운영했다는 사실에 주목했다. '블루루푸엔터테인먼트'와 '블루칩엔터테인먼트'라는 기획사를 만들었었다. 운영 기간이 짧은 탓으로 그곳 출신 연예인을 찾기가 쉽지 않았다. 한때 소속 연습생과 현역들로 미어터진 적이 있었다. 그곳 출신이면서 현재 활동 중인 연예인은 드물었다. 현 원장의 촉이 발동한 것은 그 대목이었다. 기획사가 세워졌다가 한순간 사라졌다는 것은 흔한 일이다. 샘오의 기획사 갈아타기에서 어떤 낌새를 알아차렸다.

샘오의 행적에 의구심이 들었다. 미국에서 생활도 일반적이지는 않았다. 어느 날 언론인이 되어 한국에 들어온 것도 그렇다. 생뚱맞게 바지사장을 내세워 연예기획사를 차린 것도 선뜻 이해되질 않았다. 거기다가 정혁 실장과 연결되었다는 것에 어떤 목적이 있어 보인다. 목적 달성을 위해서 하나씩 차근차근 단계를 밟아 가는 느낌이다.

어렵게 당시 소속 연습생을 만났다. 연습생은 블루루프를 나와 다른 기획사를 거쳐 잠깐 데뷔한 적이 있는 여자였다.

"리나 씨, 나와 주셔서 감사합니다."

리나는 불안한 표정이었다.

"아무 일 없는 거 맞죠? 이런저런 일들을 겪다 보니 시 끄러운 게 싫어서요."

"뮤지션으로 활동했다고 들었습니다. 앨범 자캣의 사진 하고 똑같으시네요."

162cm 정도의 키에 얼굴이 동안인 여자는 방송에서 본 듯했다. 어슴푸레 기억이 떠올랐다. 그새 나이가 들어 아 이돌을 포기하고 연기자가 되려고 준비 중이랬다. 그녀가 꺼낸 샘오의 기억은 헝클어진 긴 머리에 촉촉하면서도 번 뜩이는 눈빛이었다. 그녀가 처음 오디션을 봤을 때 기억은 다른 기획사와는 사뭇 다른 분위기였다고 했다. 노래 실력 을 보기는 했지만 섹시한 외모에 대해 집착했다고 한다. 지금도 샘오가 했던 말이 귓가에 뱅뱅 돈다고 했다.

"노래만 잘 부르면 되던 시대가 아니잖아. 너희들은 프 로야 아마추어가 아니라고, 아마추어는 내가 좋아하는 것 이고, 프로는 남이 좋아해야 한다는 거 잘 알잖아! 연기든 노래든 춤이든, 몸매까지도 프로가 되어야 한다. 이 말이 야!"

한때는 이런 말도 했다고 했다.

"프로는 도화살이 끼든 홍염살이 끼든 끼가 넘쳐야 해, 무당처럼 미친 듯이 끼를 부릴 줄 모르면 그냥 아마추어가 되는 거야. 연예인하고 무당하고 차이는 딱 한 끗 차이다. 한 끗! 무당도 프로니까 돈을 벌지만, 아마추어가 되면 그 게 바로 미친놈 미친년이라고 손가락질받게 되는 거야."

결국, 샘오는 섹시한 그룹의 여자들만 키워줬다. 투자도 섹시 그룹에 집중되었고, 그중 데뷔를 한 친구도 있었지만 대부분 어쩐 일인지 하나둘 그만두었다고 했다. 대부분 리나보다는 한참 언니들이어서 자세히는 알 수 없지만, 갈등이 있었던 것으로 추측했다. 그중에는 기획사가 문을 닫고도 한동안 샘오와 연락이 되었던 언니들이 몇 있었다고 했다. 그중 리나가 가지고 있는 SNS 연락처가 있었다.

"아직도 이 번호 그대로인지는 모르겠어요. 한 번씩 바꾸곤 했었는데…"

*

리나의 말대로 미사리 '리버러버' 카페에서 노래하는 젊은 여주인 샤론을 만났다. 30대 중반으로 보이는 샤론은 세련된 외모에 농염한 몸매를 가졌다. 목소리에는 유니크함과 끈적함이 섞여 있었다. 노래를 끝내고 무대에서 내려오자 S요원이 그녀를 자리에 불렀다.

"혹시 가수 해볼 생각 없으십니까?"

샤론은 S요원의 아래위를 훑어보고는 '또 그 수작질이야.' 하는 표정으로 앞자리에 앉는다. 자리에 앉자 검정 블라우스 사이로 골진 앙가슴이 드러난다. 그리고는 테이블에 꽃받침 자세로 턱을 고이고 빤히 S를 바라본다. 눈결 훅 빨려 들어가는 기분이 들었다.

"데뷔시켜주시게요?"

"이 외모에 노래 실력에 가수를 안 하는 것도 이상하지 않을까?"

S의 묵직한 말투에 여주인은 살짝 삐다.

"저는 저의 미래를 걱정해 주시는 분보다, 지금 당장 내 노래를 들어주는 사람을 원한답니다. 빈 잔은 제가 채워드리지요."

샤론은 S에게 술잔을 채워 주고는 자리에서 일어났다. 순간 S가 샤론의 손목을 낚아챘다. 털썩 도로 자리에 앉은 샤론은 S의 얼굴을 유심히 봤다.

"카페 여주인은 작부가 아닌 거 아실 텐데, 왜 이러시죠?"

S는 목소리 톤을 낮추었다.

"샤론 최, 최훈숙 씨 얘기 좀 합시다."

'최훈숙'이라는 말에 샤론은 긴장한다. 머릿속에 서늘한 바람이 지나간다.

"누… 누구세요?"

S는 자신이 향정신성의약품을 단속하는 마약반에서 나왔다고 했다. 눈결 샤론의 눈이 파르르 떨렸다. 긴 속눈썹 때문에 떨림을 감출 수가 없었다.

"그… 그래서요."

"조용한 데서 얘기를 좀 했으면 하는데…"

S는 샤론이 과거 블루루프 소속 여가수였다는 걸 알고

있다고 말하자 불안한 눈빛으로 변했다. 과거 대마를 피우다 걸린 적이 있었기에 S의 말에 본능적으로 반응했다. 요즘도 대마를 구입했다는 첩보가 있다고 말하자 급격하게 위축되었다. 바싹 얼어있는 샤론에게 제안했다.

"대마로 또 들어가고 싶지는 않겠지요?"

샤론은 이미 부정한다고 해서 끝날 문제는 아니라고 생각했다. 그리고 본능적으로 S가 체포를 목적으로 온 것은 아니라는 걸 느꼈다. 읍소를 하면 벗어날 틈이 있다는 걸 본능적으로 감지한 것이다.

"더는 안 할 거예요."

S는 블루루프에 대해서 얘기해달라고 했다. 그제야 샤론은 S가 마약반이 아니라는 걸 직감했다. 하지만 S가 대마를 했다는 증거를 가지고 있는 한 거부 할 수 없었다. 샤론은 블루루프에 대해 설명했다.

샤론이 블루루프에 들어갈 무렵, 나이가 꽉 찬 뮤지션이었다. 데뷔를 위해 나름 편의점 아르바이트를 하기도 하고 이따금 들어오는 영화 단역을 하기도 했다. 단역은 대사가 없는 것이 대부분이었다. 수입도 변변치 않았다. 블루루프에서는 나이든 훈숙에게 오디션을 받아줬다. 10대 위주로 오디션을 하는 다른 기획사와 달리 특이하게도 30대 초반까지 오디션 문을 열어주었다.

샤론은 가창력과 연기로 다져온 농염한 무대 매너로 2등을 차지했다. 그리고 얼마 있지 않아 곡을 받아 무대에 섰다. 잠깐이지만 방송에도 얼굴을 내밀었다. 그때부터 샤론의 생활은 불규칙했고, 불규칙한 만큼 멘탈이 안정이 되지 않았다. 컨디션 난조가 찾아오면서 무대 공포증이 생겼다. 음 이탈이라는 이른바 삑사리가 언제 나더라도 이상하지 않을 정도로 음정이 흔들렸다. 그때 구원의 손길을 내민 것은 샘오였다.

"샤론 요즘 왜 그래?"

걱정스럽다는 목소리였다. 그날 샤론은 샘오의 이끌림에 차에 몸을 실었다. 한강을 따라 어디론가 한참을 달려 강가에 도착했다.

강가에서 샘오가 꺼낸 담배를 한 대씩 나눠 피웠다. 독하고 이상한 냄새가 났다. 정신이 혼미해졌다. 근심이 사라지고 긴장했던 몸이 이완되는 것 같았다. 샘오의 손길이 느껴졌다. 손끝에서 치유의 기가 흘러나왔다. 샘오는 단단했던 샤론의 틈을 비집고 들어 왔다. 거대한 바위도 작은 틈으로 물이 스며들면 쪼개지듯 샤론의 영혼은 쪼개지기 시작했다. 치유라는 착각 속에서 샤론도 모르게 스스로 해체되고 있었다.

"그 이후로 무대 공포증이 사라졌어요. 대마를 한 대 피우고 무대에 오르면 한 옥타브 정도는 쉽게 올라갔으니까요. 결국, 샘오의 포로가 된 거지요. 거대하고 단단한 올가미에 나 스스로 발을 들이밀었다는 것을 알게 된 거예요. 스스로 헤어 나올 수 없다는 사실을 깨달았을 땐 이미

348

늦었습니다."

S는 샤론이 모든 것을 술술 불자 오히려 의구심이 들기 시작했다. 한때 샘오의 여자였던 그녀가 샘오에 대해 거침없이 이야기하는 것은 또 다른 트릭이 아닌지 의심스러웠다.

샤론은 샘오에게서 대마와 함께 독특한 섹스 스킬을 배우기 시작했다. 스쿠버를 배운 것도 그때부터였다. 샘오는 긴 호흡을 사용한 수중 스킬을 가르쳤다. 그리고 샘오의 아이를 가졌을 때도 샘오는 거물 정치인과 재벌이 모이는 자리를 만들었다. 그때 함께 가던 블루루프 식구는 샤론과 막 데뷔를 앞둔 리나였다. 결국 파티가 끝나고 샤론은 모 재벌 회장과 잠자리를 들게 되었다. 거부했지만 이미 샘오의 손에서 벗어날 수 없는 상태였다. 아이러니하게도 샤론은 샘오를 사랑했다. 샘오는 치밀하게 움직였다.

다음날 샘오는 다른 정치인과 잠자리에 들게 했다. 두 달 뒤 임신 소식을 재벌과 정치인에게 알렸다. 결국, 아이를 지우는 대가로 돈을 뜯어냈다. 그들은 친자가 아닌 것을 의심했지만, 샤론과 아이의 DNA를 확보할 수는 없었다. 결국, 언론 공개 협박을 이기지는 못했다. 아기는 샘오의 강요로 낙태를 시켰고, 그 대가로 지금의 카페를 받게 되었다. 샘오가 그런 대가로 도대체 얼마를 벌었는지. 정계와 어떤 연을 맺었는지는 아직도 알 수 없다는 것이었다.

"그래도 사랑했던 사람이고, 아이를 가지기도 했었는데

왜? 샘오를 두둔하지는 않는 거지요?"

"누군가 그러더군요. 사랑과 증오 깊이는 비례한다고… 사랑했지요. 헤어날 수 없을 정도로 깊이깊이… 그래서 증오의 깊이도 그만큼 커진 거겠지요."

S는 돌아오는 길에서도 여전히 풀리지 않는 의문이 있었다. 그렇게 동원된 뮤지션과 배우들이 왜 그렇게 샘오 앞에서 무기력해진 것인가? 샤론이 어렴풋이 기억을 떠올렸다. 샘오의 조상이 어떤 종교의 창시자라는 것으로 기억하고 있었다. 그래서 샤론에게 묘한 영적인 이끌림으로 세뇌를 시켜왔다고 했다. 사실이라면 어떤 종교의 영감을 받았다는 것인지 궁금했다. 그리고 자신을 증오하고 자신의 비밀을 알고 있는 샤론을 샘오가 가만히 놔 두고 있는 이유는 무엇일까?

*

"몽환적 분위기와 특이한 섹스 스킬로 사업을 했다는 거군. 정계와 재계 이따금 학계까지 주요 인사 파티에 소속 연예인이나 지망생을 파티에 공급했다는 것 아닌가?"

현세현 원장은 의외로 큰 건이 만들어지고 있다고 판단했다. 샘오의 영향력이 어느 정도인지를 먼저 파악해야 한다. 자칫 섣불리 움직였다가 권력자들의 방어를 뚫지 못하면 오히려 역으로 당할 수 있기 때문이었다. 도대체 샘오를 거친 여자들이 헤어나지 못하는 이유는 무엇일까? 정신적일까? 육체적일까? 경제적일까? 조사가 진행되면 곧 윤곽이 드러날 것이다. 파티 참석자부터 확인을 해봐야 했다.

샘오의 여자들은 특정인의 자리에 따라서 각각의 이름을 달리했다는 것이 밝혀졌다. 확인 결과 샤론, 지혜, 혜린, 수지가 동일인이고, 미나, 제니, 클로에, 가희가 같은 사람이었다. 샤론은 음악 활동보다 접대에 더 자주 동원되었다. 그가 모신 유명인 중에서는 누군지 알만한 사람이 대부분이었다. 샤론을 거쳐 간 남자들은 다시 그녀를 찾았다. 대부분 나이든 권력자들이었다. 샤론에게서 알 수 없는 청춘의 에너지를 느꼈다. 감당할 수 없는 극치감을 느낀 것이다. 샤론도 처음엔 부끄러움 때문에 잠자리를 들기 전에 대마를 피웠다. 곧 중독성을 띠게 되었다. 샘오를 거쳐 간 연습생 중에 현재 활동 중인 것은 가희 뿐이었다. 가희는 대마에 손대지 않았다. 샘오도 대마를 주지 않았다. 가희는 샤론과 겹치기는 했지만, 샤론이 리버러버의 카페를 열면서 그 뒤를 이어 파티의 여왕이 되었다.

S는 파티에 드나들었던 사람 중에 실종자가 있는지 확인해봤다. 정황상 샤론 이전에도 여인들이 출입했던 흔적을 발견했기 때문이었다. 샤론은 직접 보지는 못했지만, 그 이전에 누군가가 파티에 동원됐다는 것을 요리사를 통해 들은 적이 있었다고 했다.

S는 파티에 출입했던 요리사 레오를 찾았다. 레오는 파

티에 온 여인들을 있었지만, 그들이 누군지는 모른다고 했다. S는 미사리 근처에서 발견된 실종자들의 얼굴을 보여주었다. 레오는 즉각 모른다고 대답했다. S는 레오의 행동을 의심했다. 반사적으로 부정하는 것이 부자연스러웠기 때문이었다.

경기남부경찰청 특수본과 국정원의 수사가 서서히 한 지점으로 모여졌다. 그 지점에는 종교, 남녀 동반 자살, 물, 여자 연예인 특히 가수라는 공통점이 나타났다. 그리고 그것들을 모두 관통하는 인물이 아른거리기 시작했다.

"그 종교성 짙은 문제적 인물이 누군지를 밝혀야지."

문 본부장은 장 팀장에게 그 인물을 밝히는 것에 집중했다.

"그런데 본부장님. 벽이 생겼습니다. 거의 다가갔다고 생각했는데 더는 밝혀내기가 쉽지 않습니다. 누군가 버티고 조정하는 것 같습니다."

"생각보다 높은 곳에 있는 사람이란 뜻인가?"

"그렇습니다. 수사하기가 까다롭게 되었습니다."

"그렇다면 청장께 보고해야겠구먼. 국정원과 서로 퍼즐을 맞춰봐야겠지."

수사는 종교에서 정치로 옮겨갔다가 다시 종교로 회귀했다. 연예, 종교, 정치가 난마처럼 얽혔다.

"쿠쿠마스터? 그게 누구라는 거지?"

문 본부장은 변사 사건의 탐문에서 특이한 호칭을 발견했다. 연예기획사에서 전설적인 인물에 대한 진술이 확보되었다. 모든 사건이 쿠쿠마스터와 연결되어 있다는 것이다. 쿠쿠마스터는 김청수 경기남부청장에 보고되었다.

"문 본부장 CKM이라는 인물과 동일인일 것 같지 않소?"

김 청장은 현 원장 라인에서 입수한 CKM과 쿠쿠마스터가 동일인이라는 느낌이 왔다.

"그렇긴 합니다. CKM은 어디에서 나온 첩보입니까?"

"나도 정확히는 모르오. 국정원에서 나온 것인데 아무튼 실마리가 보이는 것 같소. 그 존재가 누군지가 문젠데 좀 더 파보시오."

현 원장은 김 청장의 이야기를 전해 듣자 CKM과 쿠쿠마스터는 동일 인물이라고 생각했다. CKM과 쿠쿠마스터가 무슨 뜻인지 분석실에 넘기자 곧바로 문제를 풀었다.

'Cuckoo Master' 즉 '뻐꾸기 선생'이라는 분석이었다. 그는 왜 그런 호칭으로 불렸을까?

*

4월 13일 결국, 박한의 행복한국당은 23대 총선에 패했다. 집권 1년 남짓만의 패배다. 대통령의 자존심은 무너졌다. 총선 패배로 박한은 자괴감에 빠져들었다. 국민에게는 여전히 부족한 대통령이라는 반증이었다. 총선 패배로 사상 초유의 집권 2년 차 레임덕이 올 수 있다는 목소리가 설득력을 얻기 시작했다. 젊다는 것은 약이자 독이었다.

밝은미래당 노장언 대표는 인터뷰에서 사상 첫 대통령 중간평가 의견을 던졌다. 탄핵을 준비하기 위한 밑밥 깔기로 보인다. 중간평가 이슈는 배고픈 맹수 우리 안으로 던진 고깃덩어리 같았다. 기다렸다는 듯 서로 물고 뜯기 시작했다. 중간평가가 국정 운영의 중단을 의미하지는 않았지만, 중단을 의미할 만큼 타격을 주는 일임에는 분명했다. 중간평가는 정치적인 수사였지만, 충격파가 만만찮았다.

박한은 국정 쇄신을 내세웠다. 국무총리를 비롯한 내각과 대통령실 비서진을 일신하려 했다. 일부에서는 총선 전에 해야 했을 일을 너무 늦게 시작한 것이 아니냐는 비난이 있었다. 박한은 강력한 정부를 구상했다. 가장 큰 승부수는 JDZ 문제 해결에 두었다. 그러기 위해서는 흔들리지 않는 응집력이 필요했다.

조세붕의 저항은 예상외로 강했다. 배우 연소라 건이 생겼지만 버티는 내공이 만만치 않았다. 정치적 자산을 이용해 정계를 흔들겠다는 의사도 내비쳤다. 연소라와의 성추행 사건을 뒤집을 마지막 승부수를 던졌다.

"그게 무슨 소린가? 스캔들이라니?"

샘오의 보고에 정혁은 잠깐 생각에 잠겼다.

"깊이 생각하실 필요 없습니다. 딜하는 겁니다. 스스로 말입니다. "

정혁은 조세붕 총리가 스스로 스캔들을 일으키는 것이 자충수인지 해법인지 가늠이 되지 않았다.

"그렇다고 자기 스스로 연소라와 스캔들을 일으킨다는 것이…"

"성추행보다는 오히려 내연녀라고 하는 것이 정치적으로 유리하니까요. "

정혁은 기가 막힌다는 표정이었다.

"세상이 요상하게 돌아가는군. 내연녀와 바람을 피운 것이 증명되지도 않은 성추행보다 죄가 가볍다는 뜻 아닌가?"

"그래야 연소라를 무고로 집어넣을 수도 있고, 아니면 진술 번복도 가능하니까요. "

"거참!"

정혁은 샘오에게 조세붕 제거 작전을 지시했다. 샘오는 조세붕 국무총리의 비위를 자료로 가공했다. 국혼위원장으로 대기업 총수와의 비밀거래와 젊은 여자와의 관계가 사진과 비디오 자료로 만들어졌다. 샘오의 자료는 국정원의 자료와 크게 다르지 않았다.

조세붕은 끝내 발버둥 치다 샘오라는 자객에게 베어졌다.

연소라 추문을 뛰어넘는 자료들이 국민 눈높이로 가공되었다. 치명적인 자료를 꺼내 놓자 볏단으로 만든 허수아비처럼 한칼에 꼬꾸라졌다. 언론에 비위가 공개되기 전에 스스로 물러나는 길을 택한 것이다. 전격적으로 국무총리에서 내려온 조세붕에 대해 여러 얘기가 돌았다.

조세붕의 자리는 박한의 지명으로 정혁 비서실장이 이어받았다.

국무총리 서리가 된 정혁은 자연스레 야당 지원을 받았다. 총리 청문회에서 다수를 차지하고 있는 야당의 반대에 부딪히면 대통령은 내상을 입기 마련이었다. 정혁 총리의 연착륙은 가뜩이나 지지율 하락으로 고심 중인 대통령실에 한 가닥 위안이었다. 국무총리로 무혈 입성한 정혁 총리는 내각의 분위기 쇄신을 건의했다. 정혁은 조세붕이 이미 깔아 놓은 정치적 자산을 갈아엎거나 이삭줍기로 쓸 만한 재원을 모으려 했다. 자신의 정치적 카르텔을 만들려는 심산이었다.

박한은 정혁을 국무총리에 임명했다. 위기를 벗어나기 위해서는 정 총리를 활용할 필요가 있었다. 다만 현세현은 정혁을 일정한 거리를 두어야 한다고 조언했다. 박한도 조언 의미를 잘 알고 있었다. 정혁 국무총리의 행보는 명확하지 않았다. 얼마 전까지 대통령의 장인이 되기 위해 활동했지만, 최근 행보는 본인을 드러내기 위해 애쓰는 모양새다.

김철은 정작 샘오를 경계했다.

"샘오를 대통령실에 들이는 것만은 막으셔야 합니다."

"정혁 총리가 저리도 강하게 밀어붙이는데 난감하군요."

김철 처장의 반대 의견에 생각이 깊어졌다. 특히나 샘오는 여성 편력이 있는 자이다. 대통령실에 들어오면 어떤 불협화음이 생길지도 모른다. 그런데 현세현은 샘오를 받아들이라고 귀띔했다. 적은 가까이 두는 것이 관리가 쉽다는 것이다.

*

박한은 정동진클럽에서 보내온 낭보를 받았다. 릴리아나 개입으로 Q와의 만남을 성사시킨 것이다. 좀체 진전이 없는 일본과의 JDZ 정리 건에 한 줄기 희망의 빛이 다시 비쳤다. Q는 이른 시간 안에 한국을 방문하기 원한다고 뜻을 전해왔다.

"해결책이 될지는 아직 미지수이지만 일단 만나보고 결정합시다."

박한은 Q에게 기대를 걸고 있었다.

"Q 제거에 미국과 일본이 공조하고 있습니다. 그런데 특이한 것이 발견되었습니다."

"특이한 것요?"

현세현은 의외로 암약하고 있는 정보기관이 더 있다는

것을 알아차렸다. 영국의 M16, 스페인의 CNI, 모로코 DGED가 확인되었다. 미국과 일본은 그렇다손 치더라도 영국, 스페인, 모로코는 왜 Q 주변을 맴도는 것인가? 무언가 또 다른 일이 벌어지고 있다는 뜻이다. 그것 때문에 미국이 사납게 대하는 것일까? 영국, 스페인, 모로코의 이해관계가 걸린 문제일 것이다. 지각조작과 관련된 것일 수도 있다. 그럼 어디일까?

"그들은 Q를 보호하려 하고 있습니다."

박한도 Q에 대해 기대를 버리지 않는 것도 그런 이유에서다. 그들도 보호한다는 것은 그만큼의 쓰임새가 있다는 것이다. 능력을 인정받았다고 해야 할 것이다. 그렇지 않고서야 세계적인 정보기관을 몰고 다니진 않을 것이다.

"일본은 제거하고 싶겠지요?"

그렇기에 Q를 잘만 활용하면 원천기술을 사용할 수도 있다. 사용하지 않더라도 일본과 협상에서 유리한 고지를 점령할 수 있다는 것이다. 게임체인저로 효과적인 팻감이다.

박한에게는 Q를 확보해야 하는 절박감이 있었다. 총선 패배는 박한으로 하여금 더욱 절실하게 만들었다. 한국의 미래와 자신의 정치적인 생명줄을 어쩌면 Q가 쥐고 있을지도 몰랐다.

"미국이나 일본 정보기관과 직접 부딪치는 일은 없어야 할 텐데 고민입니다. 서로 워낙 촘촘하게 움직이고 있어서 말입니다."

"그런데 왜 Q는 일본과 틀어졌을까요? 일본과 함께 JDZ 작업을 하면 훨씬 유리했을 텐데 말입니다."

그것이 의문이었다. 일본이 Q를 확보했을 경우 JDZ에 대해 칼자루를 쥐게 될 것이 분명해 보이는데, 오히려 일본의 선택은 제거였다.

정동진클럽 정보 분석으로는 일본이 미국의 눈 밖에 나지 않으려는 것으로 분석했다. 미국의 기조는 Q를 제거하겠다는 것이다. 오히려 그의 기술을 활용한다는 것은 미국과 정면으로 충돌하는 격이 된다. 한편 일본 자체 지각이 불안한데 Q를 쓴다는 것은 자칫 일본 침몰이라는 불안의 빌미를 만들 수도 있었다. 첩보로는 필리핀해 셰일가스 채굴 사업으로 일본과 척을 지게 되었다는 설이 있었다. 그래서 한국에서 손을 쓰기 전에 먼저 싹을 잘라버리겠다는 전략을 세운 것으로 판단했다. 아직은 자신이 꽃놀이패를 쥐고 있다고 생각하고 있을 테다. 시간을 벌며 가만히 있는 것이 상책이라는 것이다.

박한은 미국과 일본의 합동작전이 부담스러웠다. 하지만 지금은 선택의 여지가 없다. Q를 품에 안을 수만 있으면 쓸 수 있는 카드가 많아진다. 우선 일본이 협상에서 목소리가 줄어들 것이고, 미국도 Q를 제압하기 위해 한국과 협상을 요구할 가능성이 크기 때문이다. 그때 JDZ 권리 주장 여지를 만드는 것이다.

"릴리아나는 어떻게 지낸다고 하던가요?"

"서울 시내 여행을 하고 있습니다. 쇼핑도 하면서 말입니다."

릴리아나는 서울에서 머물렀다. 아버지와 한국의 일이 끝날 때까지 도울 생각이었다. 그런 릴리아나에게도 미행이 붙었다. 한국인으로 보이는 남자가 얼마 전부터 릴리아나가 움직이는 동선 주변을 배회했다. 미행은 미행일 뿐 위해를 가할 조짐은 보이지 않았다. 현세현은 적절할 때 미행하는 인물을 연행할 것을 지시했다.

"잘 보호하셔야 합니다. Q의 부탁도 있고 하니 릴리아나에게 어떤 문제가 생기면 안 됩니다."

"릴리아나가 다시 스페인 세비야로 돌아가도 될 텐데 굳이 한국에서 보호해주길 바라는 것은 어떤 의미일까요?"

"모르긴 해도 딸 가진 아버지 마음이겠지요. 그렇지 않습니까?"

현 원장은 살포시 웃었다. 박한을 바라보던 릴리아나의 몽글몽글한 눈빛이 떠올랐다.

12

모아이 석상의 꿈

이른 새벽 국정원장은 긴급하게 대통령실로 들어왔다.

Q가 사라졌다.

한 달 전부터 피지와 키리바시에 미국 정보원들의 활동이 늘어났었다. 한국 측 요원들이 Q의 안전을 위해 보호를 계속하고 있었고, 미국도 한국 정보원이 활동하고 있다는 낌새를 차렸다. 갑자기 키리바시는 세계 유수 정보기관 정보원들의 각축장이 되었다. 선수끼리 서로를 알아보듯 일정한 거리를 두고 정보원들이 움직였다. 그것은 오히려 Q의 안전이 확보된 셈이었다. 누구도 섣불리 움직일 수 없기 때문이다. 그러던 큐가 지지난밤부터 자취를 감춘 것이다.

박한은 불안했다. 미국이 의심스러웠다.

"CIA에서 작전을 감행한 건 아닙니까?"

첩보로는 CIA 작전보다는 스스로 몸을 감춘 것으로 보였다.

"그건 아닌 것 같습니다."

그렇다면 다행한 일이었다.

"어디로 갔는지 알 수 없습니까?"

"분위기로 볼 때 모두 놓친 것 같습니다. 지금으로서는 CIA나 M16의 움직임을 살펴야 할 겁니다. 정보력이 가장 뛰어나기 때문에 그들이 곧 냄새를 맡게 될 겁니다."

"릴리아나를 통해 알 수 있지 않을까요?"

박한은 직접 릴리아나를 만날 생각이었다. Q가 위험에 처했다면 불안해 할 것이다. 한편으로는 영국 M16이 개입했다는 건 그나마 위안이었다.

박한은 심경이 복잡해졌다. Q를 찾지 못한다면 JDZ 해결이 멀어질 수밖에 없다. 어떻게든 그를 살려 한국으로 데려와야 한다. 이런 상황을 예견했던 걸까? 어떻게 릴리아나를 한국에 맡기자마자 이런 일이 벌어진 것일까?

한편으로는 Q를 사이에 두고 생과 사의 대결 구도가 만들어졌다. 미국·일본을 중심으로 한 축을 형성했다면, 한국·영국·스페인·모로코가 한 축이 되었다. 살리려는 축과 죽이려는 축이 Q를 중심으로 공전과 자전을 하고 있었다.

"전화를 받질 않아요. 안전한 걸까요?"

박한은 당황해하는 릴리아나를 지켜보기에 가슴이 아렸다. 아버지가 잘못될까 노심초사하는 한국의 딸들과 다를 바가 없다.

릴리아나는 세비야의 이사벨라에게도 연락했지만, 큐의

행방은 묘연했다. 다만 이사벨라에게서 행방에 대한 실마리를 하나 얻어냈다. Q가 얼마 전 남태평양으로 갈 때마다 신변에 대한 불안을 느꼈다고 했다. 종적을 감출 가능성도 내비쳤었다.

"아무 일도 없을 겁니다. 제가 최선을 다할게요."

박한이 다독거리자 릴리아나는 자연스럽게 박한의 품에 안겨버렸다. 순간적으로 일어난 일이었다. 당황스러웠다. 불안해하는 그녀를 뿌리칠 수도 없었다. Q를 품으려다 릴리아나를 품게 된 것이다. 릴리아나는 한동안 박한에 안겨 있었다. 처음엔 릴리아나가 안겼지만, 시간이 지나면서 박한이 릴리아나를 안고 있었다.

*

알폰소 국무장관은 셀레나 정보장과 회동했다. 2028년 미국 대통령 선거가 문제였다.

우려한 대로 대선 지지율에 발목이 잡혔다. 공화당과 민주당이 완전하게 갈라져 진영 싸움한 탓이다. 2010년을 지나면서 어떤 대통령도 절반의 지지율을 얻기 어려웠다. 미국의 민주주의가 이른바 '미국병'에 걸린 것이다. 그런 가운데 올림픽을 치러야 했다. 재집권과 정권 재창출을 놓고 여야가 팽팽하게 대립했다. 여당은 성공적인 올림픽을 치르는 것으로 재집권하려 했고, 야당은 여당의 실정을 파고들어 승리를 노려야 했다.

미국은 올림픽에 관한 한 트라우마가 있었다. 지난 1984년 LA 올림픽도 동서 진영대결로 반쪽짜리 올림픽이 열렸었다. 세계 최고의 초강대국이면서도 올림픽 하나 제대로 열지 못한 기억은 자존심에 상처로 남았다. 2028년 LA 올림픽만큼은 제대로 치르고 싶었다. 어쩌면 세계 초강대국으로서 개최하는 마지막 올림픽이 될지도 모른다는 불안감 때문이기도 했다. 그런데 잠잠할 것 같았던 동중국해 JDZ 문제가 부상해서는 좀체 가라앉지 않았다.

동북아 문제는 점점 복잡해지는 상황이었다. 그 중심에 중국, 일본, 한국이 있었다. 핵심은 JDZ에 대한 한일갈등이었다. 처음 문제의 발단은 한국과 일본과의 JDZ 협약이었으나, 협약은 서로에게 협력이 아닌 반목의 대상이 되었다. 지정학적 문제에 경제적·정치적 문제가 망망대해 바다 한가운데에서 부딪쳤다. 어느샌가 중국까지 끼어들면서 복잡하게 꼬였다.

"도대체 동중국해는 왜 그리 꼬인 겁니까? 정보장 설명이 가능하겠소?"

"제가 가지고 있는 자료로는 이렇습니다. 한번 보시겠습니까?"

알폰소 국무장관은 동중국해 갈등을 정리한 내용을 받아 들었다. 자료 중 전쟁 불사를 외치는 한국 측 주장을 들여다봤다.

JDZ는 한국에서는 제주도 남쪽에 비교적 수심이 낮은 '제7광구'라고 불리던 대륙붕 지역이다. 한국으로 보면 남쪽으로 태평양으로 나가는 길목이다. 이곳을 처음으로 한국 수역이라고 천명했던 사람은 한때 미국의 골칫거리였던 한국의 박정희 대통령이다. 그는 1970년 대륙붕은 한국 바다라고 선포하자 당황한 일본은 해당 수역의 권리를 유지하기 위해서 부랴부랴 1974년 '7광구한일공동개발'을 체결했다.

그후 1978년 JDZ(한일공동개발구역)으로 명칭을 변경과 함께 협약을 맺었다. 당시 한국은 개발비를 조달하지 못할 정도로 국력이 약했다. 일본은 그 틈을 비집고 자본력을 활용하여 조약 체결을 성사시켰다. 그렇게 체결된 협정에 따라 1980년대까지 7곳을 시추하여 탐사 활동을 벌이기도 했다. 그러나 결정적으로 1982년 유엔해양법이 대륙붕 기준에서 거리 기준으로 새로 정하게 되었다. 새 기준으로 협약 만료 시 JDZ 대부분을 차지하게 된 일본의 태도가 돌변했다. 공동개발에서 슬그머니 발을 뺀 것이다. 그 이후 협약 사항인 일방이 탐사와 개발을 하지 못한다는 원칙을 들어 개발을 회피해왔다.

"문제는 2027년 한국 박한 대통령 당선되면서 불거졌습니다. JDZ를 절대 포기할 수 없다고 선언해버린 겁니다. 그로부터 3국의 군사적 긴장은 점점 커지고 있습니다. 지금 구도는 한국이 일본과 중국의 협공을 받는 형세입니다. 그래서 말인데 아무래도 한국이 핵 개발을 하고 있지 않나 의심스럽습니다. 협공을 이겨낼 한방이 필요한 것이지요."

셀레나 정보장의 말에 알폰소 국무장관은 의문스럽다는 반응이었다.

"핵 개발이 그리 쉬운 건 아니지 않습니까?"

"한국 수준이라면 경제적 어려움만 감수한다면 어려운 것도 아니지요. 두 가지 점에서 가능성을 봅니다. 첫째는 전략적으로 JDZ 만료 기간 전 기습적 핵 보유 선언으로 일본의 협상력을 무력화하는 것. 두 번째는 한국의 개전에 따른 경제제재를 하게 된다면 그때를 이용해서 개발할 가능성도 있습니다."

"어찌 보면 중국 견제용으로 한국 핵 개발이 필요하기도 하지요."

알폰소는 한국의 핵 개발이 마냥 반대만 할 사항은 아니라고 생각했다.

"그건 우리 정보력을 믿어봅시다. 당장은 올림픽과 대선이 급합니다."

알폰소는 국내 문제로 화제를 돌렸다.

셀레나 정보장은 올림픽 문제부터 보고하기 시작했다. 올림픽은 성화 봉송 중으로 내일 시애틀에 도착할 예정이다. 외로운 늑대의 테러 움직임이나 반정부 운동도 대승적 차원에서 협조가 잘되고 있다. 다만 미 지질국에서 환태평양 화산지진대의 활동이 조금씩 활발해지고 있어 조심스레 지켜보고 있었다. 최근 옐로스톤과 세인트헬레나 화산의 불안정성이 감지되었다. 올림픽 참가국은 지난 파리올림픽에 비해 7개국이 늘어났다. 역대 최다 참가 올림픽이 기대되는 상황이었다.

"일본은 중국과 아무런 비밀협약이 없다고 말하고 있지만 그건 올림픽과 대통령선거를 겨냥한 조치가 아닌가 싶습니다. 즉 조용하길 바라는 미국이 문제를 일으킬 수 없다고 판단하는 거겠지요. 시끄러우면 우드버거가 유리하다고 생각하는 것 같습니다."

셀레나는 일본과 중국의 움직임을 의심했다. 특히 중국의 노림수는 갈수록 첨예화했다. 알폰소는 한숨을 내쉬었다.

"중국은 우리 당이 재집권에 실패할 것으로 예상하는군요. 친 중국파인 우드버거가 당선될 것으로 보고 벌써부터 실리를 챙기려는 것 같기도 하고. 이제는 미군 전자무기에 중국산 전자 칩을 꽂는 것도 모자라. 미국 대통령 후보의 머리에도 중국산 아바타 칩을 꽂겠다는 거군. 일본도 예전 같지가 않고…"

알폰소는 중국이 미국 대통령선거에까지 영향력을 발휘한다는 사실은 인정하기 싫었다.

"문제는 확실한 증거 확보입니다. 증거를 발견한다면 일본은 확실하게 제압할 수 있지만, 심증만으로 어찌할 수 없지 않습니까? 확증을 잡으세요. 대통령이 복귀하실 때까지요. 아니 가능하면 빨리요. 휴가 복귀선물로 미리 주는 것도 좋지 않겠습니까."

　미 행정부는 중국의 태평양 진출에 대해 신경을 곤두세웠다. 아시아 맹주로 키워온 일본이 중국과 의뭉스러운 짓을 하고 있다면 용인할 수 없다는 뜻이다. JDZ를 중국과 나눠 먹기로 하는 것은 중국의 태평양 진출에 힘을 실어 주는 것이다. 한편 미국과 중국 사이에서 어정쩡한 태도를 보이는 한국이 중국으로 선회할 가능성도 있었다. 한국도 JDZ 즉 남쪽 해상을 봉쇄당한다면 친 중국으로 돌아설 수도 있다. 자칫 힘 한 번 제대로 못 써보고 우방 한국을 중국에 넘겨주는 꼴이 될 수도 있기 때문이다. 미 행정부는 한국과 일본이 JDZ를 절반씩 장악해서 중국의 동해함대를 제어하는 것이 최고의 선택인 셈이다.

　"중국 티베트와 신장웨이우얼 카드를 적극적으로 써야 할지도 모르겠소. 대통령이 오시는 대로 협의할 생각이오. 정보장은 잘 준비 바랍니다. 최근 잠적한 Q는 파악되었습니까? CIA 정보력으로도 아직 입니까? 스텐딩 오더가 나간 지가 언젠데 아직도 CIA가 처리 못 한다면 어찌해야 하겠습니까?"

　"곧 밝혀질 겁니다. 유력한 첩보가 있긴 합니다만 아직 확인이 조금 더 필요합니다. 확증은 잡지 못했지만 제 촉으로는 기대하셔도 되리라 생각합니다."

　"이번엔 믿어도 되겠지요?"

셀레나 국장은 확실하다는 표정을 보였다.

알폰소 국무장관은 내부 정리를 빨리 끝내라는 뜻을 전했다. 최근 들어 Q 건도 그렇고 내부 고급정보가 새고 있다는 의구심이 생겼다. 오래 끌어서 좋을 게 없다는 것이다.

*

박한은 책을 집어 들었다. 머리가 복잡할 때는 책에 집중하는 흔치 않은 버릇이다. 릴리아나가 선물한 책이었다. '뮤의 역습' Q의 자서전이자 철학이 담긴 책이다. 첫 장을 폈다.

나는 1970년 스페인 안달루시아 남부 타리파에서 태어났다. 내가 태어난 타리파는 대서양에서 지중해로 들어가는 입구 지브롤터해협에 자리 잡고 있다. 마주 보고 있는 아프리카 모로코 탕헤르와는 바닷길로 14㎞ 떨어진 곳으로 오랜 세월 무어인과 대포를 겨누고 지내던 곳이다. 아직 옛 성채엔 세월에 빛바랜 구식대포가 지중해를 사이에 두고 서로를 바라보고 있다.

내 이름은 마르띤 안토니오 알로파다.

아버지는 스페인 국적으로 아프리카 모로코 지역 스페인령 세우타 세관원이었고, 어머니는 남태평양 키리바시 출신이었다. 어머니는 영국에서 유학한 뒤 스페인 지역 영국령 지브롤터 공항에서 일하던 공항 직원이었다. 두 분은 지중해를 사이에 두고 유럽과 아프리카 대륙에서 서로 마주 보고 근무하다 결혼한 셈이다. 나는 어린 시절 타리파에 있던 할머니에게서 키워졌고, 주말마다 어머니와 만나는 주말 모자였다.

그 시절 나는 바다 건너 탕헤르와 부모가 있는 세우타 그리고 지브롤터를 생각하며 의문을 가지기 시작했다. 왜 스페인 땅에는 지브롤터라는 영국 땅이 있고 지중해 건너 모로코에는 세우타라는 스페인 땅이 있는가? 타리파, 탕헤르, 지브롤터, 세우타가 서로 다른 국가로 뒤섞여 있는 것이 이해되질 않았다. 그런 복잡한 영토의 의문 속에서 어머니로부터 고향인 키리바시의 전설을 들었다. 사라진 뮤제국에 대한 전설이었다.

뮤제국은 그 옛날 북태평양 일부와 남태평양 대부분을 차지했던 거대한 뮤대륙의 대제국이었다. 세계 최고의 문명국이었고 풍족한 어 자원과 식량으로 삶은 풍요로웠다.

당시 제국에는 남신(男神) '뮤랑거'를 모신 4곳의 산이 있었다. 북쪽에 세계 최고의 산인 하와이 마우나케아산, 남쪽은 쿡제도 오호누아산, 동쪽은 이스터섬 테레바카산, 서쪽은 일본 오가사와라제도 끝에 위치한 지금은 사라지고 없는 오케산이었다. 그리고 여신(女神)인 바다의 신 '뮤요니'를 모셨다. 남신과 여신은 부부 사이였다. 남신과 여신은 사랑으로 뮤 대륙을 만들어 낙원을 만들었다. 신도 사랑은 어찌할 수 없었을까. 시간이 지날수록 둘 사이가 뜨악해졌다. 두 신의 사이가 좋을 때는 여신 뮤요니의 파도가 살랑살랑 남신 뮤랑거의 땅을 쓰다듬었지만, 사이나 나빠지면 엄청난 파도를 일으켜 구박하듯 뮤랑거의 벼랑을 때리고, 폭우를 내려 손톱자국처럼 땅을 후벼 파기도 했다.

그러던 어느 날 뮤랑거 남신이 멀리 아틀란티스의 여신 아틀란타와 사랑에 빠졌다. 이를 안 뮤요니 여신은 격노했다. 폭우와 해일로 뮤랑거의 땅을 쓸어 버렸다. 그런 경고에도 아랑곳하지 않은 뮤랑거 신은 여전히 아틀란타에서 헤어나지 못하였다. 결국, 마음을 돌릴 수 없다는 걸 안 뮤요니 신은 이별을 선언했다. 그러나 뮤랑거 신은 사과는커녕 화를 냈다. 그 화를 낸 것이 하와이 마우나케아산의 분화였다. 그러자 뮤요니 신은 '당신은 정말 구제 불능이오. 내가 당신을 바닷속에 처박아 버리겠소.'라고 하고는 분을 삭이지 못했다. 이를 알 리 없는 뮤제국 사람들은 뮤랑거 신의 화산 분출에 두려움을 느낀 나머지 마우나케아산에 공물을 바치며 제사를 지냈다. 그것이 화근이었다. 뮤제국 사람들은 해마다 바다의 신 뮤요니 여신과 땅의 신 뮤랑거 남신에게 공평하게 공물을 올려 제국의 안녕을 빌었었다.

그런데 갑자기 하와이 마우나마케아산의 화산이 폭발하자 왕은 두려워했다. 왕은 제사장에게 뮤랑거 남신의 신탁을 듣게 했다. 하지만 뮤랑거 신은 아무런 말을 하지 않았다. 신탁을 듣지 못한 제사장은 갈등했다. 신의 노여움이 두려워 떨던 뮤 제국의 왕에게 '마우나케아산에 공물을 바치며 간절히 안녕을 빌면 뮤랑거 신이 분노를 풀 것이다'라고 거짓 신탁을 고했다. 그것을 믿은 왕은 공물을 바치고 제사를 올렸지만, 소용이 없었다. 오히려 더욱 화가 난 뮤요니 여신은 결국 마우나케나산 뿐만 아니라 뮤제국까지 바닷속으로 가라앉힌 것이다. 그 광활한 제국은 바다의 신 뮤요니의 노여움으로 일순 바다 아래로 내려앉았다. 그 여파로 뮤요니 여신에게 미움을 산 아틀란티스도 함께 바닷속으로 사라졌고 그 사라진 자리가 지중해가 되었다는 것이다.

그렇게 하여 세계 최고높이를 자랑하던 하와이 마우나케아산은 절반이 바다에 잠겼다. 10,200m의 마우나케아산은 뮤요니 여신의 저주로 해수면 위로 4,207m만 나오게 되었다. 결국, 세상의 지붕 마우나케아산과 함께 뮤대륙이 가라앉았다. 그 충격으로 태평양의 가장자리가 밀려 나갔다. 그 여파로 서쪽은 히말라야산맥이 솟았고, 동쪽으로 밀린 흔적이 안데스산맥이라는 것이다.

전설에 의하면 먼 훗날 뮤요니 여신과 뮤랑거 남신을 화해할 수 있는 새로운 신이 온다고 했다. 신은 해 뜨는 바다 끝 다른 세계에서 올 것이다. 신이 하늘에서 산으로 내려오면, 뮤대륙은 다시 바다 위로 솟아오른다는 전설이다.

다만 신이 내려올 때 신을 보지 못하면, 신은 영영 돌아오지 않는다는 전설 때문에 이스터섬에 모아이 석상을 만들었다. 모아이 석상은 하늘에서 산을 타고 내려오는 신을 놓칠세라 온갖 풍파를 맞으면서도 지금도 산을 향해 서 있다. 전설은 태평양과 인도양의 수몰위험국 일부 지역에서 신앙처럼 믿고 있다. 그곳 노인들이 수몰을 막을 마지막 희망을 여전히 버리지 않는 이유가 바로 그것이었다.

'신은 하늘에서 산으로 내려올 것이다.'

나는 그때부터 바다에 관심을 가졌다. 어머니의 전설 속에서의 뮤대륙은 현실적인 이야기일 수도 있다는 생각을 했다. 전설이 현실로 부활할 수도 있지 않을까?

나는 1989년 국립마드리드대학에서 해양학을 공부했고, 해양지질학 시추 부문을 전공했다. 2000년 대학에서 박사학위를 마친 나는 미국의 '마린에너지'에 입사한다. 해양시추 현장을 누비다 시추팀장을 거쳐 2008년 ㈜모빌로 자리를 옮기며 시추담당 이사로 일하게 된다. 내가 사업을 시작한 것은 2011년 나이 41세 되던 해였다.

나는 어린 시절부터 품어온 의구심에 대한 해답을 얻고 싶었다. 의구심은 두 가지였다. 하나는 국가란 무엇인가? 스페인 땅의 영국령 지브롤터, 맞은편 아프리카 모로코 땅의 스페인령 세우타가 혼재한 것에서 국가란 무언인가를 숙제로 품고 살았다. 두 번째는 국가를 어떻게 만드는 것일까? 라는 것이었다.

나는 41세에 'CPM'이란 회사를 설립했다. 미국에서 스페인으로 돌아와 안달루시아지방 세비야의 과달키비르 강가에 회사를 차렸다. 해양시추 전문회사가 바닷가가 아닌 바다로부터 조금 떨어진 내륙에 본사를 둔 것은 의외라고 했다. 그런 생각은 회사 이름과 관련이 있다. C는 아메리카를 발견한 콜럼버스의 첫 알파벳이다. P는 피사로로 168명의 군대로 수십만 명의 군대를 가진 잉카를 정복한 정복자다. M은 마젤란이다. 세계를 동서로 나누어 일주한 최초의 인물이다. 그들의 공통점은 모두 세비야와 연결되어 있다. 그곳 세비야 대성당에는 콜럼버스의 공중 묘가 있다. 그런가 하면 탐험비용을 대기 위해 이사벨 여왕이 대주교에게 팔았던 왕관이 보관되어 있기도 하다. 피사로는 1530년 잉카 원정을 떠날 때 세비야에서 과달키비르강을 타고 출항했다. 마젤란 또한 1519년 세비야에서 과달키비르강을 통해 원정을 떠났다.

내가 41세에 회사를 차린 것은 CPM이 의미하듯 새로운 세상, 새로운 나라를 찾겠다는 목표를 세운 것이다. 그리고 이상적인 나라를 만드는 것이었다. 국가라는 거대한 권력이 역기능을 발휘하는 것은 수없이 보아왔다. 오로지 사람을 위한 국가, 행복한 재화를 창출할 기업… 영토, 국민, 주권이라는 과제를 풀기 위해 우선 나는 막대한 자본이 필요했다. 나는 사업에 집중했고 해양시추에 대해서는 최고의 기업이 되었다. 나는 해양시추 외에도 직접 유정개발을 하면서 자본의 축적을 이루었다.

'기업의 패러다임이 바뀌듯이 국가의 패러다임도 바뀌어야 한다.'

나의 꿈은 파라다이스라고 일컬어지는 남태평양에서 시작되었다. 그 너머에는 뮤제국의 부활이라는 대명제가 숨어 있다. 나는 가라앉은 뮤대륙을 다시 바다 위로 끌어 올리는 운명을 가지고 태어났다. 어쩌면 그것은 뮤제국의 제사장이 듣지 못한 신탁일지도 모른다.

Q는 만년의 시공을 초월하여 뮤국의 제사장이 듣지 못한 신탁을 들었다고 생각했다. 뮤대륙을 다시 바다 위로 끌어 올리는 것은 인간의 한계를 넘어선 것이다. Q는 그렇게 스스로 신의 영역에 들어갔다.

*

그가 처음 태평양에 둥지를 튼 것은 어머니의 나라 키리바시였다.

Q는 키리바시가 문명이라는 도깨비에 파괴되고 있다는 걸 알았다. 문명은 생산적인 동시에 파괴적이었다. 명목적이든 실질적이든 키리바시는 난도질당했다. 땅과 바다와 하늘은 그대로였으나, 문명은 인위적으로 키리바시를 네 토막 냈다. 날짜변경선이 국토를 관통하며 동서로 반 토막 냈고, 적도가 또다시 관통하여 남북으로 반 토막을 냈다.

날짜변경선이라는 날줄과 남북 반구라는 씨줄이라는 문명의 선이 인위적으로 그어진 것이다.

문명은 또 다른 파괴를 저질렀다. 온난화라는 치명적 비수를 들이밀었다. 해수면 상승으로 키리바시를 수몰 위험에 빠뜨렸다. 키리바시는 수몰을 대비해 남태평양 피지 땅을 일부 매입했다. 어렵사리 국토 이전 계획을 세운 것이다. 그나마 2001년 국토 포기선언을 한 투발루보다는 나은 편이지만 시간을 조금 벌었을 뿐 국토가 위협받기는 매한가지였다.

키리바시 대통령궁을 찾은 큐는 키리바시 국토 재건을 위한 제언을 했다. 근본적인 것은 수몰 방제 공사를 할 수도 있지만 엄청난 비용에 비해 비효율적이라는 것이다. 큐는 은밀히 재건프로젝트를 제안했다. 카오아타우 대통령도 수긍했다. 다만 안정성에 대한 의구심은 여전히 남아 있었다. 그렇게 남태평양에 안착한 그는 주변 수몰 위험국을 대상으로 재건프로젝트에 참여하길 설득했다. 그렇게 조직된 것이 키리바시, 바누아투, 투발루, 몰디브가 참가한 태평양·인도양 수몰위험국연합회였다.

Q가 바누아투 포트빌라에서 열린 연합회에서 영토재건위원장 자격으로 연설했다.

"이 위원회는 수몰을 이겨내어 안전하고 행복한 국가를

만들기 위해 활동을 시작했습니다. 이것은 여기 모이신 회원국들의 간절한 열망이고, 미래입니다. 그 미래를 위해 여러분과 저는 회원국 모두의 염원을 담아 노력에 노력을 더해야 합니다….."

Q가 연설을 끝내자 회원국 대표들의 표정에는 희망, 아쉬움, 걱정, 감격의 감정들이 난마처럼 뒤엉켰다. 함께 가야 할 역경의 과정이 순탄치만은 않았다. 위원회 회장국인 카오아타우 키리바시 대통령과 간사국인 타우파토푸아 바누아투 대통령의 기념사를 마치자 비공개회의에 돌입했다.

"각국 대통령께서는 인지하고 계시겠지만 이번 프로젝트는 아주 특별합니다. 일반적인 공법에 따라 국토를 정비하고 필요하다면 땅을 늘릴 수도 있지만, 비용을 감당할 수 없습니다. 그래서, 여기 마르띤 회장님과 함께 일을 하려는 것입니다."

간사국인 타우파토푸아 바누아투 대통령이 진행을 거들었다.

"마르띤 회장님의 설명을 들어보고 싶군요. 방법과 비용 그리고 우리 회원국이 해야 할 일 등 말입니다."

회의는 진지하게 진행되었다. Q는 자신의 원천기술에 대해 성공 가능성도 크지만, 위험성도 가지고 있다고 솔직하게 설명했다. 국가수반들은 고심한다. 당장의 안일함으로는 미래가 없다. 하지만 이 프로젝트가 국민에게 설득

가능할지에 고심했다.

카우시 투발루 총리가 먼저 입을 열었다.

"우리 투발루는 아시다시피 이미 국토포기선언을 한 나라입니다. 이번의 제의가 솔깃한 것은 사실입니다. 하지만 방법이 안전하냐는 것에 고민이 많습니다. 성공적인 성과가 나타나면 더없이 좋은 일이지만 자칫 그나마 남아 있던 땅까지 잃을 수도 있지 않겠냐는 겁니다."

카오아타우 키리바시 대통령이 말을 받는다.

"우리가 먼저 시도하겠다는데 무슨 문제가 되겠습니까? 우리가 어떤 결과를 얻게 되는지 보고 결정하시면 될 것입니다. 분담금이 문제 됩니까?"

투발루 총리는 손바닥으로 얼굴을 훑었다. 난감하다는 제스쳐다.

"사실 분담금도 답이 없는 건 사실입니다. 우리 투발루 같은 소국에서 그 정도의 돈은 국가가 도산할 정도로 큰돈입니다. 몰디브는 어떻습니까?"

"저희 몰디브도 그나마 나은 편이나, 전 대통령이 중국에 진 빚으로 허덕이고 있습니다. 중국의 일대일로 사업에 한방 얻어맞은 셈이지요. 전 대통령을 공격하려는 의도는 아니지만, 자신의 이익을 위해 나라를 판 거나 다름없습니다."

회원국은 비용의 덫에 걸려있었다. 4국 모두 감당할 능력은 되지 않았다. 그래서 Q가 제시한 성공 시 현물 지불 조건이 나쁘진 않았다.

Q는 비용 해결책을 제시했다. 그의 조건은 명료했다.

'시범사업으로 키리바시의 국토 복원 및 국토증대에 책임을 진다. 시범 사업비는 10억 달러로 정한다. 자금은 키리바시가 현물 지급하는 것을 원칙으로 한다. 우선 키리바시의 재정을 감안 CPM사의 마르띤 회장이 출연한다. 성공보수로 키리바시는 CPM사에게 토지로 보상한다. 보상될 토지(섬)는 마르띤이 새로 생성한 섬 중에서 정한다. 보상된 토지는 독립된 국가 영토임을 키리바시, 바누아투, 몰디브, 투발루가 보증한다. 영토는 키리바시 12해리 안에서도 만들 수 있다. 기타 수몰 위험국에서는 유엔 등 국제기구에서 국가독립을 적극 지지하여야 한다.'

결국 Q는 섬을 만들어 주는 대신 남태평양에서 독립된 국가를 건국하겠다는 뜻이었다.

카오아타우 키리바시 대통령이 Q를 추켜세웠다.

"다들 비슷한 입장입니다. 중국의 거대 자본으로 휘청거리기는 우리도 마찬가지입니다. 그래서 스스로 일어나야 합니다. 마르띤 회장이 어쩌면 뮤 제국을 바다에서 건져낼 메시아 같지 않습니까?"

카우시 투발루 총리가 간절한 눈빛을 보냈다.

"뮤 제국과 함께 우리의 자존심도 함께 건져냈으면 좋겠습니다."

중국 자본에 혼쭐이 난 나심 몰디브 대통령은 여전히 우려를 표했다.

"좋습니다. 메시아도 좋고 자존심도 좋습니다. 문제는 자칫 마르띤 회장에게 현물 변제 형식을 취한다면, 중국 자본처럼 영토를 야금야금 먹어 들어 올 수도 있지 않겠습니까?"

그나마 타우파토푸아 바누아투 대통령이 참여를 독려했다.

"이대로 해수면 아래로 가라앉을 때까지 내버려 두느냐? 아니면 어떻게라도 몸부림을 쳐보는가 하는 차이입니다."

Q는 나라를 건국하는 것보다 수몰 위험국에서 자신의 입지를 확보하는 것이 먼저라 생각했다. 입지 확보를 위해서는 원주민을 위한 지속적인 사업이 필요했다. 그러기 위해서는 투자자가 절실했다. 수몰 위험지역 국가만으로는 사업에 한계가 있었다, 자신의 꿈을 펼쳐줄 만한 정치력도 자본력도 모자랐다.

그러던 차에 한국에서 파견된 블랙요원이 Q를 접촉한 것이다.

13

마나도의 밤

2028년 3월 12일. 인도네시아 셀레베스섬 술라웨시우 타라주 마나도 시 외곽 밀림 지대를 지나자 바닷가 가장자리에 별장이 나타났다. 하얀색 2층 별장 쪽으로 검정색 자동차 3대가 들어갔다. 별장은 중심가와 외떨어진 한적한 곳에 있었다. 숲과 정원은 울창했다. 자동차가 이따금 출입하기는 했지만 3대가 줄지어 들어간 것은 3개월 만이다. 육중한 자동문이 열렸고 그 사이로 중무장한 경비원의 모습이 보였다. 문이 닫히자 별장은 폐쇄되었다.

멀리 해안에서는 낚시하는 보트가 있었다. 보트 안에서는 CIA 작전팀이 별장을 위성과 고고도 정찰기로 살피고 있다.

별장 지붕에는 무장한 경비원 2명이 나타나 몸을 숨긴 채 경계를 서기 시작했다. 차량은 대문을 지나 정원 숲으로 사라졌다가 현관 앞에 와서야 나타났다. 200m쯤 되

는 숲길을 지나 현관 앞에 멈춘 것이다. 나무 사이로 앞차
와 뒤차에서 정장 차림의 경호원이 내렸다. 그러나 두 번
째 차량은 현관 입구 지붕에 가려져 누군지 식별하지 못했
다. 다만 하얀 옷에 모자를 쓴 성인 남자와 챙이 큰 모자에
드레스 차림의 여자와 아이가 내렸다는 것만 확인되었다.

"Q가 맞습니까?"

"동선이나 몸짓을 봤을 때 가능성이 높아 보이는 데 말
이야."

작전팀장은 확신하지 못했다.

"Q에게 저렇게 어린아이가 있었나요?"

"여인의 아이들일 수도 있고, 위장을 위한 트릭일 수도
있지."

작전팀장은 Q의 움직임이 점점 은밀하고 계획적이라는 사
실에 신경을 곤두세웠다. 정보 교란으로 자신을 감추기 위한
속임수로 젊은 여인과 아이를 대동한 것으로 판단했다.

"드론 띄울까요?"

"아니 아직은 신중해야 해 경호원들도 한참 신경이 날
카로울 시간이야 자칫하면 발각당할 수도 있어. 저기도 우
리를 감시하고 있을 거야. 모두 그동안 갈고닦은 연기력이
필요한 작전이라는 걸 알고들 있지? 가진 건 돈하고 시간
밖에 없는 놈팽이 낚시꾼 컨셉 말이야."

요원들은 Q의 신원에 대해 고민하는 동안에도 낚싯배로
가장하기 위해 임무에 열중했다.

"히트!"

낚시하던 요원이 성깔이 사나운 바라쿠다 한 마리와 씨름을 시작했다. 팀장은 바람 방향을 보고는 의심을 피하고자 드론 대신 카이트서핑을 지시했다. 카이트에 고성능 소형카메라를 장착하고 주변을 돌게 했다. 마나도는 해양스포츠가 성행하는 곳이라 의심은 상대적으로 적었다.

바람에 카이트가 이적이며 카메라에 별장을 담는다. 카이트의 움직임에도 짐볼과 포커스 기능으로 별장은 안정적으로 비춘다. 그렇게 주변 바다를 돌면서 Q가 모습을 드러내기만을 기다렸다. 마당 수영장으로 아이들이 나와 놀기 시작했다. Q의 모습은 여전히 보이지 않는다. 서서히 해가 저물고 석양이 드리워진다. 더 늦기 전에 배를 이동시켰다. 늦은 시간까지 제자리에 계속 있다면 별장에선 요주의 선박으로 감시할 게 뻔한 일었다. 팀은 보트를 움직여 요트 계류장 쪽으로 움직였다.

별장에서도 그곳으로부터 1.5㎞쯤 떨어진 해상 포인트에서 낚시하는 보트를 주시하고 있었다.

"요주의 선박 이동 중입니다."

별장 안에 주차된 보안 승합차 안에서 드론으로 낚시 보트를 감시하던 경호원이 보고했다.

"드론으로 추적해봐. 느낌이 좋지 않아."

별장에서 출발한 드론이 보트를 추적하기 시작했다. 드론 추적은 보트에서도 눈치를 챘다. 보트에서는 맥주를 마시며 노을 즐기고 있다. 여자 둘과 남자 둘이 음악을 즐기 듯 몸으로 리듬을 타며 맥주를 마셔 대는 모습이다. 드론은 보트 상공을 선회하다 사라졌다.

"팔자 좋은 놈들이군. 여자 끼고 요트에 낚시에 맥주까지. 오! 저 아가씨 끼가 보통이 아닌데."

경호원은 혀끝을 잔뜩 세워서 날름거리며 입맛을 다시는 시늉을 한다.

저녁 마나도 계류장에 정박한 보트 안에서는 정보요원이 조명을 끈 묶음드론으로 Q 확인 작업에 들어갔다. 그리고 나머지 요원들은 클럽에 들러 술을 마시며 누군가를 기다렸다. 마나도의 밤은 그리 화려하진 않았지만, 다양한 나라에서 해양스포츠를 즐기러 온 마니아들로 북적였다.

Q는 평소 키리바시와 피지에 머물렀다. 이따금 사모아와 인도네시아 마나도에서 휴양을 즐기기도 했다. 요즘들어 그는 사모아보다는 마나도로 오는 경우가 많아졌다. 최근 미국의 움직임을 감지했기 때문이다. 사모아는 미국령 아메리칸 사모아와 붙어 있어서 그만큼 위험에 노출될 가능성이 컸다.

클럽 주차장에서 누군가가 도착했다는 연락이 왔다. 현지인으로 보이는 40대 중반의 남자였다. 그가 전해준 것은 별장 내부 구조도였다. 내부 구조는 전형적인 유럽식이었다. 건물은 1852년 네덜란드 총독이 별장용으로 지었던 건물로 1941년부터 일본 황군 장군인 이마무라 히토시와 바바 마사오의 별장으로도 사용되었던 건물이었다. 그 후 한동안 슬라웨시주 주지사 별장을 사용되었으나, 3년 전 민간인에게 매각되었다. 남자는 당시 별장 집사 보조로 일했었다.

"주의할 사항이 있습니까?"

"별장 구조가 독특합니다. 겉으로는 평범해 보이지만, 외부의 침입이 쉽지 않고, 방어에 유리한 구조로 되어있습니다. 최소 인원으로 침입자를 퇴치하기에 적합한 구조라 보면 됩니다."

그는 자세한 설명을 곁들인다. 정문부터 각 방으로 들어갈 때의 안전장치, 2층으로 오르는 계단의 특이점….

"제가 알기로는 별장에 VIP가 올 때는 항상 무장한 경비원이 증원된다는 것입니다."

"개인 병력인가요?"

"접대 보조원으로 갔던 사람에게 들은 얘기로는 구르카 용병이 사복 차림으로 일부 있다는 소문을 들은 적이 있습니다. 그들은 보트로 왔다가 VIP가 떠나면 곧이어 떠나는 것으로 들었습니다. 소문이 나서 주 당국에서도 알 것도 같은데 아직은 아무 조치가 없는 거로 알고 있습니다."

구루카 용병이라는 것은 그가 Q일 가능성이 높다는 의미였다.

현지시각 밤 2시 마나도 별장 공격 명령이 떨어졌다. 명령에는 흔적을 남기지 않는 것도 포함되었다. 설령 흔적이 남더라도 작전의 주체가 누군지를 인도네시아나 스페인에서 몰라야 한다. 참수팀은 별장이 마나도 도심과 가까이 있어 총격보다는 '조용한 참수'를 결정했다. 작전 명령이 떨어지자 지휘 본부가 될 요트와 침투 ABS 보트가 출발했다. 근해에 대기 중이던 잠수함에서도 참수팀이 수중 추진기를 타고 해안으로 접근했다. 먼저 카메라가 달린 정찰 드론이 밤하늘로 떠올랐다. 드론은 고도를 높였다. 별장 측에서 띄운 보안 드론보다는 고공으로 움직여 은밀성을 유지해야 하기 때문이다. 참수팀은 대기 시켰다. 지휘부는 참수조 투입에 신중했다. 필연적으로 전투의 흔적을 남길 수 있기 때문이다.

"Q의 현재 위치는?"

"2층 계단 끝에서 좌측 2번째 방입니다."

"현재 풍속은?"

"초속 3~4m로 조금 강합니다. 모기드론은 초속 3m 이하여야 합니다. 곧 바람 방향이 바뀔 시간입니다. 바람이 바뀔 때 바람이 자는 짧은 시간을 이용해 작전을 마무리해야 합니다."

안정적인 작전을 위해서는 초속 3m 이하 풍속이 30초 이상 유지되어야 한다. 그리고 방어망이 작동할 가능성에 대비해 순간 정전유도 드론을 함께 준비했다.

"초속 2.3m 입니다."

바람이 멈췄다.

"시작하지."

명령과 함께 모기드론 A, B 2대와 정전드론을 부착한 '별똥별'이라는 모 드론이 출발한다. 초 저소음으로 설계된 모 드론이 별장으로 접근한다. 모 드론에 부착된 초소형 모기드론은 침으로 극소량의 독극물을 인체에 주입하여 독살하는 드론이다. 은밀성이나 성공률은 높은 대신 작전 반경이 넓지 못하고, 비나 바람이 불 때는 작전이 제한적이라는 것이다. 모기 드론이 실패할 경우는 참수조가 직접 투입하여 제거하고 팀별로 매뉴얼에 따라 현장을 정리하고 떠나야 한다. 하지만 경비병력의 규모로 볼 때 참수조 침투에서 자칫 교전이 일어날 가능성이 있어 모기 드론으로 참수로 결정했다.

모기 드론 A, B와 정전 드론이 함께 모 드론에 분리된다. 밤하늘에는 박쥐가 먹이활동을 하고 있었다. 모기를 잡아먹는 박쥐가 모기 드론에 반응할지 걱정스러웠다. 모기 음파는 주파수가 달라서인지 박쥐는 관심을 보이지 않았다.

모기 드론 눈에 달린 초소형 적외선카메라에 별장 모습이 나타났다. 모기 드론이 창가에 일시 착지를 하고, 정전 드론이 창틀 전파량을 측정했다. 예상했듯이 창문으로는 소형 드론을 추락시키기에 충분한 수준의 전파가 감지된다.

"순간 정전으로 센서를 먹통으로 만들어 버리게 정전 드론부터 접근시켜."

정전 드론이 순간적으로 전기 충격으로 센서 작동을 해제시킨다. '깜빡' 경계를 서고 있는 경비원들이 잠깐 긴장했지만, 순간 정전은 흔히 있는 일로 무덤덤하게 자리를 지킨다.

모기 드론이 몸과 다리를 한데 모아 아주 촘촘한 방충망을 통과한다. 그리고 침대 위로 접근한다. 두 사람이 침대 위에 있다.

"왼쪽 귓불에 검은 점이 있는 지 확인해야 해, 접근시키게."

귓가에서 앵앵거리는 소리에 남자는 손을 휘저었다. 하마터면 드론이 패대기 처질 뻔했다. 남자의 왼쪽 귀는 이불에 가려져 확인이 되지 않는다. 적외선카메라 속의 남자는 갑자기 자리에 서 벌떡 일어났다. 모기가 들어올 리가 없는데 어떻게 들어왔는지 이상했던 모양이었다. 창가에 서 있는 모습에서 벽에 붙어 있던 정전 드론 카메라에 귓불 뒤의 점이 보였다.

"Q 확인했음!"

"실행!"

참수 명령이 떨어졌다.

(2권에서 계속)